낯선 틈

낯선 틈

이서진 소설집

bookin

Contents

해당화 피고 지는

해당화 피고 지는

선홍색 꽃 덤불이 있다.

꽃잎 밑의 둥근 다홍색 열매가 선명하다. 붉은 구슬이 매달린 것 같다. 그러나 꽃줄기와 잎가지마다 촘촘한 가시가 날카롭다. 그 덤불 속에 한 젊은 여자가 등을 보이고 앉아 있다. 꽃잎이 갯바람에 하르르 흔들리자 여자의 어깨도 슬프게 흔들린다. 함께 있던 예닐곱 살 사내아이가 그런 여자를 걱정스럽게 바라본다. 아이는 여자의 어깨를 감싸주려고 작은 손을 뻗친다. 아야! 아이의 손이 그만 꽃 덤불 가시에 찔리고 만다. 손가락에서 붉은 피가 배어난다. 아이가 자지러지는 울음을 터뜨린다. 그 바람에 여자가 화들짝 고개를 돌린다. 얼굴에 선홍색 눈물이 흥건하다.

∞

전화벨이 울린다. 소리는 점점 커지면서 다급한 파장으로 파고든다. 널브러져 있던 내 잠결이 허우적대며 눈을 뜨려하지만 몸은 천근만근 가라앉는다. 옆에서 부스럭대는 기척이 나며 아내가 일어난다.

"아유, 새벽부터 웬 전화야?"

아내의 말소리에 짜증이 잔뜩 배어 있다. 그러나 통화를 하는 태도는 의외로 다소곳하다. 깜짝 놀라기까지 하더니 내 귀에 부리나케 전화기를 갖다댄다.

"여보, 전화 받아. 명우 씨야!"

나는 몽롱한 상태로 전화기를 건네받았다.

"우현아, 나다. 일찍 전화해서 미안한데 일이 일이다 보니……. 윤재 어머니가 돌아가셨어. 그리고…… 아니다, 만나서 얘기하자. 빈소는 후생병원 영안실이다. 도착하면 전화해라."

부고를 알리는 명우의 말에 늘어져 있던 정신이 찬물을 뒤집어쓴 것처럼 팽팽해진다. 무의식 중에 벽에 걸린 시계를 본다. 시간은 새벽 다섯 시를 막 넘고 있다.

"어떡해? 그 아주머니 연세가 많지도 않으시잖아? 큰아들 때문에 속을 많이 끓이시더니."

침울한 아내의 말이 웅웅거린다. 가까웠던 주변 사람의 죽음을 접하는 건 적지 않은 상심이다. 더구나 윤재 어머니는 내게선 더 할 무게다. 오래도록 지니고 있던 익숙한 걸 잃어버린 짙은 상실감이 엄습한다.

나는 침대에서 굼뜨게 일어났다. 입이 소태처럼 쓰다. 담배를 피워 물었다. 평소 같으면 나가서 피우라고 질색할 아내가 아무 말 없이 반쯤 열려 있던 창문을 활짝 연다. 이른 시각인데도 여름 막바지의 텁텁한 열기가 만만치 않다.

장례식에 가게 되면 며칠은 지내야 할 거라는 생각을 하며 거실로 나오는데, 잠에서 깨기 전 꾸었던 꿈이 떠오르며 선명치 않은 형상들이 머릿속에서 어수선하다. 평소에 꿈을 자주 꾸는 편이 아니다. 어쩌다 꾸어도 기억을 거의 못하거나 별 의미 없이 여기기 대수다. 그런데 오늘은 좀 다르다. 뜻밖의 부고 전화 때문인지 불안한 여운이 휘감는다.

꿈속에서 꽃 덤불 안에 있던 젊은 여자가 마음에 걸린다. 흐릿한 모습이어서 정확히 알 수 없었으나 눈에 익은 얼굴이다. 누구였을까. 왜 울고 있었을까. 그리고 가시에 찔려 울던 사내아이는 뭔가. 꿈 조각들은 종기로 인한 염증 때문에 쑤시듯 강렬하다.

"그나저나 맏상주도 없이…… 쯧쯧!"

아내의 말에 안쓰러움이 짙다.

작년 추석 때, 벌초를 하러 고향에 갔다가 찾아보았던 윤재 어머니가 떠오른다. 방안은 툇마루에 내리는 밝은 햇살과 대조되어 어둑했다. 그 안에서 쇠약한 숨을 내쉬는 윤재 어머니의 모습이 미라 같았다. 검버섯이 거뭇하게 핀 얼굴과 벌겋게 짓무른 눈가 때문인지 겨우 예순을 넘긴 나이가 무색할 만큼 사그라져 보였다. 어디가 많이 아픈가 싶어 병원에 모시고 가려했더니 주변 사람들은 그래서 나을 게 아니라고 했다. 윤재 어머니가 겪고 있는 아픔은 마음일 거였다.

윤재 어머니의 죽음에 심란해서인지 입안이 까실하다. 아침밥도 먹는 둥 마는 둥 하고선 회사에는 연차를 신청했다. 빈소로 출발하기 위해 차비를 하는데 집 전화가 울린다. 혹시 또 명우 전화인가 싶어 타이를 매면서도 신경이 쓰인다. 새벽녘 통화에서 무슨 말을 더 하려다 입을 다문 게 걸렸다. 그러나 아내가 통화하는 내용으로 보아 명우는 아니다. 아내가 저녁에 친구들과 모임을 갖기로 했다더니 그 중 한 친구다.

"오늘 애들 많이 나온대니? 희영이도? 아유, 걔 본 지 오래 됐는데. 뉴스? 못 봤는데. 어머, 동생이 형을 죽였다고? 세상 참 험하네!"

아내는 통화를 하면서 건성건성 내 재킷과 손수건을 꺼냈다. 나는 마음이 편치 않아서인지 아내의 그런 행동이 거슬려 재킷과 손수건을 거칠게 잡아챘다. 아내의 표정이 뜨악해진다. 나는 현관으로 갔다.

"얘, 나중에 하자. 우리 남편 지금 어디 가야 하거든."

서둘러 통화를 끝낸 아내가 나를 따라 현관으로 나왔다. 나는 아내에게서 가방을 받아들며 말했다.

"도착하는 대로 전화할게. 친구들 만나면 몸 상태 힘들지 않게 무리하지 말고 적당히 있다 들어와."

"알겠어. 참 당신 경숙이 알지? 걔가 그러는데 오늘 뉴스에서 글쎄 동생이 형을 죽이고 보험……."

닫히는 현관문 소리에 아내의 말은 더 이상 들리지 않는다.

∞

대기는 한낮 태양볕이 쨍쨍하다. 열린 차창으로 후끈한 열기가 달려

든다. 바닷가의 비릿한 갯내와 생선 부패하는 냄새도 뒤섞였다. 간간이 설렁대는 바람결은 소금기를 머금어 무겁다. 눅눅한 그 바람은 어디에라도 버석거리는 흰 소금 꽃을 뭉텅뭉텅 남길 것 같다.

차는 시가지로 들어서는 다리 오른쪽으로 꺾어들었다. 조금 지나자 회전교차로가 나타나고 중앙에는 커다란 둥근 화단이 조성되어 있다. 그곳 전체를 선홍색 해당화를 심어 장식했는데, 한적한 바닷가나 집 마당에서 은신하듯 피던 해당화가 대로 한가운데 적나라한 게 생경스럽다.

회전교차로를 다 돌았을 때다. 해~애~당화 피고 지~는……. 끼이익! 나도 모르게 차를 급정거시키고 말았다. 도로변에 연한 어느 집에서 흘러나오는 아주 오래 전 노래 때문이었다. 어린 시절 귀에 익은 유행가였는데 듣는 순간 몸이 움찔했다. 처량한 그 노랫소리에 누군가에 대한 저릿함이 되살아나서였다. 그와 함께 둥! 북소리의 여음처럼 새벽녘 꿈이 다가들며 얼굴 하나가 각진 파편처럼 겹친다. 젊은 날의 윤재 어머니다.

해당화. 날카로운 가시가 촘촘한 줄기와 잎가지 속에서 선홍색 얇은 홑꽃잎을 수줍게 피워내는 꽃이다. 장미와 비슷한 모양새지만 타오르듯 붉지도 화려하지도 않다. 사토질이 많은 해안 지역에 주로 자생했는데 예전 고향에서는 마당에 해당화를 심어놓은 집들을 자주 볼 수 있었다. 이제는 주위에서 해당화를 거의 보지 못하고 마당에 해당화를 심은 집들도 없다.

지난 시간의 기억 속 그 꽃들이, 어느 집에서 흘러나오는 오래 전 노래와 함께 환영이듯 눈앞에서 수런댄다. 박하향 같은 푸른 안개가 서늘히 퍼진다.

아주 어렸을 때다. 아마 여덟, 아홉 살 무렵이었을 것이다. 한밤중에 오줌이 마려웠다. 화장실에 가려고 잠이 덜 깬 눈을 비비며 마루를 내려섰다. 마당가의 해당화 덤불이 달빛 아래 희끗했다. 그런데 그쪽에서 거뭇대는 물체 하나가 눈에 들어왔다. 오싹 소름이 돋으며 마렵던 오줌기가 쏙 들어갔다. 귀신인가 싶어 무서워서 얼른 몸을 돌리는데 미미한 어떤 기척이 들렸다. 풀벌레 소리 같기도 했고 밤이면 찬장 뒤에서 뭔가를 갉아대던 새앙쥐 소리 같기도 했다. 나는 그 기척이 두려우면서도 슬몃 궁금증이 일어 소리 나는 쪽을 다시 돌아보았다. 어둑함 속의 거뭇한 물체는 작은 덩어리를 뭉친 듯 두루뭉술했다. 귀신이라면 산발을 한 채 피를 뚝뚝 흘리거나 험악한 몰골일 텐데 아닌 것 같았다. 나는 잔뜩 긴장하면서도 그쪽으로 다가갔다. 가까이 가서 본 물체는 뜻밖에도 윤재 어머니였다.

쭈구려 앉은 윤재 어머니의 등이 울고 있느라 흔들렸고 소리 죽인 울음이 밤 대기에 아프게 걸렸다. 나는 그 모습에 아는 척을 해선 안 될 것 같아 발끝을 들고 조용히 방으로 들어오고 말았다. 그 밤 내내 어린 내 귓가에는 서러운 파도 소리가 맴돌았다. 바닷가 모래땅에 뿌리가 묻힌 해당화처럼, 내 꿈속에서 윤재 어머니의 발목도 서걱이는 흰 모래에 깊이 묻혀 빠져나오지 못했다.

이후에도 이른 아침나절이나 해가 이우는 저녁 무렵이면 마당의 해당화 덤불 앞에 있는 윤재 어머니를 가끔 보곤 했다. 바다에 멍하니 눈길을 두고 있는 등으로 묵직한 슬픔이 얹혀 있었다. 어떤 때는 해~애~ 당화 피고~지는……, 나지막하게 노래를 부르거나 뭔가를 읊조리기도 했다.

그리고 이 년이 흘렀다. 우리 집과 한마당에 연해 살던 윤재 어머니가 이사를 갔다. 나는 어머니와 함께 이사 나간 그 집을 청소하다 다락 한 귀퉁이에서 여러 해 지난 달력을 보게 됐다. 누렇게 퇴색된 달력은 잿빛 먼지덩이와 거미줄이 쳐져 있었다. 뒷장에는 연필로 꾹꾹 눌러쓴 글자들이 있었는데 색이 바래서 흐릿했다.

당신은 해당화가 피기 전에 오신다고 하였습니다. 봄은 벌써 늦었습니다. …… 꽃은 말도 없이 나의 눈물에 비쳐서 둘도 되고 셋도 됩니다.

그 글귀는 중학교에 들어가서 알게 되었는데 한용운의 「해당화」라는 시구였다.

그런 일들 때문인지 나는 자라면서 해당화를 볼 때나 해당화라는 말을 접하면 윤재 어머니가 떠올라 마음이 짠해졌다. 그러나 그 심정도 세월이 흐르면서 옅어졌고 사는 게 바쁘다는 핑계로 안부도 제대로 챙기지 못하고 무심해졌다. 윤재 어머니가 명을 달리한 지금 그런 나의 무심함에 아픈 후회가 든다.

나는 길가 한 쪽에 잠깐 차를 세웠다. 도로 오른쪽으로 펼쳐진 바다 위로 폭양이 내리꽂힌다. 왼쪽으로는 반원형으로 휘어진 항구가 멀리 보이고, 항구 쪽의 산등성이 정상에 있는 등대가 햇살을 쨍쨍히 반사한다.

어린 날에 보던 등대는 거대했었다. 시가지의 가장 높은 지대에서 이글이글한 태양을 받고 있을 때는 신전처럼 위용스러웠다. 어느 날 담임 선생님 인솔 하에 견학으로 등대 안을 들어가본 적이 있었다. 안은 우람한 겉모양과 달리 또 다른 내밀함을 지니고 있었다. 감청빛 페인트가 칠해진 좁고 가파른 나선형의 철제 계단을 오를 때는 오금이 저렸다. 끝을 알 수 없는 미로 같았다. 꼭대기 층에는 커다란 서치라이트가 있었는데 나이 지긋한 직원은 그걸 이리저리 움직이며 불빛의 용도를 설명해주었다. 밤이면 어두운 바다 위로 불빛이 퍼져나가 지나는 배들의 항로를 알려준다고 했다. 창밖의 푸른 바다는 끝이 보이지 않을 만치 넓게 펼쳐 있었다.

저 바다 끝을 가다보면 이북이란다. 그런데 이젠 더 이상 갈 수가 없지!

직원은 설명을 하다 혼잣말처럼 잠깐 중얼거렸다. 망망한 바다를 향한 그의 눈가가 서늘했다. 그 서늘함 때문인지 옆에 있던 어린 나도 덩달아 막막했다. 이북이라는 말에 꽃 같은 새색시였던 윤재 어머니의 모습이 생각났고 더 이상 갈 수 없다는 말이 체기처럼 걸렸다. 처음 시집올 때 하얀 얼굴에 붙였던 해당화 꽃잎처럼 붉던 연지곤지가, 점점 제색을 잃고 흐릿해지는 것 같아 어린 마음에도 안타까웠다.

그러고 보면 나에게 윤재 어머니라는 존재는 단순하지 않았다. 어느 시점에서 긴밀한 관계일 수 없게 되었어도 내 삶에서 꽤 많은 부분을 차지하고 있었다.

∞

장례식장은 시가지 끝에 있다. 나는 차의 속도를 내지 않고 천천히 달린다. 한낮인데도 거리는 고적하다. 더위 속에 드문드문 지나다니는 사람들과 차량은 물속을 부유하듯 나른하다.

저만치 부둣가가 보이고 도로를 사이에 둔 양 옆으로 낮은 지붕을 한 집들이 늘어서 있다. 예전엔 주로 선구점이나 잡화상, 구멍가게 특히 근방으로 선술집들이 즐비했던 곳이다. 이제는 지난날의 은성함은 없고 퇴락한 집터처럼 을씨년스럽기만 하다. 어떤 집 간판은 여전히 내리지 않고 방치해서 훼손되거나 녹이 슬어 있다. 부산옥, 목포집, 만선옥……. 오래 전의 술집 이름들을 보자 지난날 윤재네 집의 불우했던 사정이 꺼림칙한 음화처럼 딸려 나온다.

조업 나갔던 배들이 항구로 들어오고 해가 뉘엿해지면 선술집들은 붉은 등을 밝혔다. 어둠이 내린 거리에는 생선 굽는 냄새와 작부들의 싸구려 지분 냄새가 뒤섞여 퍼졌고, 바닷바람에 쓸린 남자들의 검은 얼굴이 삼십 촉 알전구 아래에서 불콰했다. 작부들의 간드러진 노랫소리와 남자들의 투박한 말소리가 왁자했고, 술주전자를 두드리는 젓가락 장단도 흘러나왔다. 그 문밖에서 남자 아이 하나가 술타령을 하는 제 아비를 찾느라 자주 서성거렸다. 아비를 발견하면 잔뜩 겁먹은 표정으로 쭈뼛쭈뼛 선술집으로 고개를 들이밀었다. 윤재의 동생 윤수였다.

아버지, 엄마가 빨리 오래요.

저 놈의 새끼가! 얼른 가지 못해?

에이, 이제 그만 집에 가요.

이놈의 새끼! 왜 말을 안 들어 처먹어. 가라면 가지!

기어이는 아비의 무지막지한 주먹이 아이의 머리통과 여린 뺨을 냅다 후려쳤다. 아비의 손찌검에 혼쭐이 난 아이는 징징 울면서 어두운 골목길을 돌아 집으로 갔다. 바다에서 조업한 그물을 밤 늦도록 혼자 손질하던 어미는 힘 빠진 목소리로 아이에게 물었다.

아버지는?

안 온대!

그래도 한번 더 가봐. 안 그러면 니 아버지 오늘 또 난리 피운다.

몰라! 다시 가면 아버지가 또 때린단 말이야!

아이는 바락바락 소리를 내지르며 앙탈을 부렸다. 그러나 시름 가득한 어미의 몰골에 울먹이면서 어쩔 수 없이 다시 대문을 나섰다. 퉁퉁거리는 아이의 발소리가 깊어가는 밤 대기 속으로 스산하게 퍼졌다.

그런 아이를 보는 어미의 얼굴에 두려움이 일었다. 아이가 다시 간다고 해서 금방 집으로 올 남편이 아니라는 걸 알기에 속이 탔다. 밤새 겪어야 할 주사와 폭력에 지레 몸이 졸아들었다. 어린 자식들이 어두운 밤에 도망 다니며 몸을 숨기려고 이 집, 저 집 기웃거려야 할 것에 가슴이 아팠다.

오래 전의 그런 윤재네 상황이 떠오르자 내 우울함은 더욱 커진다. 나는 혐오스러운 걸 털어내듯 액셀러레이터를 힘주어 밟는다.

∞

빈소는 썰렁하다.

조문객 하나 없이 아직 초등학생인 윤재의 어린 아들만 자리를 지키고 있다. 이미 이 세상 사람이 아닌 제 아버지 대신 상주가 된 아이는 크기가 맞지 않은 헐렁한 삼베 건을 머리에 쓴 채 불안한 표정이다. 상조회에서 나온 도우미만이 그런 아이와 함께 문상객들에게 대접할 음식 옆에서 하릴없이 졸고 있다. 며느리인 윤재 처도, 상주 노릇을 해야 할 작은 아들인 윤수도 보이지 않는다. 아이한테 엄마랑 삼촌은 어디 갔냐고 물었지만 대답을 제대로 하지 못한다. 뭔가 개운치 않다.

얼마 후에 도착했다는 내 전화를 받고 명우가 바삐 들어섰다. 명우는 윤재 어머니가 묻힐 장지와 사망 신고 문제로 뒤처리를 하느라 바빴다고 했다. 얼굴이며 옷에 땀이 흥건히 내비친다. 윤재 어머니는 명우에게 육촌 누이다.

"먼 길 오느라 고생했다."

"나야 뭘. 네가 고생이지. 그런데 윤수랑 제수씨가 왜 안 보이냐?"

내 물음에 땀을 닦던 명우의 표정이 난감해진다. 그리곤 윤재의 아들을 잠깐 쳐다보더니 낮고 무겁게 말을 잇는다.

"나중에 얘기하자. 그건 그렇고 오늘 갈래?"

"아무래도 출상하는 것까지 봐야 하지 않겠어?"

"그래. 그렇게 해라."

저녁이 되자 하나둘 조문객들이 들어섰다. 대부분 윤재 형제와 연관된 사람들이었는데 내가 아는 얼굴도 꽤 눈에 띈다. 손바닥 보듯 빤한 곳이다 보니 동네에서 함께 자랐거나 지역 내에서 초, 중, 고등학교를 함께 다닌 선후배들이다.

밤이 깊어도 윤수와 윤재 처의 모습은 여전히 보이지 않는다. 상주 노릇을 해야 할 사람들이 오래도록 보이지 않는다는 건 이상한 일이다. 윤재 처에 대해선 내 나름대로 이유를 만들었다. 혹시 그간 다른 사람이 생긴 건 아닌가. 그럴 수 있다. 하지만 윤수는 어찌된 건가. 명우에게 다시 물어보려 해도 장례 진행의 모든 걸 처리하느라 한 곳에 잠시도 앉아 있질 못할 만큼 바빴다. 다른 사람에게라도 좀 물어보려 했으나 모여드는 조문객들로 빈소가 어수선해져서 그러지 못했다. 이어 술자리가 계속되면서 이 사람 저 사람에게 받아 마신 술에 취기가 돌았다. 나는 잠시 바람이라도 쐬려고 영안실을 빠져나왔다.

밖은 여전히 후텁지근하다. 더위를 식히려는 서너 사람이 병원 뜰에 나와 있다. 나는 후미진 구석에 있는 빈 의자에 가서 앉았다. 대여섯 걸음 떨어진 또 다른 의자에 남자 둘이 있는데 친분은 없지만 알 만한 얼굴들이다. 그들 가운데 술병이 보였고 주고받는 말소리에 거나함이 묻어난다. 그들을 일별하며 담배에 불을 붙이려 할 때다. 거친 말투의 남자들 얘기에 나는 그만 라이터도 켜지 못하고 숨을 죽였다.

"그 새끼 미친 새끼 아냐? 그러고도 칠 년을 입을 처닫고 살았다니. 기가 막히네!"

"보험금을 7억이나 받았다는 거야. 물론 윤재 마누라가 받은 거지만. 듣기로는 윤재 마누라도 이 사건과 무관하지 않을 거라는 얘기가 돌던데……. 그럼 윤수랑 윤재 마누라가 작당한 건가?"

"야, 정말 윤재 마누라도 연관됐다면 세상에 어디 마누라 믿고 살겠냐!"

보험금, 윤재 마누라, 윤수, 둘의 연관…… 그런 말들에 내 머릿속은 내용물이 긁혀내는 것처럼 텅 비는 기분이다. 아침나절 현관을 나설 때 들었던 아내의 말이 후려친다. 뉴스에 났다던 그 일이? 담배를 쥐고 있는 손이 후둘거린다.

"야, 윤수 새끼 앞으로 어떻게 되냐?"

"모르지. 지금 즈이 형수랑 조사받고 있다니까 조만간에 뭔 얘기가 있지 않겠어? 그나저나 윤수 엄마가 불쌍하지. 시집 가자마자 과부 아닌 과부가 돼서 살았는데. 거기다 큰아들을 작은 아들이 죽였으니 나라도 피 토하고 죽겠다."

"농약은 어디서 난 거야?"

∞

내가 여섯 살 때였다.

당숙 혼례날이었다. 당숙은 일찍 부모를 잃어서 할아버지가 자신의 자식들과 함께 길렀다. 그러니 누구보다 당숙의 결혼에 가장 기뻐했던 사람은 할아버지였다. 부모 없이 자란 조카가 결혼을 하는 것에 눈시울까지 붉혔다. 내게도 당숙은 친 작은아버지나 마찬가지일 만큼 긴밀한 가족이었다.

오월이 한창이던 마당엔 피어나는 해당화 향기로 그윽했다. 마당가 전체를 울타리처럼 둘러 핀 해당화는 키 낮은 덤불을 이루며 선홍색 긴

띠를 만들었다. 화사한 꽃잎들은 청신한 바람결에 한들거렸다. 아직 꽃잎을 펼치지 않은 꽃봉오리 밑에는 둥근 씨방이 달려 있어 앙증맞은 호리병 모양 같았다.

부엌과 뒤란에서 흘러나오는 기름지고 고소한 음식 냄새가 온 동네에 진동했다. 음식을 만드는 여자들의 웃음소리가 높았고 혼례식에 필요한 준비를 하느라 힘을 쓰는 남자들의 숨결이 기운찼다. 나이든 어른들의 눈길도 푸근했고, 동네잔치에 흥이 나 겅중거리는 아이들의 무구함이 왁자했다.

넓은 마당에 차일을 높게 치고 바닥에는 멍석이 깔렸다. 초례청 위에는 금박 수가 놓인 청홍 보자기에 살아 있는 닭이 싸여 있었다. 앞날을 밝혀줄 청홍의 굵은 초와 목각 원앙 한 쌍도 정겨이 부리를 맞댔다. 사모관대를 한 당숙은 차분히 있지 못하고 뭐 마려운 강아지마냥 자꾸 왔다갔다 했다. 감출 수 없는 들뜸으로 입이 귀에 걸렸었다.

새신랑 그만 좀 웃어! 너무 웃으면 첫 딸 낳는 거 알아? 몰라? 아, 그만 좀 웃으라니까! 누군 왕년에 장가 안 가봤나!

사람들의 농기 가득한 통박에도 당숙 얼굴에는 푸른 하늘이 넓게 펼쳐졌다. 그러다 어린 나와 눈이 마주치면 고개를 돌리고도 여전히 도둑웃음을 실실 웃었다. 나는 그런 당숙이 딱하고 걱정스러웠다. 어른들이 하지 말라고 할 때는 이유가 있는 건데 왜 반편이처럼 자꾸 웃는가 싶었다.

이 사람들이 지금 뭐하는 건가?

갑자기 대문 밖에서 할머니 목소리가 새되게 울렸다. 나는 대문께로 달려나가 모여 있는 사람들 사이로 머리를 비집고 내다보았다. 집으로 올라오는 언덕길 중간에서 가마꾼들이 신부가 탄 신행 가마를 일부러 너울너울 흔들고 있었다. 집이 앉은 터의 지형이 높다보니 다니는 길은 경사가 져 있었다. 그런 곳에서 짓궂게 가마를 흔들어대니 새색시의 멀미가 심했다.

아이구, 그만들 해요!

어머니가 정색을 하며 가마꾼들의 팔을 붙잡으며 말렸다.

아따, 그러면 술이라도 한 잔 줘야 될 거 아니요. 힘들게 신방 차려주는데 맨 입으로 넘어가려고 했수? 우리를 잘 먹여야 신랑 신부가 떡두꺼비 같은 아들 너댓 놈에 알토란 같은 딸 서넛은 낳고 알콩달콩 살림 일궈가지!

입담 좋은 한 가마꾼의 말에 주변엔 웃음이 흐드러졌다. 잠시 후 어머니가 소반에 술과 안주를 들고 나가 입막음을 한 뒤에야 가마꾼들은 순순히 올라왔다.

차일 친 마당에 가마가 내려졌다. 가마의 덧문 앞에서 청실홍실 엮은 술이 낭창낭창 흔들렸다. 문이 걷어졌다. 붉은 공단 치마 속에서 외씨 같은 흰 고무신 코가 먼저 바닥으로 내려섰다. 이어 반짝대는 장식을 한 족두리가 보이고 오방색 색동소매 자락이 드러났다. 파릇한 연두 바탕에 자주 깃을 단 원삼 차림의 신부 모습이 온전히 가마에서 나왔다. 신부가 땅에 사뿐히 걸음을 내딛자 머리에 지른 화잠의 떨새가 하르르 흔들렸다. 분 먹여 뽀얀 얼굴에 붙인 선홍빛 연지곤지가 수줍었다. 족두리 밑에 드리워진 길고 검은 속눈썹이 처연했고, 오뚝하니 쭉 뻗은 콧날 밑의 입술은 석류처럼 붉었다.

하이고, 곱다!

색시 인물 한번 훤하다!

영화배우 왔다 울고 가겠네!

사람들의 입에서 유쾌한 경탄의 소리가 쏟아졌다.

가마에서 내린 신부는 마당가의 해당화 덤불을 배경으로 함초롬히 도드라졌다. 안방 벽에 걸어놓은 달력 속 여배우가 걸어나온 듯 고운 자태였다. 그 모습을 보는 어린 내 마음은 마냥 혼곤했다. 푹신한 구름 위에 올라선 듯 둥실거렸고 설레었다.

신부는 초례를 치르기 전 잠시 쉬기 위해 들러리의 부축을 받아 안방으로 들어섰다. 나는 신부 옆으로 쪼르르 다가가서 원삼자락 소매로 살며시 손을 넣어 신부의 손을 잡아쥐었다. 그 기척에 신부가 움찔했지만 어린 나인 걸 알고는 살그머니 웃었다. 웃는 잇속이 박속처럼 희었다. 나는 신부의 손을 더 꼭 잡았다.

애가? 어서 이리 와! 버릇없게스리!

어머니가 황급히 나를 잡아당겼다.

싫어! 나 예쁜 색시랑 있을 거야!

엄숙한 자리에서 불거지는 내 앙탈에 사람들이 일제히 웃음을 터뜨렸다. 할머니가 어머니를 향해 가볍게 눈을 흘겼다. 어머니는 나를 꼭 잡고 놓지 않았다.

싫어, 싫어! 예쁜 색시랑 같이 있을 거란 말이야!

나는 떼를 쓰며 발버둥질을 했다. 어머니는 안 되겠는지 나를 끌다시

피 데리고 나오며 엉덩이를 철썩 때렸다. 나는 심술도 난데다 맞은 게 서러워 와왕! 울음을 터뜨리고 말았다. 그런 나를 돌아보는 신부의 얼굴에 안쓰러움이 어렸다.

할머니는 혼례가 끝난 후 신부의 얼굴에서 제일 먼저 연지곤지를 떼어 천장에다 붙였다. 새사람이 들어왔을 때 집을 지키는 가신에게 고하는 집안 의식이었다.

천지신명님, 성주님 부디 보살펴주소! 아무 탈 없이 아들 딸 잘 낳고 살림 불같이 일게 해주소!

천장을 향해 정성스레 두 손을 맞비비는 할머니의 비손이 간절했다.

그렇게 아주 오래 전 오월의 어느 날, 아름다웠던 신부는 내 당숙모가 되었다. 윤재 어머니였다. 이후 그 당숙모는 긴 시간 동안 안방 천장에 붙어 있던 퇴색된 연지곤지처럼 내 안에 들어 있었다.

∞

새벽 세 시가 다 되어가는 시각이다. 조문 올 사람은 웬만큼 다녀갔는지 북적이던 상가는 물 빠진 갯벌처럼 휑하다. 낯이 익은 윤수 친구 대여섯이 한 구석에 모여 앉아 술을 마시거나 자고 있다.

"네가 들은 대로야."

명우가 커피를 다 마시고 난 종이컵을 구기며 말했다. 얼굴에 착잡함이 가득하다.

"그런데 왜 이제서야 얘기하는 거야?"

"누님이 이렇듯 험하게 돌아가신 정황인데다 언제 널 붙잡고 세세하게 설명할 여유가 없었잖냐. 상이나 끝난 후에 얘기하려고 했지."

"도대체 이게 무슨 일이냐? 난 그저 어디가 편찮으시다 돌아가신 줄 알았지 이런 일이 벌어진 줄은 꿈에도 생각 못했다."

"누군 안 그랬겠냐."

"하아, 참……."

"윤수가 칠 년 전에 윤재를 차로 밀었대. 자세한 건 나도 잘 몰라. 조사 결과가 나와봐야 알겠지. 사실 네 당숙이나 윤재도 죽고 없는 마당에 누님이 이젠 너하곤 인연이 없다면 없지만 한때는 네 당숙모이기도 했는데……. 우현아, 누님 인생이 참 가엾다는 생각이 든다. 남편도 제 명에 죽지 못했지. 큰아들인 윤재도 젊은 나이에 험하게 죽었지. 더구나 다른 사람도 아닌 동생이 제 형을 죽였다니 기가 막힐 노릇 아니냐. 윤수 소식을 듣고 그날 밤에 작정하셨던가 봐. 옆집 아주머니가 뭘 좀 갖다주느라 아침 일찍 갔더니 이미 사단이 났더란다."

"칠 년 전 일이 왜 지금에서야 불거졌는데?"

"윤수 놈이 자수했다더라. 이틀 됐어."

칠 년이라는 시간이 아득히 먼 옛날 같다. 당시 나는 아주 좋지 않은 상황에 있었다. 평생 갈 것이라고 여겼던 직장 사정이 위태로웠다. 내 나이 마흔이 넘었고 아이들은 아직 어렸다. 아내가 급성 신부전증을 앓고 있어 들어가는 치료비가 적지 않았고, 그런 아내를 간호하느라 밤이면 병원에서 살다시피 했다. 아이들도 제대로 돌보지 못해서 누나와 장모가 번갈아가며 돌봐주던 형편이었다. 모든 것이 암담했다. 다른 사람들의 삶을 돌아볼 여유가 없었다.

그날도 아내의 혼수로 한바탕 경황이 없었다. 위급한 상황을 넘긴 아내가 잠든 걸 보고 나는 병실 밖으로 나왔다. 목이 깔깔해서 담배나 한 대 피울 생각이었다. 밖으로 나와서 흰 목련꽃을 보고서야 봄이 왔음을 알았다. 어느새 사월이었다. 어디선가 흘러든 라일락꽃 향기가 코끝에 감겼다. 오랜만에 계절의 징후를 느낄 때 누나에게서 전화가 왔다. 목소리가 다급했다.

얘, 어쩌면 좋니? 윤재가 죽었대! 교통사고래. 뺑소니차에 치였는데 그 자리에서 변을 당했단다. 당숙모 어쩌니?

전화기 속에서 누나는 울음을 터뜨렸다. 그 울음은 윤재의 죽음에 대한 안타까움도 있겠지만 생떼 같은 자식을 잃은 윤재 어머니의 고통이 짚어져서였을 것이다. 당숙이 사라져 비록 긴밀한 관계는 무산됐어도, 우리 남매에게 그동안 윤재 어머니가 건넸던 각별한 헤아림을 생각한다면 미어지는 아픔이 되고도 남았다. 나도 윤재의 죽음에 적잖이 놀랐지만 아들의 죽음으로 충격을 받을 윤재 어머니가 먼저 짚어졌다.

누나와 나는 일찍 어머니를 잃었다. 내가 중학교를 졸업할 무렵이었다. 윤재 어머니는 새 남편 눈치를 보면서도 우리 남매에게 어머니 없는 빈자리를 조금이나마 채워주려고 애썼다. 귀가가 늦어지면 골목 어귀에 나와서 기다렸고, 소풍이나 수학여행 때면 손수 도시락을 싸 주었고, 아프기라도 하면 득달같이 달려왔다. 어머니가 살아 있다면 해주었을 것들을 챙겼는데 누나가 결혼할 때는 친정어머니처럼 함께 결혼 준비도 해주었다. 첫 아이를 낳았을 때는 직접 산바라지까지 했다.

윤재는 외과 전문의였다. 병원을 개원하게 돼서 주변 사람들을 초대했던 날이었다. 나도 연락을 받았기에 참석했지만 썩 내키지는 않았다. 윤재가 진심으로 원해서 오라고 한 게 아니란 걸 알기 때문이었다. 평소 제 어머니가 유난히 나를 챙기는 것 때문에 마지못해서일 터였다. 그래도 같은 곳에 살면서 안 가기도 그렇고 또 평소 할아버지가 애틋해했던 정리를 생각하자니 모른 척 할 수 없었다. 나 말고는 일부러 연락하지 않았는지 개원식에 온 친척은 나뿐이었다. 윤재는 평소에도 우리쪽 친척들에게 데면했고 되도록이면 접촉하지 않았다. 결국 개원식에서 난 아주 불쾌한 심정이 되었다. 집으로 돌아오는 길에 아내도 마땅치 않았는지 불만을 털어놓았다.

아니, 윤재 서방님은 도대체 왜 그래? 난 아까 아주머니 불쌍해서 혼났어. 그럴 거면 아예 오시지 말게 하던가. 집에서 부리는 사람한테도 그렇게는 못하겠다!

그만해!

나는 괜한 아내에게 역정을 냈다. 애써 참았던 울화였다.

윤재 어머니는 아들의 병원 개업에 액이라도 끼어들까 붉은 팥 시루떡을 손수 쪄서 먼 길을 갖고 왔다. 정성을 들인 당연한 어머니의 마음이었다. 그 떡을 고삿상 앞에 놓으려 하자 윤재는 싸늘하게 제지했다. 많은 사람들이 있는 자리였다.

가만히 계세요! 어머니가 함부로 나설 자리가 아니잖아요! 여기가 어디라고!

섬뜩하도록 차가운 아들의 홀대에 윤재 어머니는 떡이 담긴 시루를 들고 당황해서 어쩔 줄 몰라 했다. 윤재 얼굴에 차가운 경멸이 가득했다. 사람들만 없다면 제 어머니가 들고 있는 떡시루를 바닥에 내팽개칠 기세였다. 모인 손님들도 당황했고 나도 당혹스러웠다. 제 어머니에게 차갑게 군다는 말을 친척들을 통해 듣긴 해도 그 정도일 줄은 몰랐다. 남들이 있는 앞에서도 노골적으로 냉대를 하는데 보지 않는 데서야 오죽 할까 싶었다. 아들의 서슬에 황황히 돌아서는 윤재 어머니의 등은 떡시루의 무거움보다 더한 무거움에 그 어느 때보다 굽어 있었다.

그날 이후 나는 윤재를 보지 못했다. 아니, 윤재의 행태가 괘씸해서 되도록 보지 않으려했고 그만 인연이 끝난 사이로 여겼다. 할아버지, 아버지도 돌아가신 마당에 본인이 원치 않는데 쓸데없이 혈육의 정 운운하며 굳이 연결시키고 싶지 않았다.

난 윤재의 불행한 소식을 듣고도 장례식에 가보지 못했는데 제 어머니를 함부로 대하던 괘씸함 때문은 아니었다. 아내의 병세가 악화되어 가볼 형편이 되질 않아서였지만 어쨌든 그때를 생각하면 빚을 진 기분이다. 마지막 길에도 참석하지 못한 게 마음에 걸렸다. 얼마 전까지도 전해들은 얘기로는 범인은 여전히 잡히지 않았다고 했다. 그런데 날벼락처럼 이렇듯 어이없는 일이 발생했다.

∞

당숙은 우리 식구들과 함께 살다 혼례를 올리고 분가를 했다. 분가라고는 하나 우리 집과 한마당을 쓰는 별채였다. 할아버지는 살림 밑천으로 당숙에게 작은 배 한 척도 마련해주었다. 얼마 후 당숙은 아들을 얻었다. 윤재였다. 그런데 동네에서는 이상한 말들이 떠돌았다.

설을 며칠 앞둔 저녁이었다. 할머니와 어머니가 설에 쓸 음식들을 만들고 있었다. 나는 그때 차례상에 올릴 떡을 몰래 먹다가 할머니한테 들켜 엉덩짝을 된통 맞았다. 딴에도 민망해 훌쩍거리다 안방 아랫목에서 잠이 들었던가 보다. 잠결에 뭔가 두런대는 말소리에 설핏 잠이 깼다.

어머니, 들으셨어요? 동네 여편네들이 얼마나 수군거리는지 남우세스러워서 원. 아범도 어디서 들었는지 괜히 나한테 역정을 냅디다. 근데 소문이 참말일까요?

…… 칠삭둥이도 간혹 있느니라. 아니면 혼례 올리기 전에 미리 정분이 났나 보지. 지금이야 어디 옛날 같니. 세월이 그런 걸 어쩌겠냐.

차라리 그런 거면 괜찮게요. 그보다 더 흉한 소문이니 그렇죠.

시끄럽다. 젊은 것들이 먹고 할 일이 없으니 쯧쯧쯧!

다식 틀에 반죽한 콩가루를 넣고 꾹꾹 누르는 할머니의 모습에 역정이 묻어났다. 어머니는 그만 입을 다물었다.

정작 당숙은 소문을 들었는지 어쩐지 사람들의 그런 입방아에도 무덤덤했다. 그래서인지 동네를 떠돌던 모호한 말들도 시간이 지나며 잦아들었다. 할머니의 말처럼 달이 덜 찬 칠삭둥이거나 미리 정분이 난 거려니 여겼다.

그리고 얼마 후 당숙네 집에 암울한 그림자가 드리워졌다. 윤재가 두 살 되던 해였다. 그날 새벽도 바다에 안개가 끼기는 했지만 출항을 못할 기상은 아니었다. 바다에서의 안개는 자주 있는 기상 상황이었다. 해무는 앞이 안 보이게 흐르다가도 대부분 해가 뜨면 순식간에 걷혀졌다.

아범, 배 나갔니?

이른 아침부터 당숙 집을 향해 할아버지가 큰소리로 물었다. 아직은 푸르스름한 새벽 기운이 남아 있었다. 당숙모가 부엌에서 나왔다.

왜 그러세요, 작은아버님?

아무래도 날이 심상치 않다.

말을 하는 할아버지의 얼굴에 그늘이 졌다. 마당 수돗가에서 찬거리를 씻던 할머니가 할아버지의 말에 별 거 아니라는 식으로 대꾸했다.

날이 뭐 어떻다고 그래요? 해가 뜨면 쉬이 벗겨질 이내구만. 별 걱정을 다 하시우.

그래도 할아버지는 걱정이 담긴 눈빛으로 어슴푸레한 바다를 바라보았다. 저 멀리 축항 밖으로 배들이 하나, 둘 연기를 뿜으며 큰바다로 빠져 나갔다.

점심 무렵이었다. 어머니가 할아버지 앞에 밥상을 막 내려놓으려고 할 때였다. 부두에서 일하던 아버지가 장화도 제대로 벗지 못한 채 허둥지둥 마루로 올라섰다. 얼굴이 하얗게 질려있었다.

아버지, 큰일났어요! 윤재 아범이 끌려갔대요!

어딜?

이북에 잡혀갔대요! 근방에서 조업하던 다른 배들도 같이 넘어갔다는데 아이고, 이 일을 어떡하지요. 아버지?

이른 아침 적잖았던 할아버지의 걱정은 현실로 나타났다. 항구에서 멀리 떨어진 먼 바다의 기상 상태는 결국 좋지 않았다. 쉽게 걷히지 않았던 안개로 당숙이 탔던 배는 어로한계선 부근을 헤매다 북측에 나포되었다.

일 년이 지나 정부의 협상으로 납북된 다른 사람들 대부분이 돌아왔지만 웬일인지 당숙만 돌아오지 못했다. 정부는 북측에 당숙의 송환문제를 추가로 거론했으나 해결 방안이 나오지 않았다. 할아버지와 당숙모는 만사를 제쳐놓고 관계 부서를 찾아다녔지만 당숙에 대한 소식은 시원한 게 없었다. 별 진척 없이 또 일 년이 지났다. 정부는 더 이상 북측에 억류되어 있는 당숙에 대해 문제를 제기하거나 거론하지 않았다. 어느 누구도 당숙이 살아돌아오리란 걸 믿는 사람은 없게 됐다. 그렇게 젊은 윤재 어머니나 어린 윤재에게선 당숙의 자리가 비워지고 말았다.

∞

당숙이 납북되고 난 이 년 후였다.

윤재 어머니는 지금의 윤수 아버지와 재혼을 했다. 뜻밖이었다. 윤수 아버지는 초혼이었고 당숙 친구이기도 했다. 특히 집안 어른들은 당혹스러워했다. 젊은 나이에 평생 혼자 살지는 못하리라 여겼지만 생각보다 빠른 재혼에 못내 서운해했다. 어렸던 나도 한동안 혼란스러웠다. 당숙모라는 호칭을 더 이상 하면 안 되었다. 어느 날은 나도 모르게 그리 부르다 아버지에게 꾸중을 들은 적도 있었다. 기왕에 새살림 시작한 사람에게 부담을 주지 말아야 한다는 나름의 배려였을 것이다.

재혼한 윤재 어머니는 그 집에서 윤수를 낳았다. 윤재와는 아버지가 다른 형제였다. 그러나 윤수 아버지는 자신의 아들인 윤수보다 의붓아들인 윤재를 더 챙겼다. 친아버지라도 그리 할 수 없을 정도로 과한 애정을 보이면서 정작 친자식인 윤수를 툭하면 손찌검하며 학대했다. 저간의 사정을 모른다면 윤수가 데리고 들어온 아들인가 할 정도였다.

윤재는 자라면서 동네의 자랑일 만큼 수재였다. 할아버지는 의붓아비 눈치를 보느라 대놓고 대견스러워 하지는 못했지만 윤재 얘기만 나오면 흐뭇해했다. 술이라도 한 잔 거나하게 걸친 날은 나를 시켜 윤재를 데려오게 해서 애틋하게 보듬으며 눈물을 보였다. 그건 생사를 알 길 없는 조카의 유일한 피붙이라는 아픔이었을 것이다.

형인 윤재에 반해 윤수는 자라면서 거칠었다. 고등학교에 들어가서부터는 자주 주먹질을 했는데 그나마 제 또래들과 치고받는 정도여서 심각한 물의를 일으키지는 않았다. 주변 사람들은 그런 윤수를 곱게 보지 않으면서도 한편으로는 측은히 여겼다. 원래는 저런 아이가 아니었는데 아비가 자식을 저렇게 만들었다고 두둔도 했다.

"윤수 불쌍한 놈이야. 늘 제 형한테 치여서 울분을 참지 못했으니까. 매형이 너무했지. 의붓자식은 신주단지 모시듯 하면서 제 속으로 난 자식을 그렇게 몰아붙일 것까지는 없었는데 말이야. 그러니 윤수 놈이 어디 마음 붙일 데가 있어야지. 아마 윤수가 초등학교 일 학년 때였을 거야. 누님 집에 어머니가 뭘 좀 갖다주라고 해서 갔더니 대문이 잠겨 있더라고. 몇 번 흔들어 보다가 기척이 없어서 돌아서려는데 어디서 철썩철썩하는 소리가 들리는 거야. 예삿소리 같지 않았어. 억지로 입을 틀어 막힌 것처럼 끙끙 소리도 들리고. 무슨 일이 났나 싶어 다급한 마음에 담을 뛰어넘어 방문을 열었는데…….”

명우는 그때가 상기되어서인지 말을 하면서 얼굴이 일그러진다.

“기가 막혀서. 아, 글쎄 윤수를 발가벗겨서 손발을 묶고 입에 재갈까지 물렸더라고. 그것도 모자라 그 어린 걸 가죽 허리띠로 때리고 있었던 거야. 꽤 맞았는지 애 몸이 구렁이가 칭칭 감아놓은 것 같더라니까. 어찌나 놀랐던지. 그런데 애를 때린 이유가 말도 안 되는 거였어. 윤재 공책에 낙서를 했다는 거야. 그 후로 나는 말이다, 매형이 인간 같아 보이지 않았어.”

그에 관한 말들은 심심찮게 동네를 흘러다녔지만 직접 보지 못한 나는 설마 했다. 어린 시절 가끔 동네 어귀에서 윤수 아버지를 마주칠 때가 있었는데 그럴 때마다 나는 윤수 아버지의 묘한 눈빛을 접하긴 했다. 열패감이랄까, 분노랄까. 우현이 어디 가냐? 라며 분명 부드러운 어조로 내 머리를 쓰다듬는 손길에서도 이상하게 단단한 돌덩이 같은 무게를 느껴야 했다. 그건 거칠고 황폐한 폭력의 기미였다.

그 느낌은 군대 복무 중 첫 휴가를 나왔을 때 확연해졌다. 휴가를 나왔지만 할아버지 할머니도 돌아가시고 누나마저 결혼한 직후라 집에는 아버지뿐이었다. 내가 왔다는 소식에 한달음에 달려온 윤재 어머니가 내 손을 부여잡고 반가움에 눈물을 글썽였다.

너를 보내놓고 내 한동안 잠도 잘 못 자겠고 밥도 잘 안 먹히더라. 훈련받느라 흙투성이가 된 사제 옷을 받았을 땐 어찌나 속이 상하던지. 네가 휴가 나온다는 말 듣고 얼마나 마음이 설렜는지 모른다. 이렇게 보니 참 좋구나!

윤재 어머니의 손이 오래된 나무 등걸처럼 거칠었다. 처음 시집 오던 날의 해당화처럼 함초롬히 어여쁘던 자태는 없었다. 마흔도 채 안 된 나이건만 초로에 들어선 것처럼 바짝 늙어 있었다. 그런 모습을 보니 마음이 영 좋지 않았다. 주변에서 다 알 만큼 남편에게 얼마나 시달렸으면 저런가 싶어 윤수 아버지가 원망스러웠다.

윤재 어머니는 어머니가 없는 내 처지를 생각해서 손수 지은 따뜻한 밥 한 끼라도 먹이고 싶어했다. 나는 윤수 아버지가 껄끄러워 사양했으나 막무가내였다. 결국 나에 대한 애틋함을 알기에 더는 거절할 수 없었다.

나는 저녁 무렵에 윤재네 집 대문을 열고 들어서다 기겁을 했다. 마당에는 쏟아진 음식들이며 그릇들이 엉망으로 나뒹굴고 있었다. 어린 윤수는 마루 끝에서 바들바들 떨었고 중학생인 윤재는 주먹을 움켜쥔 채 땅바닥만 쏘아보았다. 비긋이 열린 방문으로 윤수 아버지가 큰 대자로 누워 코를 골고 자는 게 보였다. 아랫도리에 아무것도 걸치지 않아 시커먼 거웃이 그대로 드러나 있었다. 그 옆에 윤재 어머니가 죽은 듯 널브러져 있고 넘어가는 붉은 해가 윤재 어머니의 처참한 몰골을 비추었다. 머리가 마구 헝클어졌고 실오라기 하나 걸치지 않은 맨 몸 여기저기 검자주빛 줄이 선명했다. 놀란 나는 얼른 고개를 돌렸다.

정가 놈들! 네 놈들이 뭔데……. 씨발 것들. 다 죽이고 말…… 뿌드득!

윤수 아버지는 코를 골다가도 고함치듯 잠꼬대를 해댔다. 무슨 큰 원한이라도 있는 사람처럼 이까지 갈았다. 정가라면 우리 집일 터였다. 어린 시절 머리를 쓰다듬던 손길에서 느껴지던 모호한 위압감이 새삼 떠올랐다. 일이 벌어진 건 나 때문이었다. 낮부터 술이 취한 윤수 아버지가 나를 위한 음식 준비라는 걸 알고는 행패를 부린 거였다.

나는 윤재와 윤수를 그곳에 둘 수 없어 일단 데리고 나왔다. 집으로 오는 동안 윤수는 훌쩍이며 울었고 윤재는 차갑게 굳어 있었다. 그런 형제도 안쓰러웠고 윤재 어머니가 겪었을 폭행과 처참한 몰골에 가슴이 아팠다. 벌거벗긴 몸에 선명히 나 있던 검자주빛 자국이 눈에 어른거렸다. 오랜 시간 그리 살았을 윤재 어머니가 가여웠다. 심정 같아선 윤수 아버지의 멱살을 잡아 비틀까 어쩔까 마음이 들뛰었으나 그 감정을 눌러야 했다. 그렇게 한다고 해서 달라질 건 없을 터였다. 내가 할 수 있는 게 없어 마음만 쓰릴 뿐이었다.

∞

나는 윤재 어머니의 발인까지 지키고 다시 일상으로 돌아왔지만 부모를 잃은 듯 허전하고 울적했다. 윤재 어머니에 대한 편린들이 불거지면 애써 마음을 추스려야 했다. 그리고 제 형을 죽였다는 윤수에 대한 기가 막힘과 그게 사실이 아니길 간절히 바랐다.

며칠이 지났다. 점심시간이 되어 직원들과 회사를 나올 때였다. 명우에게서 전화가 걸려왔다.

"내일 주말에 뭐하냐?"

"글쎄, 별 일정은 없는데. 왜?"

"그러면 이곳에 다시 올 수 있겠니? 아니, 꼭 와야겠다!"

명우의 목소리가 무겁게 가라앉아 있다. 맏형같이 푸근하고 여유롭던 평소와 달랐다. 이상하다는 생각이 들었지만 윤재 어머니의 죽음에 상주 아닌 상주 노릇을 하느라 힘에 부쳤던가 보다, 라고만 여겼다. 그래서 왜 그러냐고 자세히 묻지도 않고 일단 가겠다고 대답을 했다.

나는 다음날 다시 고향을 찾았다. 도착하니 저녁 무렵이었다. 술이나 한 잔 하자면서 명우가 데리고 간 곳은 축항 입구의 한 횟집이었다. 우리는 창가 쪽으로 자리를 잡았다. 지고 있는 늦여름 저녁 해의 잔광이 고적하니 바다에 내려앉았다. 제방처럼 항구를 둘러친 방파제가 꽤 긴데, 드문드문 앉아 있는 낚시꾼들이 한가로워 보이고 산책 나온 사람들도 더러 있다.

실내에 켜놓은 텔레비전에서는 한 여자가 피켓을 들고 일인 시위를 하는 모습이 방영되고 있다. 삼십 년이 지났는데도 해결되지 않은 납북자에 대한 조치를 취해달라는 그런 내용이다. 여자는 납북 선원의 딸인데 나이가 얼추 마흔은 돼 보인다.

납북된 지 삼십 년이 넘었다면 여자가 아주 어릴 때였을 거다. 저 여자는 아버지의 모습을 제대로 기억하기나 할까, 그런 생각과 함께 이제는 모습도 제대로 기억나지 않는 당숙이 오래 되어 탈색된 흑백사진처럼 떠오른다. 막 발걸음을 떼던 아기 때 윤재 모습도 생각나고 젊었던 윤재 어머니의 모습도 아릿하다. 크흠! 나는 목에 가래가 끼어 답답한 것처럼 괜한 헛기침을 했다.

주인 남자가 쟁반에 물병과 컵을 담다가 텔레비전을 보며 말했다.

"다 쓸데없는 일이지. 몇 십 년이 흘렀는데 그 사람도 거기서 결혼해

살겠지 지금껏 혼자 있을려구. 그리고 다시 돌아온들 어쩌겠어. 만나봐야 가슴만 아프지. 아, 그런데 저 사람들이 뭔 죄냐고? 잘난 놈들이 만들어놓은 이념인지 개떡인지가 탈이지. 그 바람에 아무 죄도 없는 숱한 사람들 이산가족 만들어서 가슴에 쇠못을 박아놨으니. 에이!"

주인 남자의 말에 주방에 있던 아내일 여자가 말을 거든다.

"나는 이산가족 상봉이나 저런 거 보면 남의 일이라도 속상하더라. 저기 안골 인식이네 봐요. 살아 있는 거 확인해보니 뭐 좋은 일이 있습디까. 처음에야 생사나 알아도 소원이 없겠다 싶더니 사람 욕심이 어디 그런가? 그 쪽에 마누라랑 자식이 있으니 어째 볼 도리도 없고 가슴만 찢어지는 거지. 안 만나느니만 못하더라고. 차라리 살아 있겠거니 여기며 못 만나는 한이나 하는 게 낫지."

명우는 안주도 나오기 전에 술부터 달라고 해서 연거푸 들이킨다. 그러고 보니 얼굴빛도 좋지 않고 굳어 보인다. 나는 내 잔에 술을 따르고 술병을 한 쪽으로 밀어놓았다.

"야, 천천히 마셔. 빈속에 왜 그렇게 급히 들이키냐?"

"우현아, 오늘 너랑 할 일이 있어."

명우는 기어들어가듯 말했다. 그러면서 손으로 얼굴을 벅벅 문지른다. 그런 명우를 보며 나도 따라놓은 술을 마셨다. 잠시 후에 명우가 탁자 위에 흰 보자기로 싼 크지 않은 상자를 올렸다. 아까부터 계속 옆에 있던 거지만 눈여겨보지는 않았다. 탁자는 군데군데 칠이 벗겨진 낡은 호마이카 재질이었는데 짓궂은 손님들이 별 생각 없이 끼적거렸을 낙서들이 있다. 그 위에서 순백의 천으로 포장된 상자는 뜬금없이 도드라진다.

"뭐냐? 혹시 뇌물 주는 거냐? 야 야, 아서라. 난 힘없다."

가라앉은 분위기도 그렇고 해서 나는 과장된 태도로 설레발을 치며 허허댔다. 그리고 명우의 빈 잔에 다시 술을 따르고 나도 한 잔을 더 마셨다.

"윤수 유골이야."

명우의 말이 감겨들듯 낮게 울린다. 안주로 씹은 오이의 아삭한 질감이 순간 시리도록 서늘하다. 나는 귀에 와 박히는 말의 의미를 헤아리려고 정신에 바짝 힘을 주지만 가는귀가 먹은 노인처럼 헐헐거리며 되묻는다.

"뭐라고?"

"……."

명우는 대답 없이 창밖만 내다본다. 탁자 위에 놓인 흰 상자는 서향으로 지며 비껴들어오는 햇살에 물들어 불그레하다. 그 색채감에 거친 불안감이 명치 끝을 타고 올라온다.

"이 자식이 미쳤나? 뭔 소리를 하는 거야. 야, 너 더위 먹었어?"

나는 버럭 소리를 질렀다. 그 바람에 입안에 있던 오이 조각들이 파편처럼 튀어나온다. 명우는 비어 있는 내 잔에 술을 따르더니 바락거리며 대드는 동생 놈 타이르듯 말했다.

"마셔라. 오늘 너하고 내가 할 수 있는 일이 이것밖에 더 있겠냐. 윤수 말이다. 유서를 남겼는데 장례 절차도 치르지 말고 화장해달라고 했더라. 이젠 부모형제도 없고 그렇다고 마누라가 있길 하냐, 자식이 있길 하냐. 땅에 묻어봤자 나중에 누가 무덤을 손봐줄 것도 아니잖냐. 친척들하고 의논해서 어제 화장했다. 너한테 연락할까도 했지만 얼마 전에 좋지 않은 일로 왔다갔는데 남의 밑에서 돈 먹고 있는 사람을 다시 또 불러내기가 그랬다."

머리가 띵하다. 겨우 소주 두 잔을 마셨을 뿐인데 몇 병은 마신 것처럼 골이 울리며 휭휭거린다.

"장례 끝나고 너 서울로 간 그날 오후에 윤수 풀려났어. 죄명은 촉탁살인죄란다. 윤수는 공소 시효가 10년인 줄 알고 자수했는데 알고 보니 7년이어서 시효 만기로 풀려났어. 제 어머니 돌아가셨다는 걸 듣고도 담담하더라. 당연히 그럴 거라고 여긴 것 같았어. 작정했는지 그저께 아침에 떼도 제대로 입히지 않은 제 엄마 무덤가에서 죽어 있더라고."

명우의 말 속에 울음이 잔뜩 배어 있다.

"널 다시 부르기가 미안해서 윤수 죽은 걸 연락 안 했지만 막상 화장을 하고 나니 네가 걸리더라. 윤재하고는 아버지가 달라서 너한텐 남남인데 싶어도, 마지막 가는 길 이러고 보내면 나중에 네가 얼마나 안타까울까 싶어서. 누구보다 내가 알잖냐. 누님이나 윤수 놈이나 너나 서로에게 건네는 정이 남 같지 않은 걸. 그리고 나 혼자 이 놈 보내는 게 엄두도 안 나고. 이 세상 왔다간 흔적이나마 마지막으로 같이 뿌려주자고 널 불렀다. 내 맘이 네 맘일 테니까."

나는 명우에게서 고개를 돌렸다. 창 밖에서 친구 사이일 청년 두 명이 낄낄대며 달음박질을 하고 있다. 그들의 팽팽한 다리 근육이 손에 잡힐 듯 선명하다. 고향을 올 때마다 보았던 윤수의 모습이 치받치는 아픔이 되어 되살아난다. 고등학교 동문 체육대회면 윤수는 항상 제 기수 대표로 달리기를 했다. 그럴 때면 펄쩍펄쩍 뛰며 윤이 흐르는 준마를 보는 것 같았다. 그런데 이렇게 어이없이 사라지고 말았다. 씹던 오이가 입 안에서 거친 돌멩이처럼 뒤구룩거린다.

"사실 윤재 자식이야 누구한테든 살갑지 않았잖아. 늘 고개를 빳빳이 쳐들고 차갑기가 빙산 같았지. 윤수야 어디 그랬냐. 지랄은 떨어도 인정도 많고 우리를 얼마나 따랐니. 제 엄마한테도 겉으로야 툭툭거렸지 속으로는 각별했었는데."

윤수가 대학을 들어가던 해였다. 나는 설이 되어 집에 내려왔었다. 주먹질을 하고 다닌 걸로 봐서는 갈 수 없을 줄 알았더니 다행히 대학에 합격을 했다. 나는 저녁 무렵 친구들과 만나기로 한 식당에서 우연히 윤수를 만났다. 마침 일행들과 나가려던 참이었는지 막 자리에서 일어나는 중이었다. 나는 윤수 자리의 밥값을 대신 계산해주며 합격했다는 얘기도 들은 차에 축하한다는 덕담을 건넸다. 그때 비감 어리게 들리던 윤수의 말을 잊지 못한다.

가고 싶어 간 거 아닙니다. 불쌍한 우리 엄마 때문에 갔어요. 내가 그렇게라도 하면 엄마가 조금 숨통이 트일 것 같아서요.

그러더니 제 속내를 들킨 것 같았는지 지르듯 퉁명스럽게 말했다.

에이, 형님 내 말 신경쓰지 말아요!

그리곤 내가 뭐라고 대꾸할 새도 없이 휙 나가고 말았다.

십오 년 전 그때 윤수 모습이 다시 생각나자 가슴 한 귀퉁이가 무너지는 것처럼 아리다. 이상한 일이다. 윤재가 죽었을 때도 슬프긴 했지만 이처럼 미어지지는 않았다. 정리로 보자면 나로선 피가 섞인 윤재의 죽음이 더 애통해야 했다. 윤수는 다만 윤재와 연결되어 있을 뿐이지 남이나 마찬가지였는데도 말이다.

해가 지자 횟집 창밖으로 보이는 바다 끝에 오징어잡이 배들의 불빛이 꽃처럼 피어난다. 그 불빛에 윤수에 대한 또 다른 슬픈 기억이 가슴 밑바닥을 열어젖히며 떠오른다.

오래 전 어느 여름날이었다. 어린 윤재와 윤수가 우리 집에서 잘 때였다. 그날도 한바탕 윤수 아버지의 폭력이 있던 날이었다. 정황을 안 아버지가 부리나케 달려가 윤재 형제를 몰래 데리고 와서 나와 함께 자게 됐다.

형님, 나는 저 불빛을 보면 슬퍼요!

일곱 살 윤수가 열린 방문으로 밤바다를 내다보며 침울하게 말했다. 어린애답지 않게 풍상이 그득한 말투였다. 그러더니 내 무릎에 얼굴을 묻고 한참을 느껴가며 울었다. 어린아이가 사무치도록 우는 게 안쓰러워 나는 어찌할 바를 몰라 등만 투덕투덕 두드려줄 뿐이었다.

형님, 엄마가 불쌍해요. 엄마는 저 바다를 보면서 많이 울어요. 왜 우냐고 물어보면 보고 싶은 사람이 있대요. 그런데 다시는 만나지 못할 거래요. 그래서 슬프대요. 걸어서 갈 수 있는 곳이라면 좋겠대요. 형님, 나는 빨리 어른이 돼서 엄마를 그곳에 데려다주고 싶어요. 그러면 아버지한테 맞지 않아도 되고 슬프게 울지 않아도 되잖아요.

설움이 가득했던 어린 윤수의 말을 들으며 그때 나도 사무쳤다. 어린 윤수가 하는 말이 뭘 의미하는지 알기 때문이었다. 윤재 어머니의 뒤틀어진 삶이 안타까웠다. 세월이 흘러 잊고 지냈던 당숙이 생각났다. 당숙만 있었더라면, 그랬다면 이들에게서 사무친 그리움과 슬픔이나 고통도 없을 거였다.

밤이 이슥해서 명우와 나는 횟집을 나왔다. 꽤 많은 술을 마셨지만 둘 다 취기는 별반 느껴지지 않는다. 우리는 어두운 방파제에 나란히 섰다. 방파제 바깥 쪽 물결이 어둠 속에서 검푸르게 일렁인다. 우리는 윤수의 혼을 부를 차비를 했다. 명우가 유골을 담은 상자의 흰 보자기를 풀었다. 나는 윤수가 생전에 입었던 옷가지를 왼손에 든 듯 오른손을 허리에 댔다. 지붕에 올라선 듯 북쪽을 향해 세 번 외친다.

거진 3리 조윤수 복復.

거진 3리 조윤수 복復.

거진 3리 조윤수 복復.

어디선가 혼을 부르는 두견새의 애달픈 울음이 들린다. 명우가 어두운 바다를 향해 윤수의 유골을 후르르 뿌린다. 명우와 나, 둘만이 들을 수 있는 초혼가 속에 뼛가루가 어둠을 가르며 흩어진다. 흰 뼛가루는 검은 바다 위에서 선홍색 해당화 꽃잎이 되어 비처럼 쏟아진다. 꽃들은 갈 길 몰라하듯 검푸른 물결을 따라 잠시 휘돌더니 곧 물살에 둥실대며 떠내려간다. 오래도록 각인되었던 어린 날 당숙모의 붉은 연지곤지도 휩쓸려 가버린다. 출렁출렁 파장을 짓는 검푸른 물결만 어둠 속에서 덧없이 흔들린다.

지난번 새벽녘 꿈속에서 꽃 덤불 안에 있던 젊은 여자의 흔들리던 어깨가 아픔이 되어 다가든다. 그 옆에서 꽃 덤불 가시에 찔린 사내아이의 울음이 터질 듯 귀에서 왕왕거린다. 이제야 그 꿈의 의미가 시리도록 선연하다. 기약 없는 그리움과 고통에 말라비틀어진 생애를 마감한 한 삶이었다. 그 그늘에 가려 뒤틀리며 겨우 서른여섯 해의 생애를 마감한 또 한 삶이다. 대지 위에 탄탄히 발 디디지 못하고 허방을 떠돌던 그들이다. 나는 그게 서러워 털썩 주저앉아 목이 터져라 엉엉 울음을 터뜨렸다. 어두운 바다 저 멀리 오징어배의 불빛이 흐르는 눈물과 뒤엉켜 둘도 되고 셋도 된다.

∞

어느새 구월로 접어들었다. 기가 막힌 일이 연이어 일어난 데 비해 열흘 남짓한 기간은 숨 가쁘리 만큼 짧았다. 그 사이에 늦여름을 성큼 건너왔다.

나에게 윤수 모자와 윤재 죽음에 대한 내막은 충격이었던 것 같다. 윤수의 죽음으로 두 번 째 찾았던 고향에서 돌아온 후에는 회사도 나가지 못할 정도로 이틀 동안 심한 몸살을 앓았다. 자리를 털고 일어나서도 내 몸은 무중력 상태에 있는 것처럼 무게감을 느끼지 못하고 허청거렸다. 광과민증을 앓는 환자처럼 대기에 퍼지는 햇살에도 산란스러워 허둥댔다.

그런 나를 보는 아내의 걱정이 있는 대로 늘어져 병원을 찾았다. 병원에선 크게 걱정하지 않아도 된다는 말을 들었다. 일종의 자책감에서 비롯된 증세인데 심적으로 자신과 아주 가까운 대상을 방치했다는 괴로움의 반영일 수 있으며, 그 버거움을 몸이 나타내는 것 같다고 했다. 시간이 지나면서 자연스럽게 없어지는 경우가 대부분인 일시적 현상이라고도 했다. 진료를 받고 난 내 의식이 그리 여겨서였는지 요즘은 그럭저럭 안정되어 간다.

점심시간인 사무실 안은 아무도 없이 조용하다. 각자 자리의 컴퓨터 화면보호기만 물처럼 흐른다. 나는 한동안 개인적으로 컴퓨터를 접하지 않았다는 것에 생각이 미친다. 모처럼만에 이메일 함을 열었다. 그동안 미처 확인하지 못한 메일들이 빼곡하다. 우선 스팸메일부터 삭제시키던 중에 낯선 아이디 하나가 잡혔는데 좀 이상하다. '해당화 피고 지는'. 처음엔 스팸메일이지 싶어 삭제하려고 마우스를 댔는데 뭔지 모를 멈칫함이 손끝을 타고 올라온다. 문구가 익숙하다. 일단 클릭을 했다.

열린 메일에 나는 그만 기겁했다. 이제는 죽고 없는 윤수가 보낸 거였다. 등골이 서늘해지며 어떻게 된 일인가 싶어 날짜를 보니 윤수가 죽기 전 날이다. 조사를 받고 풀려 난 직후 보낸 것이라는 짐작이 든다. 그런데 어떻게 내 메일 주소를 알았을까. 집안 간에 얽힌 인연으로 남 같지는 않았어도 윤수가 다 자라서는 서로 생활반경이 달라 각별히 안부를 주고받을 만큼 접촉하지 않았다. 연말연시나 명절 때 보내는 안부 문자와 일 년에 서너 번 고향에 가서 보게 되면 인사나 나누는 정도였다. 그러니 전화도 아닌 전자 우편까지 주고받을 일은 없었다.

그때 책상 한 쪽에 뚜껑이 열린 채 놓여 있는 명함통이 눈에 들어왔다. 직함 밑으로 박힌 사무실과 휴대전화 번호와 이메일 주소를 보며 언제 내가 윤수에게 명함을 주었던 적이 있었나 하는 생각이 든다. 그러고 보니 올 봄에 고향을 갔을 때 윤수를 만난 적이 있었다. 서로 잘 지냈느냐는 안부를 주고받은 후 윤수가 내 명함을 달라고 해서 건넸었다. 그때 받은 명함을 보고 메일을 보낸 건가 싶다. 그럴 가능성이 많을 거다. 그렇다 해도 왜 내게? 더구나 그런 상황에서.

형님, 저 윤수입니다.

형님이라는 글자를 보자 속에 있는 것들이 허청 쓸려나가듯 아릿해진다. 이 세상에서 이미 사라진 존재의 메시지를 받는다는 건 뭐라 형용할 수 없는 감정이다. 금방이라도 그 존재가 눈앞에 나타날 것만 같아 내 손은 선뜻 움직이지 못한다. 나는 허망해진 심사로 모니터에서 잠시 눈길을 돌린다.

창밖 구월 한낮은 여전히 후끈한 열기가 퍼진다. 배기가스를 뿜으며 쉼 없이 달리는 차량들, 빽빽이 들어찬 건물들, 어딘가로 바삐 오가는 수많은 사람들로 거리 곳곳은 가쁘게 채워진다. 그 풍경 속에서 막바지로 치닫는 후텁지근한 여름의 잔흔이 안간힘을 쓰고 있다.

나는 다시 모니터 화면을 마주한다. 마우스를 쥐고 있는 손가락에 힘을 주자 딸깍! 소리와 함께 흰 여백 가득 무수한 활자가 파도 너울처럼 일렁이며 다가든다. 그 속에 숨어 있던 깊게 패인 벌건 속살이 참담하게 드러난다. 몰아치는 삭풍에 휘청대는 허허벌판 같은 거칠고 험한 자상이 꺽꺽대며 울고 있다.

∞

제 어머니는 형님을 당신의 아들인 듯 생각하셨던 것 같습니다. 그건 제 형 윤재와 형님 댁과의 혈연이라는 연결만은 아닐 겁니다. 그 이유만이 아닌 또 다른 의미라는 걸 형님은 짐작하시겠죠.
어머니는 어린 저와 함께 있게 되면 제가 귀 기울여 듣던 아니든 가끔 말했습니다. 처음 시집 오던 날이었답니다. 코흘리개 어린아이였던 형님이 잡아준 고사리 손의 말랑한 온기와, 꽃 같은 신부에게 마음을 뺏겨 같이 있겠다고 발버둥치던 안쓰러운 어린 낙망에 대해서요. 그 말을 할 때의 어머니에게선 봄날 대기 속을 흘러다니는 혼곤함이 배어 나왔습니다. 평소 보지 못했던 충만감이었습니다. 그 충만감은 아마도 어머니의 삶에서 찰나 같은 유일한 행복의 순간이라고 여겨도 좋을 것 같습니다. 그건 몇 십 년 동안 생사를 알 수 없는 누군가를 향한 아픈 그리움과도 같은 거겠지요. 그런 어머니를 보면서 저도 남인 형님을 그리 여겼을 겁니다. 그래서일까요. 누구에게도 할 수 없을, 남루하다 못해 너덜너덜하고 추악한 궤적을 풀어놓고 싶은 걸 보면 말입니다.

인디언들은 말을 타고가다 가끔 멈춰서서 달려왔던 쪽을 바라본다고 합니다. 혹시나 미처 따라오지 못했을 자신의 영혼을 기다리는 거랍니다. 저도 멈춰 보고 싶습니다. 따라와야 할 내 영혼이 어디쯤에서 숨을 헐떡이며 핍진한 몰골이 되어 있는지.

형님, 한 사람이 다른 사람에게 가할 수 있는 극한의 폭력을 짐작할 수 있겠습니까?

제가 여섯 살 무렵이었습니다. 형의 가방을 가지고 논다고 아버지가 저를 무자비하게 때렸습니다. 말리는 어머니도 같이 때리더군요. 그런데 그게 단순한 손찌검이 아니라 옷을 하나, 하나 찢어가면서 때렸다는 겁니다. 옷이 찢겨나갈 때마다 처참히 드러나는 어머니의 흰 속살을 아버지는 가죽 허리띠를 풀어 연달아 내리쳤어요. 그럴 때마다 휘익, 휘익 음산하게 바람 가르는 소리가 났습니다. 어머니는 자식들 때문에 비명소리를 내지 않으려 이를 악물고 몸을 최대한으로 말았습니다. 잔인한 폭력이 벌어지고 있는 방안은 마치 무성영화처럼 동작만 있는, 기이한 행위가 연출되는 마임 공연장과도 같았습니다. 때리는 사람이나 맞는 사람이나 그 광경을 겁에 질려 보는 어린아이, 모두 어떠한 기척도 내지 못했습니다.

야, 이년아! 똑바로 말해. 윤수 놈이 어떤 놈 새끼야? 윤재야 틀림없는 내 자식이지만 네 년 행실을 봐선 윤수 놈은 분명 내 새끼가 아니야. 어떤 놈하고 붙었어? 빨리 말해! 어떤 놈이야?

아버지는 잠시 매질을 멈추고 잔인하게 말하며 어머니의 머리채를 휘어 잡았습니다. 그 바람에 한껏 웅크리고 있던 어머니의 몸이 개구리처럼 발라당 뒤집혔습니다.

형님, 아십니까? 무지막지한 폭력에 어미의 몸이 갈기갈기 찢길지 모른다는 공포감을, 어미가 자신 때문에 대신 당한다는 죄책감을, 백주 대낮에 아버지가 뿜어내는 광란 속에서 어미의 맨몸을 적나라하게 보아야만 했던 치욕스러운 암담함을요. 그 속에 속절없이 갇혀 있어야 하는 절망을요.

어머니는 아버지의 미친 손길에 구석에서 방 복판으로 개 끌리듯 끌려갔습니다. 어머니는 머리채가 잡혔으면서도 기를 쓰며 저를 밖으로 밀어낸 뒤 문을 닫았습니다. 어린 저는 문지방 밖으로 고꾸라졌습니다. 그러나 꼭 닫히지 않은 틈새로 보지 말아야 할 걸 보고 말았습니다. 발가벗겨져 강제로 무릎 꿇린 어머니 뒤에서 바지를 벗은 아버지가 개처럼 씩씩대며 흘레붙었습니다. 아버지의 더럽고 미친 욕정의 숨결과 소리가 온 집안을 헤집었습니다.

나는 소리도 내지 못하고 울면서 마루를 내려섰습니다. 댓돌 위에 어머니의 고무신 한 짝이 있었고 마당에 또 한 짝이 뒤집어져 있었어요. 그 옆에서 눈알이 튀어나올 것처럼 방을 쏘아보는 형의 눈에 증오가 가득했습니다.

형님, 살다보면 말입니다. 오랜 세월 당연했던 것이 어느 순간 홀라당 뒤집어져 전혀 다른 뱃구레를 드러낼 때가 있더군요. 그때의 상황이란 게 그렇습니다. 목적지까지 잘 걸어가야 하는데 아차 하는 사이 발이 헛디뎌 어딘가에 빠진 겁니다. 그곳이 냄새 고약하고 더러운 똥무더기 가득한 웅덩이라면 이해되시겠습니까? 참으로 어처구니없고 아뜩한 허방일 테고 그럴 거라 감히 상상도 할 수 없었기에 더욱 나락 같지 않겠습니까? 그 심정을 지금 형님에게도 부과하려는 게 면목이 없습니다만 어쩔 수 없군요. 형님도 분명 알아야 할 이유이기 때문입니다.

형과 저는 주변 사람들이 당연히 여기고 있는 씨 다른 형제가 아닙니다. 아비 어미가 모두 같은, 한 씨를 받고 한 배를 빌어 태어난 친 형제 간입니다.

제 어머니와 형님 집인 양가에서 두 사람의 결혼 허락이 났을 때랍니다. 평소 짝사랑하던 여자를 다른 사람에게 뺏긴 울분에 제 아버지는 정혼자가 있는 어머니를 강제로 범했답니다. 사랑하는 사람과의 부푼 결혼을 앞두고 다른 남자에게 겁탈 당한 어머니 심정이 어땠을까요. 극심한 고통이었을 겁니다. 이미 양가에서 결혼 과정의 수순들이 진행되고 있는 상태에서 어머니가 뭘 할 수 있었을까요. 제 아버지는 그래놓고 비겁하게 도망치듯 고향을 떠난 뒤였고요. 더 기가 막힌 건 결혼식을 코앞에 두고 당사자인 어머니만이 임신인 걸 알았답니다. 형님 당숙은 그 아이가 다른 남자의 아이일 줄은 꿈에도 알 수 없었겠죠. 아니…… 아…… 어쩌면 알고 있었을까요?

아버지는 일 년 만에 다시 돌아왔고 형이 태어난 후 동네에 떠돌던 소문을 들었겠죠. 그 아이가 바로 제 형입니다. 형님 당숙 아들이 아니라 온전한 제 아버지의 아들이지요. 아버지로선 잠깐이지만 자신의 자식을 다른 남자 밑에서 자라게 한 것이 고통이었나 봅니다. 어머니와 친자식인 저를 가혹하게 다루었던 것도 그때문이었을 겁니다. 친자식인 나를 부정하고 폭행 학대했던 것도 믿지 못해서였던 거죠. 자신과 같은 또 다른 사내를 상상한 겁니다.

철이 들어 내막을 알게 된 우리 형제는 아버지를 향한 증오에다 어머니에 대한 환멸까지 껴안았습니다. 어머니가 설 자리는 어디에도 없었습니다. 가족에게 배척을 당하는 어머니의 눈은 허방을 딛고 선 듯 아득했습니다. 잔인한 폭력을 가하는 아버지와 속수무책으로 휘둘리는 어머니를 보면서 주체할 수 없는 분노가 치밀 때마다 저는 고래고래 악을 썼습니다.

씨팔! 내가 엄마라면 벌써 죽었을 거야! 왜 그렇게 사는 거냐고? 그따위 대접을 받으면서 구질구질하게 살고 싶어?

그렇게 악다구니를 칠 때, 형은 바지 주머니에 두 손을 찌른 채 방관자가 되어 쳐다보기만 했습니다. 무섭도록 무심한 표정을 짓고서 말입니다.

형과 저는 같은 아비, 어미를 부모로 두었음에도 많이 달랐습니다. 저마다 증오의 불덩어리를 안고 살았지만 해소 방법은 달랐습니다. 미련하게 왁왁대며 소진시킨 나와는 달리 형은 얼음장처럼 차갑게 자신을 안으로 가뒀습니다. 바깥 세계에 냉담한 채 안으로 웅크렸죠. 형에게는 공부가 전부인 것처럼 보였지만 저는 압니다. 왜 형이 그토록 공부에 매달렸는지. 언젠가 형이 음울하게 중얼거리는 걸 들었습니다.

벗어나고 싶어!

간결하고 싸늘한 한마디일 뿐이었는데, 그 한마디가 뿜어내는 파장이 왜 그리도 소름끼치던지요.

형이 고등학교 3학년 때였어요. 그날은 낮 내내 비가 꽤 내렸어요. 저녁 어스름녘인데 밖에서 들어온 아버지는 이미 술이 취해 있었습니다. 늘 그랬듯 말도 안 되는 행패가 또 시작됐습니다. 왜 빨리 밥을 안 주냐며 마당에 있던 어머니를 다짜고짜 번쩍 들어 던졌습니다. 어머니의 상체가 화단의 해당화 덤불 속에 고꾸라졌고 화단 모서리에 어디를 세게 부딪쳤는지 제대로 움직이질 못하더군요. 그런 어머니를 또 발로 차는 아버지를 제가 밀치자 저에게도 주먹질을 했습니다. 그렇게 몇 차례 때리더니 아버지는 씩씩거리며 다시 대문을 나섰습니다.

어머니 얼굴은 해당화 가시에 찔려 살이 패였고 몸을 움직이기 힘들었어요. 그런 어머니를 업으려는데 방에서 나온 형이 아버지 뒤를 따라 빠르게 대문을 나서는 게 보였습니다. 빗줄기는 점점 굵어지고 사위엔 어둠이 내렸어요.

밤이 한참 깊어서야 쓰러질 것 같은 모습으로 비에 흠뻑 젖은 형이 돌아왔습니다. 물이 뚝뚝 떨어지는 옷도 갈아입지 않은 그대로 쓰러져 자는데 지독한 술 냄새가 풍겼어요. 아버지는 그 밤 내내 돌아오지 않았고, 이틀만에야 시체가 되어 부두 연안으로 돌아왔습니다. 시체는 물에 불어 밀납을 덕지덕지 붙여놓은 것 같았습니다.

형님도 제 아버지의 사인에 대해서 아실 겁니다. 평소에도 술을 많이 마시던 아버지가 그날도 만취돼서 휘청거리다 바다에 빠진 거라고 사람들이 여겼듯이요. 그날은 비가 내리는 어두운 밤이었고 파도가 방파제 밑까지 거세게 부딪쳐 올랐으니 아주 자연스러웠죠. 그날 형이 아버지를 뒤따라나갔다는 사실은 어머니와 나 외에는 아무도 알 수 없었으니까요.

그러고 보면 남아 있는 우리는, 어머니와 형과 나는 공모자이지 않았을까요? 해당화 가시에 찔려 얼굴에 화인처럼 남아 있는 어머니의 상처를 볼 때마다 애써 서로를 외면한 걸 보면 말입니다. 아버지의 잔인한 폭력이 사라진 후에도 각자의 빈 고치 속에 갇힌 채 오래도록 음습한 시간을 지낸 것도요.

형님, 여름 끝자락이라 하지만 아직도 날이 꽤 덥군요. 자음과 모음의 활

자판 위로 제가 흘리는 땀방울이 떨어집니다. 머지않아 대기는 선들한 기운으로 들어차는 가을이겠지요. 그리고 혹한의 겨울을 맞닥뜨릴 테고 햇솜처럼 몽실한 햇살 난무하는 봄도 맞이하겠지요. 그렇게 사람들은 한 계절 한 계절을 새로이 맞으며 삶을 살아내겠지요. 그에 비하면 제게 유예된 시간이 참으로 찰나이겠구나 싶습니다.

형님도 제 형이 병원을 개원하고 얼마 지나지 않아 심한 경영난에 허덕였던 상황을 들으셨을 줄 압니다. 형은 눈에 띄게 초췌해졌고 많은 술을 마셔대더니 손까지 떨릴 정도로 심각해졌어요. 외과의사가 수전증이니 수술이 제대로 됐겠습니까. 결국은 의료사고까지 났습니다. 병원 운영은 점점 내리막이고 나중에는 마약까지 손을 댔다더군요.

어느 날 형이 병원으로 절 불렀습니다. 병원 창으로 내다보이는 바깥은 생동하는 봄기운으로 푸르고 밝았습니다. 그러나 폐업신고를 안 했을 뿐이지 이미 업무가 중단된 병원 안은 이사 나간 집처럼 휑했습니다. 그 속의 우리 형제는 세상과는 고립된 것처럼 외로우면서도 서로 서먹하게 비껴 있었습니다.

나를 죽여줄 수 있겠니?

형의 말이었습니다. 저는 처음에 잘못 들은 줄 알았습니다. 왜냐면 형을 등지고 있었고 열린 창밖으로 날리는 벚꽃이 화사해서 잠시 정신을 팔고 있었거든요. 그렇지 않다 해도 그런 말을 단번에 알아들을 사람이 누가 있겠습니까.

뭐? …… 뭐라는 거야?

윤수야, 나는…… 어차피…… 스스로 목숨을 끊을 수밖에 없을 거야. 그러니 내 가족에게 조금이라도 짐을 덜어주고 싶어. 네가 나를 죽여준다면 내가 가입한 보험금은 받을 수 있어. 그러면 네 형수와 조카가 그럭저럭 살 수 있을 거야. 윤수야, 내가 시키는 대로 하면 너에게도 피해가 가지 않아. 아무 상관없게 되는 거야. 무슨 말인지 알아듣겠니?

자신을 죽여달라고 말하는 형의 표정은 아주 담담했어요. 담배 하나 사다 줄래? 하듯이요. 오히려 듣는 제가 당황했고 가슴이 벌렁거리더군요. 평소의 저라면 형이고 뭐고 씨발! 지랄하고 있네! 거친 욕설과 함께 부서져라 문을 박차고 나갔을 테지만 그때는 서러움이 걷잡을 수없이 치밀어오르는 겁니다. 왜 그래야 하는 거야? 그런 방법밖에 없는 거야? 라며 형을 붙잡고 절박한 통곡을 하고 싶더란 말입니다.

나는 형에게 향했던 시선을 창밖으로 돌렸습니다. 그리곤 터지려는 울음자락을 힘겹게 안으로 밀어넣으며 말했습니다.

하다하다 별 미친……. 무슨 말같지도 않은 개수작이야. 이젠 맛이 아주 제대로 갔구나!

형은 정신병자였습니다. 어떻게 미치지 않고 살아낼 수 있었겠어요. 저는 알 수 있었습니다. 형이 말하는 절망적인 현실 때문만은 아닌, 형의 말 속에 담긴 또 다른 이유를요. 형으로선 그동안 지고 왔던 짐이 무거웠겠죠. 당연히 죽었어야 될 사람이었어, 라고 버둥거려도 그건 공허한 울림이었을 테고 패륜 살인자라는, 스스로가 찍은 낙인은 가혹했을 겁니다. 남들은 제가 형에게 맺힌 게 많다고 하지만 그건 아닙니다. 어릴 땐 잠시 그랬기도 했지만 자라면서 전 형이 가여웠습니다. 저는 부글거리는 것들을 밖으로 쏟아내기라도 했지만 형은 그러지 못했으니까요.

형과 나 사이에 어둡고 긴 터널을 통과할 때 같은 막막한 침묵이 흘렀습니다. 그 속에 우리 형제의 동조가 녹슨 부식물의 벌건 녹물처럼 참담히 녹아들었습니다. 나는 감정의 동요를 보이지 않으려 태연한 척 잇새로 찍 침을 튕겨냈습니다. 침은 엉뚱하게도 형의 구두 위에 얹혔어요. 검은 표면에 얹힌 누런 침은 도저히 섞일 수 없이 이물스러우면서도 메마른 땅에 스며드는 물기처럼 자연스러웠습니다. 그처럼 저 또한 형과 같은 정신병자였을 겁니다. 미치지 않고는 살 수 없었던 우리 형제의 삶 자체가 혼돈이었으니까요.

형과 나는 병원을 나와 아주 오랜만에 아니 처음으로 마주앉아 거나하게 술에 취했습니다. 어린 시절 발가벗고 수영을 하던 그 축항에 앉아 봄날 저녁의 바람결을 끌어안았지요. 바다 끝에 오징어배의 이른 불빛 몇 개가 멈춰 있었습니다. 불빛들은 선홍색 해당화처럼 수런댔습니다. 코끝을 싸하게 하는 해당화 향이 해풍에 실려 떠다니는 것도 같았어요. 등대가 서치라이트를 이리저리 비추었습니다. 조명이 멈추는 곳에 잠깐잠깐 환영처럼 무언가가 튀어올랐습니다. 그것은 너무나 빨리 사라져버려 미처 볼 수 없었지만 어쩌면 아버지나 어머니였을 수 있고 형이나 저이기도 했을 겁니다.

미안하다. 윤수야!

좆같은 소리 하네!

형을 제대로 보지 못하고 거푸 술만 입에 넣던 나는 거친 욕설을 내뱉을 뿐이었습니다.

형님, 저도 인디언들처럼 잠시 멈춰서 뒤를 돌아봅니다. 제 영혼은 어디쯤에 있는지 보이지 않습니다. 어쩌면 영영 저를 따라오지 못할 수도 있다는 생각이 듭니다. 그럴 겁니다. 아, 이제 해가 이우는가 봅니다. 햇발이 스러지려는 걸 보니.

투르르릉!
밤 깊어 어둡고 인적 없는 곳에서 자동차의 시동 걸리는 소리가 굉음처럼 퍼져 나갔습니다. 헤드라이트 반경으로 희끗한 물체가, 내 형 윤재가 허청허청 걸어가고 있었습니다. 나는 두려웠습니다. 울음이 비적거리고 나와 그만 핸들에 머리를 박았습니다. 도저히 할 수 없었습니다. 그때 제 휴대전화가 자지러지게 울렸습니다. 형이었어요.
윤수야, 그대로 밀어붙여. 어서! 아무것도 아니야. 넌 그저 지나간다고 생각하면 돼. 그리고 넌 지금 술을 많이 마셨어. 어린 시절 아버지를 생각해봐. 아버지는 술에 취할 때마다 자신을 놓아버렸어. 너도 그러면 되는 거야. 아무것도 아니야. 잠깐이면 돼. 그냥 액셀러레이터만 힘을 주어서 밟으면 돼. 윤수야, 난…… 난 이제 편하고 싶어. 너무 힘…… 들어…….
내 형 윤재의 너무 힘들어서 편해지고 싶다는 쓸쓸한 말이 전화기를 타고 푸르스름한 안개처럼 나를 덮쳤습니다.
형님, 저의 오른발이 액셀러레이터를 있는 힘을 주어 밟는 순간, 맑던 밤하늘에 한치 앞을 분간할 수 없는 비바람이 몰아쳤던 건 뭘까요? 그 속에서도 선명한 별똥별이 무수히 쏟아져 내린 걸 아십니까?

∞

붉게 익은 해당화 열매 속을 파내는 젊은 여자의 손길이 조심스럽다. 그 앞에서 예닐곱 살 사내아이가 파낸 속을 아무 생각 없이 만진다. 속 씨앗을 감쌌던 은빛 털이 팔에 닿자 따끔거리더니 금방 벌게진다. 아이는 팔이 따가워 어쩔 줄 몰라 한다.

에그머니나…… 얘야, 만지면 안 되는데…… 어쩌냐? 이리 오너라. 팔을 씻자.

대야 가득 담긴 물 위에서 금빛 햇살이 춤춘다. 말랑한 아이의 팔을 씻기는 젊은 여자의 손위에서도 햇살이 헤살댄다.

아이의 팔을 다 씻긴 젊은 여자는 속을 파낸 열매를 물에 씻어 다시 곱게 다듬어 아이에게 내민다.

얘야, 이걸 한번 불어보려므나.

어떻게 부는데?

입을 요렇게 오므리고 구멍에다 대고 불면 돼.

젊은 여자의 입이 토끼 입처럼 오므라든다. 아이는 시키는 대로 하지만 입바람이 약해서 소리가 나지 않는다. 젊은 여자가 불어보아도 피식, 피식 바람 빠지는 소리만 난다. 젊은 여자의 얼굴에 낙담이 어린다.

얘야, 그 사람이 불던 해당화 피리 소리가 귀에 선하구나. 그이는 해가 져 밤이 되면 우리 집 뒤란으로 와서 해당화 피리를 불었지. 어른들은 어디서 휘파람새가 우나 보구나, 라고 말씀하셨지만 나는 단박에 알아들었단다. 그 사람이 집 가까이에 있다는 걸 알고는 가슴이 설렜고, 부모님 몰래 뒷문으로 나가면 그 사람이 환하게 웃으며 나를 기다리고 있었단다.

말을 하는 젊은 여자의 눈매가 꿈을 꾸듯 아련하다. 푸르스름한 저녁 이내를 담은 듯 촉촉하다.

얘야, 그 사람이 살았던 집 마당에는 해당화가 덤불을 이루며 지천으로 피어났단다. 여름이 깊어지면 그 사람 주머니에는 붉게 익은 해당화 열매가 가득했지. 내 치마폭에 그것들을 꺼내놓으면 마치 다홍 구슬이 차르르, 쏟아져내리는 것 같았구나. 그 사람은 입을 오므려 해당화 열매 구멍에다 입바람을 불어넣었지. 그러면 가느다란 소리가 애잔히 흘러나왔는데 듣고 있다 보면 어찌나 가슴이 찡해지던지…….

젊은 여자의 눈이 붉은 노을처럼 물든다. 기약 없어 안타까운 그리움이 가득 고인다.

젊은 여자가 입은 저고리는 해당화처럼 선홍색이다. 손을 대면 붉은 물이 묻어날 것 같다. 아이는 여자의 저고리에 가만히 손을 댄다. 울음이 치받쳐 무릎에 얼굴을 묻은 젊은 여자의 등이 흔들린다. 아이는 한껏 팔을 벌려 그런 여자의 등을 감싸지만 아직은 팔이 짧아 업힌 것 같다. 젊은 여자는 울면서도 두 손으로 아이의 엉덩이를 받친다. 아이는 젊은 여자의 어깨에 가만히 두 손을 얹는다.

엄마, 우는 거야? 그 사람 보고 싶어서?

…… 으응.

그럼 보러가면 되잖아?

갈 수가 없어. 걸어서 갈 수 있는 곳이 아니거든.

왜? 엄마 다리가 아파서? 그러면 조금만 기다려. 내가 얼른 자라서 기운이 세질 거니까 그때 엄마 다리 안 아프게 업고 가면 되잖아 그치?

젊은 여자의 어깨를 쓰다듬으며 말하는 아이의 가슴에도 푸르스름한 저녁 이내 같은 슬픔이 들어찬다. 불이 일듯 코가 매워지고 눈이 뻐근하니 아프다. 가슴이 뾰족한 걸로 콕콕 찔리듯 아프다. 아이는 그만 젊은 여자의 등에 얼굴을 묻고 흐느낀다. 젊은 여자는 그런 아이의 엉덩이를 투덕투덕 두드리며 말한다.

얘야, 그 사람은 지금 어떻게 지내고 있을까? 그곳에도 해당화가 있을까? 있다면 피고 지는 해당화를 보면서 내가 그 사람을 그리듯이 나를 생각하고 있을까? 예전처럼 나를 위해 해당화 피리도 불고 있을까?

선홍색 눈물 가득한 젊은 여자의 핏빛 목소리가 허공으로 흩어진다.

낯선 틈

낯선 틈

대문은 굳게 닫혀 있다.

아무나 들어올 수 없을 만치 완강하다. 그러나 높은 담장이 성역처럼 둘러친 고택 안은 더없이 안온하다. 그걸 뒤틀리게 할 어떤 것도 섞여들 수 없을 것 같다.

마당에는 환한 햇살이 풍성하다. 곳곳에 자리한 모든 것들에서는 윤기가 흐르고 즐비한 관상수들은 실하게 무성하다. 그 속의 해가 잘 들지 않은 한 귀퉁이에, 관심을 두지 않으면 그냥 지나칠 수 있을 이질적인 게 하나 눈에 띈다. 작고 추레한 꽃 한 송이만을 달고 있는 키 낮은 장미나무다. 줄기마저 시들해서 생기 넘치는 다른 것들에 비해 초라하다. 바닥에 다진 흔적이 있는 걸 보니 묘목을 옮겨 심었는데 뿌리를 제대로 내리지 못했나 보다.

세연이 분주하게 눌러대는 카메라 셔터 소리가 고요한 고택 마당으로 파고든다. 마루에 앉은 내 눈길이 재차 확인하듯 세연의 동선을 자주 따라 쫓는다. 혹시라도 혼자 남겨지면……, 문득 문득 그런 생각이 들어서다. 세연이 나를 두고 가버릴 이유가 없건만 괜한 불안감을 가져야 하는 게 씁쓸하다.

원하는 분량을 어느 정도 찍었는지 세연이 내 옆으로 와 앉는다. 월간지 기자로 있는 세연은 이곳으로 오기 전 나에게 취재 길에 같이 가겠냐고 물어왔다. 다음 호 기획으로 주택의 문과 창을 주제로 잡았는데 지방에 있는 한 반가를 방문하는 거라고 했다. 나는 예전에도 다른 취재 길에 동행한 적이 있던 터라 흔쾌히 따라나섰다. 그러나 막상 이 고택을 들어서고 보니 막연한 불안감이 밀려들었다. 세연을 따라온 게 아니었다면 그만 발길을 돌리고 싶을 만큼 마음이 편치 않았다.

세연이 내게 물었다.

"필립, 한국에서 생활한 지 꽤 됐지?"

"이 년이 넘었지."

"벌써 그렇게 됐구나. 이젠 의사소통도 무리 없어 보이던데."

"그래도 한국말은 어려워."

"그만하면 꽤 정확하고 유창한 거야."

마침 집주인이 마실거리를 내왔다. 세연이 주인에게 집안을 더 둘러보겠다고 하자 그는 별채가 있는 뒷마당으로 우리를 안내했다.

뒷마당은 강한 볕이 풍성한 앞마당과 달리 한 겹 걸러낸 채광이어서 설렁한 그늘이 휘장처럼 드리워진 것 같다. 별채는 마루를 잇댄 한 칸짜리 규모다. 방문을 열자 콩기름을 먹인 반들한 장판에 맞은편 창의 실루엣이 비쳐든다. 창호 문을 거쳐 방바닥에 퍼지는 햇살이 아늑하다.

나는 그 속에 있고 싶다는 생각이 들어 신발을 벗고 성큼 방으로 들어섰다. 창가로 가서 창에 손을 갖다대자 한지의 거칠한 감촉이 느껴지며 펼친 손이 비쳐드는 햇살에 말갛다. 세연도 내 손과 창의 대비가 좋다며 뒤따라 들어와 사진을 찍는다.

"필립, 취재 때문에 자료를 찾다보니 든 생각인데 말야. 문과 창은, 단순히 바깥과 안이 연결되는 시설물만은 아닌 것 같아. 열고 닫는 개방성과 폐쇄성을 동시에 지닌 것처럼 소통과 단절도 공존시키지 않을까?"

세연이 각도를 잡느라 이리저리 움직일 때마다 검은 머리칼에 햇살이 흩어져 어른거린다. 지금까지 내게는 노랗거나 갈색 머리카락이 익숙했다. 간혹 검은 머릿결을 가진 사람들도 있었지만 한국에서 보는 것과는 다른 느낌이었다.

세연은 사진을 몇 컷 더 찍고는 다시 말을 이었다.

"문과 창이 시간성을 상징한다고도 하는데 그런 의미에서 보자면 지나갔거나 지나치는 시간을 바라보는 틀이 될 수도 있을 거야. 그러고 보면 사람들의 기억이나 추억도 우리가 살고 있는 공간의 문이나 창 같겠지. 각기 지니고 있는 기억을 엮어서 밖으로 내보내기도 하고 끌어안기도 하니까."

"그럴 수도 있겠네."

나는 세연의 말에 대꾸하며 창에서 손을 떼고 무심코 창문을 열었다. 그러자 안채에서 뒷마당으로 드는 중문과 그 너머 옆으로 굳게 닫힌 후문이 돌발처럼 나타났다. 순간 보지 말아야 할 걸 본 듯 당혹감이 다가

든다. 고택을 들어서면서부터 들던 불안감보다 더한 날선 고립감과 두려움이 엄습한다.

아주 어두웠다. 해질녘 어스름이라 사물이 분간되는데도 그랬다.
'꼼짝 말고 여기 있어! 알겠니?'
이제 스물을 좀 넘겼을 앳돼보이는 엄마가, 다섯 살 사내아이를 한옥 사랑채 마루에 앉혀놓고 과자봉지를 쥐어주며 급하게 말했다.
12월로 들어선 초저녁의 민속촌은 을씨년스러웠고 바삐 돌아가려는 행락객 몇이 있을 뿐이었다. 아이는 불안했지만 툭하면 화를 내며 윽박지르던 엄마 말을 거역하지 않으려 고개를 끄덕거렸다.
그러나 시간이 흘러도 엄마는 오지 않았다. 배가 고팠던 아이는 과자를 한참 전에 다 먹었다. 빈 봉지를 들고 있는 손이 시렸다. 주머니에 손을 넣으면 덜 시릴 테지만 봉지를 놓을 수 없었다. 그걸 놓아버리면 엄마는 영영 올 것 같지 않았다.
몸에 걸친 남루한 외투로는 해가 진 초겨울 추위를 막지 못했다. 떨고 있는 아이의 코에서 흘러내린 콧물이 찐득하니 굳었다. 인적 하나 없이 어둠이 내려앉는 넓은 기와집은 괴괴했다. 몇 발자국 앞에 있는 담은 높았다. 아이의 작은 키로는 그 너머 아무것도 볼 수 없었다. 소리를 질러도 담을 타 넘지 못할 것 같았다. 안채로 연결되는 중문 빗장도 굳게 질러져 있었다. 막막함과 두려움이 거대한 장막처럼 아이의 눈에 드리워졌다. 꽁꽁 언 아이의 손이 그만 쥐고 있던 빈 봉지를 놓치고 말았다.

내가 세연과 처음 만났던 장소는 국내외입양과 관련된 한 행사 캠프장이었다. 세연은 그때 취재를 하러 왔었는데 나를 행사진행을 도와주는 도우미 중 하나일 거라 여겼던지, 인터뷰를 요청했다가 아닌 걸 알고는 멋쩍어했었다.

당시 나는 '모국방문연수'로 다른 국외입양아들과 함께 한국에 와 있던 참이었다. 연수는 3주 동안 한국 가정에 머물며 한국의 문화, 역사, 언어 등을 접하고 관광명소 방문 일정으로 짜여 있었다. 그 일정에는 입양되기 전 잠시 키워주었던 위탁부모를 만나거나 머물렀던 보육원을 찾아볼 수도 있었다.

낮 동안의 행사가 끝난 후에는 주관처 담당자들과 취재진이 모여, 입양아들과 문답 형식의 대화를 나누는 저녁 행사가 이어졌다. 입양아들은 한국어 구사가 어려워 대부분 외국어로 대답하면 통역원이 다시 한국어로 전했다. 그들은 어쩌다 떠듬대며 한국어로 얘기하다가도 표현과 전달이 제대로 되지 않으면 입양되어 자란 나라의 언어로 유창하게 말해버렸다. 그럴 때의 표정은 그나마 안정되어 보였다. 그런 모습을 보며 같은 입장이었던 나는 씁쓸했다. 그들이나 나나 자신에게 겹쳐 있는 또 다른 자신을 의식할 수밖에 없어서였다.

캠프에 참가한 입양아들은 국외입양에 대한 한국 사람들의 무관심, 홀대 등을 피부로 느끼기 때문인지, 대부분 자신들이 소통부재의 이질적이거나 잉여적 존재는 아닌가 하는 인식을 지니고 있었다. 그럼에도 자신들을 버린 모국을 원망하기보다 이해하려 애썼다. 그건 긴밀하게 동화되고 싶은 대상을 향한 간절한 구애 같은 거였다.

국외입양아들 중에 입양되어 자란 나라의 정치계나 사회 분야에서 두각을 나타내는 경우가 있다. 국내에선 그들에게 글로벌 인재라며 요란한 플래시를 터뜨렸고 그들의 성공을 대대적으로 보도했다. 그동안 국외입양에 관해 일말의 관심도 없었으면서, 새삼스레 자랑스러운 한 민족의 핏줄임을 내세우며 불편한 관심과 호의를 베풀었다. 보호받아야 할 어린 그들이 남의 나라로 내몰려 어떤 아픔과 외로움을 겪으며 성장했는지는 들여다보지 않았다. 그나마도 그렇게 성공한 입양아들이나 조명을 받을 수 있는 거지, 그러지 못한 입양아들은 어디에서도 제대로 형성해주지 않았다.

그날 행사에 참석한 입양아들은 성장하며 가졌을 힘들고 서러웠던 처지를 털어놓았다.

'박탈감이 힘들었어요. 나는 누구인가라는 정체성 혼란과 어디에도 속하지 못하는 이방인이라는 게 서글펐어요!'

'어떤 양부모는 입양을 하고선 부모로서의 의무를 제대로 이행하지 않는 경우도 종종 있어요. 아이가 성장하는 데 있어 필요한 보살핌 없이 방치하는 거죠. 구매한 물건이 마음에 들지 않는다고 구석에 처박아 두는 것과 같은 거예요. 아이는 다시 버림받았다는 상흔을 가질 수밖에 없어요.'

'백인우월주의로 인해 겪는 인종차별이었어요. 그런 사회에서 유색인종으로 더구나 입양아로 산다는 건 힘들었어요. 놀림뿐 아니라 자기들 나라에서 빨리 꺼지라며 폭력을 당하기도 했어요. 그럴 때마다 괴롭고 슬펐어요. 나는 돌아갈 나라가 없었으니까요!'

'입양지원 시스템이 잘 되어 있다고는 하지만 입양아에 대한 폄훼의식도 있어요. 너희 나라에서 버린 우리를 거두어주지 않았다면 인간다운 삶을 제대로 살 수 있었겠냐는 생색이죠. 어떤 사람들은 아이로 하여금, 한국의 부모나 문화 등 모든 것들을 기억하지 못하게 해요. 그건 보이지 않는 폭력이에요!'

입양아들의 말 속에 담긴 혼란과 비극적인 현실이 폐부를 찔렀다. 이곳에도 저곳에도 속할 수 없어 오랫동안 두 세계의 모순 속에 갇혔을 테고 틈새에 끼어 절박한 절규를 외쳤을 것이다. 그 절규는 한국 정부에서 마련한 생색내기의 일회적 행사로는 결코 해소될 수 없는 거였다. 모국의 전통 옷이라며 던져주는 한복을 입고 어색하게 찍는 단체사진이나, 모국의 상징적 공간이라고 우르르 몰고 다니며 보여주는 궁궐 속에서 아픈 결핍은 채워질 수 없었다.

쩌엉!

육중한 대문이 열리자 젊은 주인 여자가 상냥히 웃으며 맞았다. 여덟 살 아이의 옆에 있던 보육원 원장이 여자에게 구십 도로 상체를 숙여 깍듯이 인사를 했다.

대문을 들어서자 규모가 큰 한옥이 나타났다. 집을 마주한 순간 함부로 들어설 수 없을 위압감이 느껴졌다. 지붕에 얹힌 기와는 공장에서 다량으로 찍어낸 조악한 게 아니었다. 한 장 한 장 손으로 구워 기품이 감돌았고 밀도 강한 잿빛은 밝은 햇살을 받아 윤기가 흘렀다. 바람결이 스치자 푸른 하늘을 배경으로 날렵하게 들린 처마

끝 풍경에서 청아한 소리가 퍼져 나왔다.

실내는 밖에서 보던 것보다 더 넓었으며 쾌적했다. 주인 여자는 태엽을 감아놓은 인형처럼 시종 은은한 미소를 띠었다. 그 옆엔 얼굴빛이 희고 체격이 작은 사내아이가 있었다. 여자가 그 아이에게 말했다.

'인사 드려야지. 그리고 얘는 앞으로 우리와 함께 살 거란다. 이런…… 뭐가 부끄럽다고. 원장님 이해해주세요. 제 아들이 워낙 숫기가 없어서요.'

여자의 말투는 온화하면서도 똑똑 끊듯이 조용했다. 자분한 말소리를 듣기 위해선 신경을 집중해야 했다. 그로 인해 여자는 한층 더 품위 있고 우아했다. 여자는 아이를 탐색하듯 찬찬히 보더니 흡족하게 말했다.

'아이가 명석해 보이고 또래보다 체격도 크네요. 일단 만족할 만하군요.'

아이를 데려다주고 보육원으로 돌아가는 원장은 아이에게 당부했다.

'애야, 이 댁 바깥주인은 대학교수이고 그 분의 아버지는 국회의원을 지낸 분이란다. 우리 보육원에도 많은 재정적 도움과 봉사를 아끼지 않는 훌륭한 분들이시다. 그 분들을 실망시키는 일 없도록 노력해야 한다!'

몇 년 전, 초겨울 저녁의 민속촌에 버려졌던 다섯 살 아이는 시간이 한참 흘러서야 순찰을 돌던 직원에 의해 발견되었다. 그 후 시립보

호소를 거쳐 보육원에서 지내다 국내의 한 가정에 입양되었다.

'얘야, 넌 이제부터 형이란다. 그러니까 앞으로 동생을 잘 돌봐주어야 하겠지? 그게 네가 우리 집에서 할 일이란다.'

입가에 잔잔한 웃음을 지은 여자는 아이의 머리를 쓰다듬으며 말했다. 여자의 아들은 아이보다 한 살이 어렸다.

새로운 곳에서 아이의 생활은 평온했다. 여자와 여자의 남편은 자신들의 아들에게처럼 아이에게도 늘 온화한 낯빛으로 자상하게 대했다. 둘에게 똑같이 운동과 피아노와 바이올린과 미술을 고액의 레슨비를 들이며 가르쳤다. 아이는 그들에 대한 고마움을 뼈저리게 느꼈다. 그에 보답하는 일은 형으로서 그들의 아들을 지극하게 보살피는 거라고 여겼다. 형제애를 가슴에 새기며 성심을 다했다.

나는 모국방문 연수가 끝날 때까지 세연과 자주 만나게 됐다. 세연은 나에게 한국에 관한 것들을 접하게 했고 가족을 찾는 일에도 도움을 주려 애썼다. 그리고 연수 일정이 끝난 후에는 프랑스로 돌아갔다가 6개월 후에 다시 한국으로 왔다. 지금은 한 대학 내의 한국어학당에서 공부하고 있는 중이다.

한국으로 다시 온 건 친부모를 만날까해서였다. 그에 대해 양부모는 가족을 찾지 못했을 때 내가 가질 좌절과 상심을 우려했다. 그 우려처럼 가족을 찾던 중 받았던 크고 작은 상처들은 많았다. 제보가 있어 가보면 허탕이기 일쑤였다. 그 중엔 돈을 사취하기 위한 사람들도 있었다. 먼 친척을 사칭하며 가족을 찾아줄 수 있다느니, 같은 동네에 살아서 친부모의 행적에 대해 잘 알고 있다느니 하는 것들이었다. 그들은 결국 몇 푼의 돈만 뜯어내곤 종적을 감추어버리기도 했다.

한번은 공중파 방송에 나간 후였다. 아버지라는 존재의 기억은 전혀 없었지만, 오십대의 한 남자가 아들을 잃어버렸던 시기와 장소는 내가 버려졌던 상황과 유사했다. 그와 만나기로 한 일정이 잡힌 후부터 일상은 붕 뜨면서도 두려웠다. 혹시 버려졌던 거라면 어쩌나 하는 것 때문이었다. 그러나 그런 두려움마저 기우로 끝나고 말았다. 유전자 검사에서 그와 나는 아무 연관 없음이 밝혀졌다.

'실망하지 말게. 자네 부모도 어디선가 나처럼 애타게 찾고 있을지 모르잖은가.'

그리 말하며 내 어깨를 투덕거려주는 남자의 눈도 퀭하게 젖어들었었다.

남자는 아직도 아들을 찾지 못했을까. 나는 가끔 잃어버렸다는 남자의 아들이 부러울 때가 있다. 아버지가 애타게 찾아 헤맨다는 사실 만으로도.

여자의 허약하고 숫기 없던 아들은 아이와 함께 지내며 많이 달라졌다. 먹성 좋은 아이를 따라 뭐든 잘 먹고 고개를 외로만 꼬던 행동도 없어졌다. 건드리면 픽 쓰러질 것 같던 몸은 제법 강단이 생겼다. 그럴수록 아이를 대하는 부부의 태도는 지극했다.

그러나 일 년이 지나면서 그들의 태도가 달라지기 시작했다. 소외였다. 그들의 아들이 점점 의젓해지자 지극한 풍요는 서서히 빈한

함으로 바뀌었다.

'집에 손님들이 오실 거야. 나오라고 할 때까지 꼼짝 말고 방에 있어야 한다. 알겠니?'

언제부턴가 여자의 말투는 냉기가 배어 있었다. 집안에 행사가 있는 날이면 아이는 손님들이 돌아갈 때까지 자신의 방에서만 갇히듯 있어야 했다. 아이의 방이 있는 외진 공간은 푸석하도록 건조했다. 거실에서 들려오는 왁자하고 윤택한 웃음소리가 바늘 끝처럼 후벼들었다.

명절이 되면 그들 부부와 아들은 아이만 남겨두고 할아버지 집으로 가버렸다. 아이는 커다란 집에서 홀로 있어야 했다. 그들이 화장실을 제외한 집안의 모든 문을 잠가놓아서 열릴 공간도 없었다. 아이는 열리지 않는 문들을 볼 때마다 힘이 빠졌다. 거실 유리로 내다보이는 너른 정원은 손에 잡힐 듯 선명한데 잡을 수 없었다. 손을 저으면 차가운 유리의 단면만 이물스럽게 와닿았다. 유리에 이마를 쿵쿵 찧어보면 머릿속은 어두운 동굴처럼 공허하게 울렸다.

'이제부턴 식사 시간과 필요한 일이 아니면 방에서 나오지 말거라!'

여자의 말투는 더욱 단호해졌다. 따뜻하던 미소는 사라진 지 오래였다. 저녁이면 그들 부부와 아들은 거실의 안락한 소파에서 텔레비전을 보거나 낮 동안의 일들을 얘기했다. 그들에게는 따스한 햇살이 퍼졌고 그들이 짓는 웃음은 집안을 환하게 휘돌았다. 그러다가도 아이가 물이라도 마시기 위해 나가면 얼음나라 사람들처럼 굳게 입을 다물었다. 아이는 점점 유폐되었다.

어느 날 아이가 학교에서 돌아왔을 때 거실에 여자와 여자의 언니가 있었다. 아이가 인사를 하고 제 방으로 들어가기 위해 복도를 돌았을 때였다.

'재는 언제 보내는 거야?'

'곧 보낼 거야. 처음부터 입양을 생각했던 건 아니었으니까. 잠깐 필요했을 뿐이야. 뭐하러 내 집안에 남을 들여. 불결하고 찜찜해! 더구나 남자 아이잖아. 어쨌건 저 아이도 손해본 건 없지. 그동안 잘 살았는데 뭐. 우리 아니었으면 어디 가서 그런 대접 받아볼 수 있었겠어.'

'하긴……, 그나저나 민수가 많이 좋아졌지? 쯧쯧, 민철이와 함께 자라면 얼마나 좋을까.'

형이 사고로 죽는 광경을 목격했던 그들의 아들은 충격으로 일시적 이상 증세를 내보였고, 그들은 대체 처방으로 나이, 생김새나 체형이 죽은 큰아들과 흡사한 아이를 데려왔다. 시간이 지나면서 아들이 어느 정도 회복되자 아이는 더 이상 쓸모가 없어졌다. 얼마 후 아이는 그 집을 나와야만 했다. 파양이었다. 파양의 이유는 적절했다.

'집에 둔 푼돈이 자꾸 없어지는 거예요. 알고 봤더니 아이 소행이었어요. 성정도 거칠어서 섬약한 제 아들을 협박하며 괴롭히고 거짓말도 밥 먹듯이 하더군요. 저희가 마음이 아픈 건 아이가 우리를 한가족으로 생각하지 않는다는 거예요!'

보육원 원장실에서 여자는 눈물까지 글썽이며 말했다. 누구든 여자의 입장을 충분히 이해하고 공감할 수 있을 태도였다. 아이는 졸지에 배은망덕한 존재가 되었다. 누구도 그 집에서의 일들을 알 수 없었기에.

여자는 하자가 있는 물건을 반품 처리하듯 아이를 다시 보육원에 넘기고 매끄러운 광택이 나는 승용차에 올랐다. 검은색 차 위로 흰 구름이 빛나는 자개 문양처럼 되비쳤다. 보육원 원무실 창 앞에서 돌아가는 여자를 보던 아홉 살 아이의 눈이 흰자위를 보이며 뒤집어졌다. 아~ 아~ 아! 억울함과 또 한번의 지독한 박탈감에 괴성이 터져나올 것 같았다. 그러나 가슴에 커다란 회오리바람을 가둘 뿐이었다.

고택의 뒷마당 둔덕에 나무가 빽빽하다. 바람결도 없는데 나뭇잎들이 언뜻언뜻 흔들리며 잿빛 돌멩이 같은 뭔가가 휙 휙, 지나다닌다. 자세히 보니 작은 청설모다. 그 옆에 몸집이 좀 더 큰 또 한 마리는 부산스럽게 오가는 작은 청솔모에게서 눈을 떼지 않는다.

"필립, 지난 번 텔레비전 방송은 어땠어? 가보려고 했는데 시간이 맞지 않더라고."

세연이 바닥에 앉아 카메라 렌즈를 닦으며 묻는다.

얼마 전 입양의 날 특집방송이 있었다. 녹화장은 국내외에 입양이 된 당사자와 양부모, 그 분야의 관계자 등 많은 사람들이 모였다. 조명 열기까지 더해 안은 후끈했다. 나는 손수건을 꺼내 이마와 목덜미에 배어나는 땀을 자주 닦았는데 녹화장의 열기 때문만은 아니었다. 출연한 양

부모나 입양아들을 보며 괜히 불안해서였다.

'전 처음에 아르바이트로 시청과 연계되어 위탁모를 시작했어요. 몇 개월 돌보다 아이를 떠나보내는 게 마음이 아팠어요. 마치 내 아이를 남에게 떠넘긴다는 죄책감이 들면서 직접 키워야겠다는 결심을 했어요.'

마흔이 넘었다는 여자의 품에서 갓 돌이 지났을 아이가 우유를 먹고 있었다. 이미 두 번째 입양이고 처음 입양했던 아이는 어느새 중학교에 들어갔다며 여자는 환하게 웃었다.

나는 그때 국내외입양에 대해 좀 더 알게 되었다. 한국은 OECD 회원국 중 국외입양아 수출국 1위였다. 2000년대 초의 보건복지부 집계에선 전세계에 퍼져 있는 국외입양아 수가 대략 16만 명이며, 그 중에서 다시 다른 나라로 입양되거나 비공식 국외입양까지 합치면 그보다 훨씬 많다고 했다. 2012년에 입양특례법이 시행되어 신고제가 법원허가제로 바뀌면서 그때보다 국외입양은 감소됐었지만 근래 들어 다시 증가 추세라고 했다. 국내입양의 선호 조건은 대부분 1세 미만의 건강한 여아였고, 기피되는 남아나 장애아는 국외로 내몰리는 실정이었다.

그리고 또 안타까운 건 최근 통계에 따르면 미국 입양아 중 2만 명 가까운 아이들이 시민권을 취득하지 못했다는 사실이었다. 한국에서의 잘못된 입양기록과 탈·불법 호적 세탁으로 만든 고아 호적이나 양부모가 입양아의 시민권을 신청하지 않아서, 성장하는 내내 불법체류자라는 낙인을 달고 약물중독에 시달리거나 자살을 하는 경우도 있었다. 그들은 입양되어 자랐던 나라에서 강제 추방되기도 했는데, 성장하는 동안 한국에 와본 적이 없어 언어, 문화도 모르고, 친부모도 찾지 못한 채 모국에서 이방인으로 살 수밖에 없었다. 그들 대부분이 노숙자로 전락하거나 범죄를 저지를 수 있는 환경에 내몰리는 거였다. 입양국에선 그들을 강제추방할 때 한국 정부에 그런 처지를 제대로 알리지 않아 구체적 대안책이 없는 현실이기도 했다.

세연이 렌즈를 닦은 카메라를 바닥에 놓더니 벽에 등을 기대며 말한다.

"필립, 지난 번에 국외입양이 왜 시작되었는지 궁금하다고 했지? 입양 수단이 처음 발생한 건 이승만정부 때였어. 한국전쟁 직후에 전쟁고아, 혼혈아가 많았거든. 그걸 구제하기 위해 '고아, 양자 특별조치법'을 만들었대. 하지만 그때야 전쟁과 어려운 경제사정 때문이었다지만 국민 소득이 높아진 지금도 여전히 많은 수의 아이들이 국외입양이 된다는 건 사실 의아해. 해당 분야 전문가 말로는 그건 여성, 인권 같은 사회문제와 관련된 사안들인데 대부분 미혼모라는 공적 문제라고 했어. 현재 국외입양의 대부분이 미혼모가 낳은 아이들이래."

"그래? 그럼 원론적인 거야 어쩔 수 없다 해도 정부 차원에서의 사후복지 시스템이 필요한 거 아냐?"

"그렇지. 하지만 그게 간단한 문제가 아닌가 봐. 복지 시스템을 체계화하고 확장시키는 게 짧은 시간에 되지도 않거니와, 더 심각한 건 혈통 중심인 근본 모르는 뿌리에 대한 배타라는 거야. 내 혈육이 아니면 가족일 수 없다는 혈연주의와 편견으로 국내입양이 기피되고 국외입양이 성행하는 것도 그래서겠지."

"왜 그래야 하는 거지? 혈통이 도대체 뭔데 그토록 터부시하는 거야?"

나는 울컥 화가 치밀어 불퉁스럽게 내뱉었다.

"그게 참 그래. 필립 입장에선 이해하기 힘든 거지만 한 사회를 오래도록 지배하며 이어진 기득권 체제 정서를 무시할 수가 없어. 그게 바람직하지 않다 해도 견고한 울타리를 치고 있는 그들만의 세상에선 그게 정석인 거야. 그들이 지닌 기울어진 잣대로, 제도와 관습에 편입될 수 없는 미혼모들이 당당히 아이를 키우기 힘든 환경이 되는 거지."

말을 하는 세연에게서 착잡함이 배어나온다.

"미혼모라는 게 알려지면 주변의 곱지 않은 시선은 물론이고 대부분 가족 관계마저 단절된대. 직장에서도 차별과 압박으로 퇴사를 할 수밖에 없고 직장 채용 시에도 불이익이 많다는 거야. 그렇겠지. 인정된 제도 안에서 결혼하고 직장을 다니는 여자들에게도 임신과 출산 양육은 큰 걸림돌로 치부되는 현실에서, 그렇지 못한 미혼모들 처지야 오죽하겠어. 원치 않는 임신과 홀로 출산, 양육으로 경제활동을 할 수 없으니 생계유지가 안 되는데다 사회적, 정서적 편견과 질시의 압박감까지 감당하기엔 너무 힘겨운 거지."

내게서 친모와 지냈던 기억은 흐릿하다. 그나마도 너댓 살 언저리의 몇 장면이 전부다. 살았던 집은 금방이라도 지붕이 내려앉을 듯 낡고 허름했다. 얼기설기 지어 바람이 숭숭 들어오고, 부엌도 없어 취사도 방 안에서 휴대용 가스레인지로 해결했다. 해도 거의 들지 않은 방에서 아이는 일을 하러 나간 엄마가 돌아올 때까지 누구의 돌봄도 없이 홀로 지냈다. 국에 말아놓아 팅팅 불어터진 식은밥으로 끼니를 때웠다. 밤 늦어서야 집에 돌아온 엄마는 먹고 사는 것에 지쳐 아이를 쥐어박으며 화풀이를 했다. 그 참담한 환경 속에 아버지라는 존재는 없었다. 어린 엄마와 어린아이만 있었다.

"미혼모가 발생하는 건, 남녀가 서로 사귀다 임신 사실을 알게 되면 남자 쪽에서 아예 연락을 끊어버리거나 강간을 당해서라고 해. 남자의 성적 쾌락의 방종, 무책임에서 비롯된 가해로 한 사람의 인생이 혹독하게 저당 잡히는 폐해는, 억울하게도 전적으로 피해자인 여자의 몫인 거야. 낙태를 한다 해도 한국의 형법은 낙태를 범죄로 규정하고 있어서 임부 당사자와 해당 의사에게 징역형과 벌금이 부과되고 있어. 하지만 상대 남자의 동의가 있으면 합법 낙태가 가능하다는 거야. 강간이나 친족, 인척에게 당했을 경우에도 해당되지만 성폭행을 증명할 수 있어야 한대. 법원에서 그에 대한 사실 여부를 가리는 기간이 1년을 넘기는 경우도 있다는데 이미 시기를 놓친 상태에서 그게 무슨 해결 방안이 되겠어. 그처럼 현행 법리는 주체인 여성에게 인간 존엄의 자기결정권은 주지 않으면서, 모든 책임은 피해자인 여자에게만 전가하고 있는 거야. 국가와 가해자인 남자의 책임은 배제되는 거지. 아휴……."

세연은 말을 하며 깊은 한숨을 내쉰다.

"더 기가 막힌 건 강간자가 친족이나 친척 남자인 경우가 꽤 많다는 거야. 피해자인 여자는 강간과 패륜의 충격을 당했음에도 집안 내에선 체면 때문에 쉬쉬하며 강간자인 남자를 거론하지 않는 거지. 그리고 목숨까지 위협받는 범죄와 쾌락의 도구로 대상화됐음에도, 바라보는 시각은 어처구니없는 거야. 입고 있는 옷차림이나 행동이 바람직하지 않아 남자의 괜한 성욕구를 자극했다거나, 얼마나 헤펐으면 몸 간수 하나 제대로 못해 저 꼴이냐는 거지. 반면 가해자인 남자에겐 생리적 욕구를 풀 수밖에 없었으므로, 또 술에 취한 상태였기에 어쩔 수 없는 실수로 이해하며 관용적인 거야."

세연의 얼굴에 창으로 비쳐드는 오후 햇살이 머문다. 여과지에 걸러진 듯 눈가에 설렁함이 어룽댄다.

"미혼모의 적지 않은 수가 미성년자라고 해. 그들은 아직 자아정체성이나 제 삶의 방향도 온전히 형성하지 못한 보호받아야 할 존재들이야. 그런데도 타인에 의해 겪어선 안 될 깊은 상흔을 안은 채 주변의 질시를 받는 거야. 거기에 경제적 기반도 없이 내몰려서 또 한 생명을 홀로 책임져야 하는 양육 과정 감당이 가능할 순 없잖아. 그에 대한 정부의 충분한 효율적 지원이 필요한데…… 제도는 있어도 미혼모와 아동의 인권이나 양육복지는 제대로 기능하지 못하는 거지."

지난 번 방송 녹화장의 출연자 중에 양부모라는 한 남자가, 참석한 해당 관계자에게 흥분한 어조로 반박했던 말이 떠올랐다. 정부는 낮은 출산율을 우려하면서 백날 출산장려 정책만 떠들어대면 뭘 할 것인가, 미혼모 문제만 해도 사회적, 공적 문제라면서 실질적 자립 시스템 대안이나 실행이 제대로 작동하지 않는 것 같다, 그런 미비함이 결국 있는 아이들마저 밖으로 새나가게 하는 거 아니냐, 그건 크나큰 인력손실이며 국가가 자국민을 스스로 버리는 거라고 했었다.

그날 녹화장에서의 시간과 지금 세연의 말은 지난 날 내 쓰라림이기도 하다. 겨울날 황량한 벌판에서 싸늘하게 불어치는 한기를 무방비로

맞고 있는 심정이다.

바깥은 더위가 기승을 부렸다. 유리문으로 드넓은 활주로가 보였고 바닥에서 올라오는 열기가 무성했다.

열 살 아이는 또 유리되었다. 유리문 밖 풍경은 훤히 보이는데도 잡히지 않을 것처럼 막막했다. 일 년 전 파양의 기억이 몸이 굳는 것처럼 생생한데 아이가 다시 입양되어 가는 곳은 프랑스라고 했다. 말도 통하지 않고 생김새도 전혀 다른 사람들이 산다고 했다. 그곳에서 또 버림받는다면…… 아이는 두려웠다. 아르바이트로 입양아들을 데려다줄 여자 대학생이 아이의 손을 잡았다.

'미안하다. 우리 모두의 책임…….'

대학생은 채 말을 잇지 못했다. 복지회 직원이 둘의 여권과 보딩패스를 대학생에게 건네며 사무적으로 지시했다.

'공항에 도착하면 그쪽 직원과 양부모가 나와 있을 겁니다. 애야, 누나 말 잘 듣고 꼭 따라다녀야 한다. 알겠니?'

아이는 직원의 말투가 싫었다. 오래 전 추운 겨울 저녁의 두려움이 다시 떠올랐다. 꼼짝 말고 여기 있어! 알겠니?' 어린 엄마가 다짐을 주던 말과 흡사했다. 그와 함께 몸을 떨게 하는 또 다른 말이 겹쳤다. '꼼짝 말고 방에 있어야 한다! 알겠니?' 파양을 한 여자의 온화한 웃음 밑에 깔린 유리조각 같던 말이었다.

'학생, 서둘러요. 시간 다 됐어요. 애야, 뭐하니? 어서 일어나거라.'

직원은 감정 없이 아이의 머리를 건성으로 잠깐 쓰다듬었다. 억지로 떠멘 짐 부리듯 게이트로 대학생과 아이의 등을 가차 없이 밀었다. 둘은 미끄러운 얼음 위를 구르듯 힘없이 밀렸다. 익숙한 사람들의 모습과 풍경이 아이의 시야에서 차츰 걷혀졌고 곧 아무것도 볼 수 없게 됐다. 게이트의 반투명 유리문만이 조여왔다. 그 압박감은 어둠 속에 버려졌던 다섯 살의 두려움과 한낱 소모품으로 있다 파양되었던 아홉 살의 지독한 박탈감이었다. 와왕! 아이에게서 억울한 울음이 터져나왔다.

아이는 오랜 시간 비행기에 시달리다 태어난 곳과는 정반대 땅에 도착했다. 낯선 이국의 넓은 공항에는 노랗거나 갈색 머리칼과 희거나 검은 얼굴들, 거대한 체구의 사람들이 북적였다. 그곳에서 아이는 형체도 없이 사라질 것 같았다. 두려운 울음이 차오른 목울대가 뻐근하게 아팠다.

떠나온 곳의 기억들은 쉽게 희석되지 않았다. 잡을 수 없는 요원함이었기에 놓여나기 힘들었다. 특히 미각을 통한 기억은 강렬하도록 아팠다. 그런 기억자락들은 사무친 그리움으로 아이의 일상을 휘저었다.

어느 날 아침이었다. 양어머니가 아직 잠이 덜 깬 아이를 욕실에 밀어놓았다. 혼란스러운 꿈을 꾸고 났을 때처럼 명징하지 못한 상태였다. 제대로 떠지지 않은 눈에 들어온 뭔가가 욕조 가에 있었다. 손바닥보다 조금 작을 네모난 흰 물체였는데, 흰 시루떡이라는 생각에 아이는 허겁지겁 입에 물었다. 그러나 이가 박히는 순간, 짙은 향내와 미끄덩한 촉감에 질겁을 해서 뱉어내고 말았다. 한국에서 먹었던 떡이 아니라 비누였다. 절망한 아이는 욕실 바닥에 주저앉아 서러운 울음을 터뜨렸다.

아이가 성장하는 동안 양부모는 가정이라는 반듯한 울타리와 부모의 온정을 건넸다. 그 속에서 이국생활에 차츰 적응해갔지만 떠밀려나온 모국에 대한 끈은 쉽게 놓아지지 않았다. 언젠가는 돌아갈 것이라 믿고 싶었다.

하지만 자신의 의지와 상관없이 프랑스 국적을 지닌 프랑스 국민이라는 사실을 깨달았을 때 쓸쓸한 저녁노을 속에 있는 것 같았다. 살고 있는 곳에서 자신의 외형은 주변 누구와도 비슷하지 않았고 가족 중 누구와도 닮지 않았다는 사실이 서글펐다. 움푹한 눈매와 날선 콧날의 흰 얼굴들 속에서, 검은 머리칼에 작은 눈과 낮은 콧날의 누런 얼굴은 도드라진 슬픔이었다.

나와 세연은 다시 안채로 나왔다. 마루에서는 주인 내외가 마주 앉아 나물을 다듬고 있다. 세연은 주인 남자에게 마무리 추가 인터뷰를 했다. 나는 인터뷰가 끝날 동안 아까처럼 옆에 앉아 마당 풍경을 본다.

"아무래도 저게 구실을 못할라나? 고운 꽃 보자고 심었건만 영 비실하니 맥을 못추네. 뽑아 치우든지 해야지!"

안주인이 마당의 볼품없는 장미나무에 힐끗 눈길을 주더니 야멸친 혼잣말을 한다. 그 말에 어디에도 제대로 뿌리내리지 못해 흔들렸던 내 지난 날들이 문득 겹친다. 날카로운 서늘함이 와박힌다.

어둡고 추운 민속촌에 버려진 후 보육원과 프랑스로 가서 지내던 초기에는 어스름이 내리는 저녁만 되면 까닭 없는 두려움이 몰려왔다. 언제라도 혼자 남겨질지 모를 불안감이었다. 그런 감정들은 자라면서 옅어졌으나 세월이 흐른다는 건 어떤 것들의 흔적을 없애는 게 아니라 그저 묻어두는 거였다. 그 시간들이 울먹이는 아이가 되어 가끔 곁에 와 있지만 달리 방법은 없다. 지나온 시간들처럼 시린 마음으로 바라볼 뿐이다.

학기를 마치면 프랑스로 곧 돌아갈 것인지는 아직 정하지 못했다. 그렇다고 언제까지 한국에 머물 수는 없다. 나에게 프랑스는 이제 이국이 아닌 내 나라가 되어버렸다. 서른다섯 해라는 지금까지의 인생에서 이십 년이 훌쩍 넘는 대부분의 시간을 지낸 곳이다. 양부모와 형제들이 있는 그곳으로 돌아가서 앞으로의 일상을 계속 살아가야 한다.

하지만 친부모를 찾고자 하는 미련도 떨치지 못하고 있다. 그 미련은 혈연이라는 끈끈한 핏줄 의식 때문이 아니다. 절절한 그리움도 아니다. 한국에서의 남루하고 참담한 지난 시간이 말해주듯, 태어나서 잠깐 발붙였다 떠밀려야 했던 이곳은 이제 내 삶에서 애틋한 의미를 부여하진 않는다. 단지 다섯 살이었던, 아홉 살이었던 어린 내가 왜 버려져 먼 이국으로 가야 했는지라도 알고 싶은 게 이유라면 이유일까.

나는 인터뷰를 끝낸 세연과 대문을 나섰다. 배웅하는 주인 내외에게 인사를 하고 났을 때, 그들 뒤로 갈라진 틈새처럼 인색하게 열린 대문 안이 보인다. 고택 안의 풍경은 세로 단면으로 얇게 잘린 듯 박절하다. 몇 시간을 지낸 공간인데도 아주 낯선 허방 같다. 그 안은 무풍지대처럼 안온했으나 내몰린 누군가에게는 불안하고 막막한 고립감이다. 그

세계만의 공고하게 다져진 철옹성이어서, 삼십 년 전 차디찬 어둠속을 흐르던 참담한 펄럭거림은 존재할 수도 없다. 선뜻 발 디밀어 들어설 수 없는 완강함이 여전히 가로막는다.

함께 섞여야 할 곳에 온전히 스밀 수 없는 헐거움이 쓸쓸하다. 그 쓸쓸함에 크디큰 공동이 무겁게 들어찬다. 비긋이 열린 대문 틈을 멀건이 들여다보는 내 어깨를 세연이 툭툭 두드린다. 그 손길에 담겼을 위로가 스치는 바람결처럼 공허하다.

푸른 달의 꿈

푸른 달의 꿈

차체가 차도를 벗어나 벼랑을 향해 있다.

앞머리는 공중에 들려 있다.

벼랑 아래 호수에서 짙은 물안개가 피어오른다.

늦은 밤의 고속도로는 어둡고 적막하다.

노면 군데군데 엷게 흐르는 안개 띠가 헤드라이트 불빛에 몽환 같다. 간혹 차에 치인 짐승들의 뭉개진 사체도 드러난다. 저만치 짙은 어둠 속에 불 밝힌 경원휴게소 안내판이 바랜 시간처럼 떠 있다. 경준은 그곳으로 진입한다. 한적한 휴게소 건물에서 퍼져나오는 불빛이 차갑다. 지난 한때, 이곳을 거친 사실이 지울 길 없는 흔적으로 파고든다.

이 년 전이었다. 한해의 마무리를 눈앞에 두고 있었다. 경준이 근무하는 직장 부서의 송년회는 이차 술자리까지 이어졌다. 술자리는 술집

안의 여러 소리와 일행들의 거나하게 취한 말소리가 뒤섞여 소란스러웠다. 경준은 운전을 해야 했기에 술을 마시지 않았고, 밍숭한 정신으로 술에 취한 사람들과 함께 있는 자리는 지루했다. 창가 쪽 끝자리로 비켜 앉아 먹빛 어둠이 배인 유리창에 무료히 시선을 두었다. 실내의 불빛으로 창밖은 거의 보이지 않았다. 대신 술집 내부의 흐트러진 풍경과 앞자리에 앉아 있는 여자의 모습이 되비쳤다. 여자는 입사한 지 한 달이 채 되지 않은 신입이었다. 처음 봤을 때 어깨를 덮는 긴 머리카락이 유난히 검고 풍성했던 게 인상적이었다.

여자도 술을 마시지 않았고 무심한 표정으로 경준처럼 가끔 창에 시선을 두었다. 그나마도 지루한지 손으로 입을 가린 채 하품을 하며 고개를 돌렸다. 그때 머리카락 끝이 앞에 놓인 물잔에 빠질 것 같아 경준은 무의식 중에 손을 뻗어 여자의 머리카락을 집어올렸다. 여자가 의아한 눈빛으로 경준을 쳐다보았다.

밤이 꽤 깊어서야 술자리는 끝났다. 사람들은 다시 어울려 노래방으로 갔지만 경준은 그들과 합류하지 않고 헤어졌다. 차가 주차장을 빠져나와 택시 승강장 앞을 지나는데 그곳에 여자가 서 있었다. 추웠던지 코트 주머니에 손을 집어넣고 어깨를 잔뜩 웅크리고 있었다. 늦은 시각인데다 뚝 떨어진 기온으로 거리는 스산했고 빈 택시마저 보이지 않았다. 경준은 여자의 집 방향이 자신과 같다는 게 생각났다. 조수석 창문을 열었다.

저는 화정동으로 갑니다. 방향이 같으면 타세요!

여자의 집 근처에 도착했을 때 기습처럼 눈이 내렸다. 자동차의 와이

퍼를 움직여야 할 정도로 내리는 강도가 컸다. 여자가 내리려고 안전벨트를 푸는데 코트 깃에 달려 있던 브로치가 헐거웠던지, 벨트에 걸리며 운전석 밑으로 떨어지고 말았다. 여자는 브로치를 줍기 위해 경준 쪽으로 몸을 숙였다. 여자의 긴 머리카락이 핸드 브레이크 위에 있던 경준의 손등을 덮었다. 감미로운 근질거림이 불식간에 경준의 몸을 타고 흘렀다. 동시에 젊은 시절 어머니의 흑단 같은 머릿결이 솟구치듯 떠올랐다. 젊었던 어머니가 긴 머리칼을 풀어 빗을 때마다 어린 경준은 거기에 손등을 비벼댔다. 그럴 때의 머리카락은 말간 물살 속에서 흔들리는 검푸른 수초 다발처럼 온 감각을 휘감았다. 그건 깊은 곳으로 가라앉게 하는 혼몽이었다.

차창으로 달려드는 눈발이 그 기억들과 뒤섞이며, 경준은 주체하지 못할 격정이 일어 힘껏 가속페달을 밟았다. 그 바람에 브로치를 주워든 뒤 내리려고 문의 손잡이를 잡으려던 여자는, 당황하면서도 아무 말 없이 안전벨트를 다시 맸다. 눈발이 점점 거세져 와이퍼가 더 빠른 속도로 움직였다.

살고 있는 시를 벗어나서 고속도로를 한참이나 달려 경원휴게소 안내판이 보일 때 여자는 말했다.

세수를 했으면 좋겠어요.

경준은 휴게소 광장에 차를 세우고 쏟아지는 눈을 맞으며 휴게소 안으로 뛰어가 휴대용 세면도구를 사왔다. 그리고 여자가 눈을 맞지 않게 자신의 코트를 벗어 씌워 건물 앞까지 데려다주었다. 여자는 세면도구와 물기를 닦을 손수건을 건네주는 경준의 손을 할 말이 있는 사람처럼 잠시 바라보다 화장실로 들어갔다. 내리는 눈발과 추위에 노출되었던 경준의 손이 발갛게 얼어 있었다. 경준은 여자가 나오기를 기다리며 그제서야 집이 있는 곳과는 정반대의 길을 와버렸다는 난감함이 들었다.

경준은 그때 왜 갑자기 여자를 데리고 눈보라치는 밤길을 달려야 했는지 자신에게조차 설명할 수 없었다. 그런 경준에게 아무 질책을 하지 않던 여자에 대해서도 마찬가지였다. 다만 칠흑 같은 어둠이 내려앉은 휴게소 광장으로 아우성치듯 흩날렸던 흰 눈발이, 시간이 지나서도 여전히 통증처럼 쑤신다는 사실이다.

경준은 잠시 들렀던 휴게소를 나와 다시 고속도로를 달린다. 처음 여자와 함께 있을 때 어둠 속으로 쏟아지던 눈발처럼, 오늘은 거뭇한 산능선들이 긴 자락을 펴고 누워 있다. 문득 길을 잃었던 어릴적 설움이 비틀거리며 다가든다.

젊었던 어머니와 함께 나서는 어린 경준의 외출은 늘 불안했다. 어머니를 놓치지 않으려고 깍지 끼어 잡은 손에는 땀이 흥건했다. 어느 날 외가로 가는 길에서 갈팡질팡하던 어머니를 기어이 놓치고 말았다. 어머니를 잃었다는 공포와 절망은 한없이 두렵고 슬펐다. 한참만에야 외가 근처 국도변에서 가까스로 어머니를 찾게 됐다. 그때 어머니 눈 속은 텅 비어 있었고 알 수 없는 곳의 기척만 담겨 있었다. 어린 경준은 그런 어머니의 치마폭에 얼굴을 묻었다. 어머니의 체취가 안도감과 설움으로 다가왔다. 하지만 어머니의 등에 업혀 바라본 능선에 점점 내려앉는 어둠은 막막했다.

어머니는 결혼하고 얼마 되지 않아서부터 경미한 정신지체 증세를 보이더니 경준을 출산한 이후에는 상태가 악화되었다. 자주 집을 잃어서 아버지는 많은 나날을 그런 어머니를 찾아 헤매는 데 보내야 했다. 생계와 아들의 양육까지 도맡았던 아버지는 결국 어머니를 외가로 보낼 수밖에 없었다. 어머니는 그때 둘째 아이를 임신한 상태여서 아이를 낳을 때까지 보호해줄 곳이 필요했다.

일곱 살의 경준은 어머니가 보고 싶어 어느 날 아버지 몰래 홀로 무작정 버스에 올랐다. 그러나 무임승차에 대한 압박은 배설의 고통으로 다가왔다. 검표원을 보는 순간 질펀하게 오줌을 싸버렸고 출발해보지도 못한 채 끌려 내려야 했다. 그 기억은 경준에게서 지독한 수치와 좌절이었다. 결국 그해 겨울에 만삭이었던 어머니는, 앞이 안 보이도록 눈이 내리던 날 외가를 나와 헤매다 외진 길에서 아이를 낳다가 죽었다. 눈과 추위 속에 방치된 아이도 죽어 있었다.

적막한 어둠 속 저만큼 휘황한 톨게이트의 진입로 불빛이 꽃등처럼 어룽댄다. 매표소에 표시된 경원이라는 지명 표식이 비현실적이게 선명하다. 그곳을 나와 시 동쪽 외곽으로 이십여 분 달리자 깊은 어둠이 내려앉은 호수와 흐릿하게 불을 밝힌 한 모텔이 나타난다. 경준의 차는 모텔 주차장으로 들어섰다.

프런트에 한 남자가 있다. 처음 이곳에 왔을 때 보았던 모텔 주인인 걸로 기억된다.

"302호로 주십시오."

경준은 남자에게 예전에 묵었던 호실을 말한다. 남자는 방 열쇠를 건네면서도 눈길은 켜놓은 텔레비전에 무심히 가 있다.

방으로 들어섰다. 불을 켜지 않아도 모텔 뒤에 있는 호수 주변의 가등 불빛으로 방안 사물이 구별된다. 창가 쪽으로 갔다. 호수 맞은편이 보인다. 가파르고 구불한 국도변 밑에는 가구 수가 얼마 되지 않은 동네가 자리하고 있다. 그곳의 집들이 밝힌 불빛은 먼 곳의 평안처럼 자울댄다. 지난 날 여자와 함께 왔던 그대로의 풍경이다.

경준이 여자와 눈보라치는 밤길을 달리고 난 후 둘은 연인이 되었고 서로의 일상을 나누었다. 경준에게 여자와 함께 하는 모든 것이 충만이었다. 다음해 여름휴가에는 함께 경원을 찾게 됐다. 경원의 외곽에 있는 산자락을 한 바퀴 돌고 난 후, 시내 쪽으로 나가 밥을 먹으려고 큰길로 나온 차는 좌회전 신호를 받기 위해 삼거리에서 멈춰서 있었다. 맞은편으로 꽤 큰 호수가 있었는데 호숫가에 달랑 있는 한 건물이 특이했다. 전체가 아주 짙은 잿빛이었는데 그 색채는 선뜻 가까이 하고 싶지 않은 걸 접했을 때처럼 왠지 꺼려졌다. 건물 형태도 어디 한 군데 돌출된 부분 없이 커다란 상자를 삐죽 세워놓은 듯 밋밋했다. 대부분의 건물은 도로 쪽으로 출입구가 있게 마련인데 드나드는 곳도 쉽게 눈에 띄지 않았다. 한창 여름이 성해지던 때라 녹음이 우거져 모든 것들이 생동감이 드는데도 그 건물만 푹 가라앉은 느낌이었다. 간판도 없이 장식이라고는 옆 벽면에 작게 표기된 한 문장뿐이었는데 그나마도 작정하고 보는 게 아니라면 무심코 지나칠 정도로 허름했다. '모텔, 호텔 캘리포니아'.

모텔인가? 외형도 그렇고 이름도 독특하네. 주인이 어떤 사람인지 궁금해. 저 건물 내부는 어떨까?

여자의 말은 수묵화처럼 이슥했지만 표정은 호기심에 반짝거렸다. 경준은 여자의 손을 당겨 자신의 손 안에 포갰다. 여자의 손에선 여름인데도 눈 한 움큼을 잡은 듯 시린 알싸함이 번졌다.

경준과 여자가 저녁에 모텔을 찾아들었을 때, 여자는 제일 먼저 창가로 가서 어둠에 잠긴 호수 맞은편을 한참이나 바라보았다. 국도 밑 동네 집집마다 밝힌 불빛들은 어둠 속에서 따스하게 피어났다. 여자의 어깨를 덮고 있는 검은 머릿결 위로 천장 불빛이 빗살처럼 퍼져 내렸다. 경준은 여자를 뒤에서 가만히 안았다. 열어놓은 창으로 호수의 습한 바람과 함께 비리면서도 마른 풀냄새가 흘러들었다. 여자의 머릿결에서도 그 냄새가 배어나왔다. 너울대는 수초 같은 머리카락과 풀냄새가 경준의 코와 입으로 밀려들었다.

경준은 그때 기억이 다가들자 가슴이 날카로운 것에 베이는 것 같아 그만 창의 커튼을 닫고 만다. 잠자리에 들어서는 내내 뒤척거리다 밖이 희뿌염해지는 새벽녘에야 겨우 잠이 들었다.

다음날 정오가 다 되어서 경준은 모텔 주인인 남자가 걸어온 내선 전화를 받았다.

"손님, 하루 더 숙박하실 겁니까? 더 묵지 않을 거면 체크아웃을 해주셔야 하는데요."

경준으로선 어차피 오늘 돌아가기로 작정했던 것도 아니다.

"하루 더 있겠습니다."

"알겠습니다. 그런데 오늘 정해진 일정이 있습니까?"

"없습니다만……."

"그럼 저와 함께 낚시를 하는 건 어떨까요?"

경준은 잠시 망설이다 그러마고 했다. 딱히 어떤 계획도 없었고, 남자와는 친분은 없지만 함께 시간을 보내기에 나쁘지 않을 것 같았다.

오후가 한참 이울어서야 둘은 모텔 뒤로 난 호숫가로 갔다. 영업장 낚시터도 겸하는지 커다란 영업용 파라솔 몇 개가 간격을 두고 설치되어 있다. 남자는 낚시도구들을 펼쳐놓은 후 경준에게 악수를 청하며 정식으로 통성명을 했다.

경준이 남자에게 말했다.

"예전에 이 모텔에 온 적이 있습니다."

"기억합니다."

경준의 말에 남자는 당연한 어떤 사실을 짚을 때처럼 또박거리는 말투로 정결하게 말한다. 그런 남자의 태도에 경준은 당황한다.

"아…… 수많은 사람들이 드나들 텐데 기억을 하십니까?"

"영업 특성상 될 수 있으면 안 하려고 하지만 가끔 그 틀을 벗어나는 경우가 있죠."

"나와 상관없는 누군가가 시간이 흘렀음에도 나를 기억한다는 건 묘한 기분입니다. 좋은 건지, 나쁜 건지……. 아무튼 그때 본 건물 모양이 꽤 독특했습니다."

"그리 말하는 사람들이 더러 있습니다. 어떤 사람들은 건물 외형이 꺼려지기도 한다더군요. 그러면서도 들어오는 건 뭘까요?"

말을 하며 웃는 남자의 눈과 입이 서로 다른 표정을 내보인다. 웃음을 띤 입매와 달리 눈매가 서늘하다.

둘은 미끼를 끼운 낚시를 물에 드리운다. 수면으로 오후 햇살이 묵직하게 내려앉는다. 모텔 앞 도로를 지나다니는 차량의 파찰음만 간간이 들릴 뿐 호숫가는 고요하다.

"사랑을 믿습니까?"

고요 속에서 툭 불거진 남자의 물음이 뜬금없다. 초면이나 마찬가지인 사이에서 대뜸 한다는 말이 사랑을 믿느냐니? 경준은 거북한 걸 받아들어야 할 때처럼 난감하다.

"글……쎄요."

"제가 사랑이라고 말하니까 손발 오그라들죠? 허허허. 어쨌거나 그걸 믿는 사람은 나름대로 이유가 있겠죠."

호수 주변으로 밀려온 부유물들이 물결을 따라 이리저리 흔들린다.

경준은 얼마 전부터 같은 꿈을 자주 꾸었다. 어떤 호숫가에 한 젊은 여자가 뒷모습을 보이며 서 있었다. 어찌 보면 젊은 날의 어머니 같았고 또 어찌 보면 여자 같기도 했다. 꿈속의 젊은 여자는 무거운 짐을 잔뜩 짊어진 것 마냥 축 처진 모습으로 물비늘이 지는 수면을 응시했는데 울고 있는 것도 같았다. 잠이 깨서도 그 모습을 떨칠 수 없었다. 심장 위에 얼음덩이를 올려놓은 듯 시렸고 저미는 그리움이 와글거렸다.

"어떤 유형이든 사랑이라는 게 그런 거 같아요. 물에 비친 제 모습을 대상화하고 집착하는 나르시시즘이 아닐까 싶어요. 상대를 본다지만 사실 자신만을 보고 있는 거랄까……."

남자가 말끝을 흐린다.

경준이 군대를 제대하고서였다. 어떤 한 여자를 알게 되었다. 그 어자는 검고 긴 탐스러운 머릿결을 지니고 있었다. 시간이 흐르면서 결혼도 생각할 만큼 마음이 많이 기울었다. 어느 날 그 여자의 머리 길이가 귀를 드러낼 정도로 짧아져 있었다. 텅! 질 낮은 가죽으로 만든 북의 공명음이 자꾸 경준을 휘감았다. 더 이상 몰입할 수 없었다.

그 후에도 또 다른 여자를 만났지만 밍밍했다. 늘 뭔가 좀밋거리는 가려움이었다. 가려운 곳이 있어 긁기는 하는데 엉뚱하게 다른 곳을 긁고 있는 느낌을 지울 수 없었다. 도대체 가려운 부위가 어딘지 알 수 없었는데, 여자를 만나서야 설핏 펴지는 안개자락처럼 모호하던 그게 와 닿았다. 오래 가지 못했던 관계들과 성가시게 하던 가려운 부위의 결락감이 무엇 때문이었는지. 그 중심에 어머니가 똬리 틀고 있다는 막연함이었다.

여기에 귀를 대봐. 쿵쿵 피돌기를 하는 내 심장소리를 들려주고 싶어. 어때? 들리지?

여자는 둘만 있는 곳이라면 자주 자신의 가슴을 열어 경준을 끌어당기며 말했다. 여자의 몽실한 젖무덤은 애욕의 뜨거움이 아닌 혼곤해지는 안온함이었다. 경준의 코가 젖무덤에 마냥 비벼지면 수유를 하는 어미에게서나 날 배릿한 젖냄새가 배어나왔다. 그 냄새에 취해 배고픈 젖먹이가 어미의 젖을 찾아들듯 입술이 허겁지겁 젖꼭지를 물었다. 불그레한 젖꽃판마저 삼킬 듯 입을 함빡 벌려 빨았다. 주린 허기를 달래듯, 메말라 쩍쩍 갈라진 땅으로 콸콸 물을 흘려보낼 것처럼 가열찼다. 그럴 때마다 여자는 자지러지는 신음을 토해냈다. 그런 여자의 황홀에 경준의 열망과 열락도 활짝 열리며 엉크러지곤 했다.

경준에게 여자와 만난 후 여자의 모든 것들이 설렘으로 다가왔다. 울창한 나무들 사이로 걸러지는 햇살처럼 고즈넉이 밝았고 설렁대는 바람에 묻혀오는 실비처럼 비릿하고 달큰했다. 그러면서도 털 덮인 검고 축축한 살처럼 위태로웠다. 발을 빼려하면 할수록 더 깊이 빠져드는 수렁 같은 환영이 웅크리고 있었다.

"어떤 대상을 향할 때는 그것만이 절대적이겠죠. 하지만 거기에 닿기 위해 흔들리기도 할 테고 찾았다 해도 또 다른 욕망이 계속 발을 들이밀겠죠."

남자는 말끝에 씨익, 웃었는데 눈은 여전히 쓸쓸함이 담겨 있다. 바구니에서 캔맥주를 꺼내 마시는 목젖이 움찔움찔 흔들린다.

언제부턴가 여자는 예전 같지 않았다. 경준의 결락감을 채워주던 안온한 황홀은 색이 바래갔다. 뚜렷한 이유도 없이 경준과의 관계를 시들해하는가 싶더니 만나려고 하면 핑계를 대며 피했다. 회사마저 그만두고 다른 도시의 새로운 직장으로 가버렸다. 여자의 돌아섬에 경준의 생활은 윤기를 잃고 거칠해졌다. 잡아안고 싶은데 잡히지 않는 그리움이 혹독한 체기처럼 얹혔다. 아주 중요한 걸 맥없이 놓친 좌절감에 애타게 잡아보려 하지만 빈 허우적거림이었다.

"저희 모텔에도 육체적 욕망에 의해서 오는 경우가 허다한데…… 아마 거의라고 해야겠죠. 어떤 사람들은 육체적 교합을 정신적 갈구에 대한 충족의 대체라고 말하더군요. 그런 거라면 그 욕망 이상으로 뭔가를 절실히 잡고 싶다는 건데, 그건 육체적 욕망이 가지는 순간적이고 일회적인 측면과는 좀 다를까요?"

남자의 말은 묻고 있으면서도 아무것도 묻지 않는다. 동조적인 듯하면서도 저만치 거리를 두고 있는 것처럼 무심하다. 잠자리 한 마리가 수면 위로 내리는가 싶더니 다시 날아오른다. 저 만큼의 숲이 성성하게 푸르다. 경준의 눈이 호수 수면과 맞닿은 빈 하늘을 향한다.

여자와 처음 이곳 모텔에 왔던 다음날이었다. 샤워를 마치고 나온 여자는 화장대 앞에서 드라이기로 머리를 말리곤 빗어내렸다. 맨몸이었다. 흰 등 위로 검고 매끄러운 머리카락이 출렁댔다. 경준은 여자의 머리칼을 땋아보고 싶다는 갈망이 일었다. 하지만 서툰 손길과 미끄러운 머릿결 때문에 제대로 되지 않았다. 그런 경준을 보는 거울 속 여자의 얼굴에 따스한 웃음이 피어나며 뒤로 자신의 손을 돌려 경준의 양손을 감아쥐었다. 둘의 손은 하나가 되어 천천히 머리칼을 땋아갔다.

어린 날의 어머니는 거울을 보며 머리를 빗어 땋아 말아올렸다. 그리곤 함께 있는 경준에게 물었다. 잘 땋아졌니? 그럴 때면 거울 속 어머니는 살포시 웃었다. 그 눈 속은 오롯한 실체가 가득 차 있었다. 그런 어머니가 곁에 있다는 것이 행복했다. 그때마다 불현듯 아랫도리가 요의로 뻐근해졌다. 여름날 소나기가 올 조짐처럼 혼몽한 바람결이 술렁댔다. 창호 문으로 들어오는 햇살은 아스라했고 미세한 입자들이 방안을 휘돌았다. 경준을 감싸고 있는 모든 것들이 충만했다.

그런 어린 날의 어머니가 곁에 있는 것처럼 여자도 거울 속에서 화사하게 웃었다. 경준은 다급하게 여자를 안았다. 땋을 때 비어져 나온 머리카락이 흘러내린 여자의 목덜미를 핥았다. 경준의 혓바닥에 머리카락이 감겼다. 여자의 입에서 인조견 스치는 소리가 났다. 귓바퀴에 경준의 숨결이 닿자 몸이 한껏 비틀렸다. 손에 잡힌 젖꼭지가 팽팽하게 일어섰다. 여자의 얼굴에 교태로운 나른함이 휘돌며 덩굴처럼 팔을 뻗어 경준의 목을 휘감았다. 거울 속, 둘의 형체는 창으로 들어오는 햇살에 순간순간 백화가 되기를 반복했다.

그 후로도 경준과 여자는 몇 번 더 이곳 모텔을 찾아들었다. 하지만 마지막으로 왔던 날 거울 앞에 앉은 여자는 단호하고 씁쓸하게 말했다.

나는 나일 뿐이야!

거울 속에 되비친 여자의 한쪽 입꼬리가 비틀렸다. 그동안 경준에게 건네던 따뜻함을 잡을 수 없었다. 지난 날 어딘가를 하염없이 헤매다 돌아온 어머니처럼 눈이 텅 비어 있었다. 그 속에는 먼 곳으로의 바람결이 깊은 물속처럼 가라앉아 있었다.

남자는 빈 낚싯바늘에 다시 미끼를 끼우고 물에 던진 후, 자신의 휴대전화를 열어 음악을 튼다. Eagles의 〈Hotel California〉다.

Welcome to the Hotel California…… some dance to remember, some dance to forght…… (캘리포니아 호텔에 잘 오셨어요…… 어떤 이는 기억하기 위해 춤을 추었고 어떤 이는 잊기 위해 춤을 추죠……)

"꽤 좋아했던 노래였어요. 조 월시와 돈 헨더가 펼치는 기타 연주가 환상적이죠. 그래서 한때 기타에 매달리기도 했죠. 덕분에 기타는 좀 칩니다. 모텔 이름도 그래서 붙인 거구요. 기독교의 삼위일체를 부정하는 사탄을 숭배했다거나, 마약과 미국의 상업성을 비판했다느니, 캘리포니아 주립교도소를 의미한다느니 이견이 많아요. 어쨌거나 다양한 해석이 따라붙죠. 존재의 여러 욕망처럼."

남자가 나직하게 노래를 따라 부른다.

you can check out any time you like, but you can never leave…… We are all just prisoners here, of our own device…… (당신은 언제든지 방을 뺄 수 있지만 떠날 수는 없을 걸요…… 우린 모두 우리가 만들어낸 것들의 노예가 되어버리죠……)

경준은 남아 있는 맥주를 마저 마신다. 바람도 없는데 물결이 찰박찰박 소리를 내며 밀린다. 물속의 피라미들이 떼를 지어 휙휙 지나다닌다. 빠른 움직임에 눈이 흔들린다. 남자가 캔맥주 하나를 더 따서 경준에게 건네며 말한다.

"결국 삶이라는 게 수많은 욕망의 고리들 아니겠습니까. 살아가는 세상 자체가 욕망의 공간이니까요. 남녀 간의 사랑만 해도 그렇지 않습니까. 처음엔 전화로 목소리만 들어도 좋다가 바라보고 싶고, 손길만 스쳐도 좋다가 그 다음엔 손을 잡고 싶고, 안고 싶고…… 끝도 없는 욕망 자체죠."

"인간 자체가 결핍투성이니까요. 욕망이라는 건 뭔가 채워지지 않기 때문에 생기는 건데, 그 결핍을 채우기 위해 다른 뭔가를 자꾸 찾는 거겠죠."

"역설적이지만 우리가 죽어서야 그 모든 욕망이 충족될 수 있을 겁니다. 주체가 없으면 욕망도 생기지 않겠죠."

어느새 땅거미가 진다. 호수 물빛이 검푸르다. 낮과 밤의 경계가 경준과 남자를 에워싼다. 남자가 그만 끝내자며 낚시도구를 걷어낸다. 바구니에는 아무것도 없다. 몇 시간 동안 고기를 전혀 낚지 않은 건 아니다. 잡히면 다시 놓아주기의 반복이었다. 경준은 각자 지니고 있는 삶에서의 수많은 욕망도 그런 게 아닐까 잠시 생각한다. 호수 한가운데 떠 있는 오리배가 뒤뚱거린다. 세상 모든 것들에게서 중력의 중심은 힘겹다.

"사랑이라는 거 그거 참 묘합니다. 맹목적이기도 하고 자신을 잃고 흔들릴 위험이 많지만 미혹과 매혹을 동시에 갖고 있어 사람을 자지러지게 하는 마력인 겁니다. 죽을 걸 알면서도 불빛에 달려드는 부나비 같겠지요. 잃어버린 낙원에 살면서 여전히 그 낙원이 존재한다고 믿고 싶은 것처럼."

낙원이라는 남자의 말에 경준 안에서 울끈, 욕망 하나가 꿈틀거린다. 여자가 보고 싶다는 생각만으로도 가슴이 뛴다. 그동안 일상의 모퉁이마다에서 곁에 없는 여자를 곁에 두었지만 늘 비껴갔다. 봄날 산 능선의 화사한 흔적들을 멀리서 보고 있듯 아련했다. 꿈결인 듯 현실인 듯 모호한 경계 위에서 자꾸 흔들렸다.

온 사위에 노란 햇빛이 환각처럼 흩뿌렸다.

도대체 나한테서 뭘 찾고 싶은 거야?

앙칼지게 말하는 여자의 등 뒤로 샐비어 붉은 꽃무더기가 피어 있었다. 마루 아래 아무렇게나 놓인 신발들이 어지러웠다. 경준은 신발에 발을 꿰기 위해 몸을 구부렸다. 상체가 기역자로 접히며 고꾸라질 듯 아득했다. 마음이 급했다. 여자의 물음에 대답해야 했다. 처참하리만치 붉은 꽃무더기 앞에 서 있는 여자가 금방이라도 사라져버릴 것 같았다.

여자는 허둥대는 경준을 보며 크게 소리내어 웃었다. 그 옆에, 사금파리처럼 쏟아져내리는 햇빛 아래 붉은 샐비어 꽃을 손으로 짓이기는 어머니가 있었다.

엄마, 예쁜 꽃을 왜 아프게 해?

뭘 찾아야 한단다!

그게 뭔데?

나도 몰라. 하지만 무엇이든 찾아야 해!

어머니의 눈빛이 몽롱히 풀려 있었다. 노을빛이 손을 붉게 물들였다. 그리고 어느 순간 여자도 어머니도 흐릿해져 갔다. 경준은 그들을 잡기 위해 애타게 허우적거리지만 잡히지 않았다. 그 사실이 아파 무너지는 심정이 되어 끅끅대다보면, 수렁 같은 잠 속의 꿈이었다.

여자가 떠난 후, 지난 봄에 여자에게 전화로 사정해서야 겨우 만난 적이 있었다. 아주 오랜만에 만난 여자는 뒷모습이나 옆모습만 보이고 있다는 느낌이었다. 흐릿한 거울을 보고 있는 것 같았다. 팔을 벌려 안으려하지만 지나는 바람처럼 흔들렸다.

나는…… 견딜 수 없이 그리워! 예전처럼 나를 보고 있는 당신을 찾고 싶어. 그런데 당신이라는 실체가 잡히지 않아!

당신이야말로 그동안 내가 아닌 다른 곳을 보고 있었잖아. 나를 보고 있다는 당신 눈빛 속에 정작 나는 없었어! 그게 싫어!

여자의 말은 냉정했다. 경준은 현기증이 일었고 사위의 모든 흐름이 정지되었다. 어디선가 똑, 똑 물방울 떨어지는 소리가 들렸다. 여자가 단호하게 몸을 돌렸다. 여자의 옷자락에 수놓인 나비가 팔랑대며 경준의 눈앞에서 날았다. 울컥, 멀미가 일었다. 갑자기 노란 햇빛 속에 검은 어둠이 내려앉으며 사방이 음화처럼 어두워졌다. 그런데도 여자는 환한 햇빛 속을 빠른 속도로 걸어갔다. 나비처럼 가벼이 날아 경준에게서 점점 멀어졌다. 그렇게 여자와 마지막으로 만난 후 경준의 일상은 부표처럼 흔들렸다.

남자와 낚시를 끝내고 돌아온 경준은 밤 내내 가수 같은 잠결 속을 헤매다 기진해서 깼다. 새벽 다섯 시다. 창으로 새벽의 흐릿한 어둠과 물안개에 싸인 호숫가 풍경이 들어찬다. 가슴을 도려낼 것 같은 사무침에 눈 가득 눈물이 차오르다 흘러내린다. 그 눈물이 지닌 무게가 한없이 무겁다.

경준은 서둘러 모텔을 나와 차에 오른다. 차는 집으로 돌아가야 할 방향이 아닌 호수 뒤편으로 난 국도로 들어선다. 여자가 살고 있는 도시로 가는 쪽이다. 액셀러레이터를 밟는 발에 힘이 들어간다. 구불한 길에서 속도계기판의 표시는 금세 백을 넘더니 백이십, 백삼십을 숨가쁘게 가리킨다. 차체의 동선이 불안정하게 흔들리는 데도 경준은 핸들을 한 손으로만 쥐고, 다른 손으로 휴대전화를 열어 여자에게 전화를 건다. 여자는 전화 신호음이 오래 울려도 받지 않는다. 다시 걸었을 때야 잠이 덜 깬 여자의 목소리가 들린다. 짜증이 짙게 묻어난다.

"왜 그러는 거야? 이젠 그만해! 우리가 다시 만난들 달라질 건 아무것도 없어. 정신 차려!"

여자의 말투에 메마른 서걱임이 가득하다. 경준의 가슴이 먹먹하다. 예전처럼 여자의 심장 소리를 듣고 따뜻한 체온을 느끼고 싶을 뿐인데 여자는 냉랭하다. 낙심한 경준이 아니야, 아니야, 제발 내 말을 들어봐! 라고 하려던 참이다. 여명 속에 거뭇한 물체 하나가 불시에 차체로 달려든다. 경준은 황급히 핸들을 꺾는다. 차는 갑자기 균형을 잃은 충격으로 심하게 요동친다. 차에 치인 물체의 섬뜩한 물컹함이 바퀴를 통해 전해진다. 경준의 몸이 운전석 문에 세차게 부딪치면서 들고 있던 전화기가 바닥으로 떨어진다. …… 당신은…… 스스로의 구덩이를…… 허우적거리……. 떨어진 전화기에서 여자의 말소리가 쪼개지듯 흘러나온다. 그마저도 곧 들리지 않고 뚜뚜 소리만 난다.

마구 흔들리던 차는 제어가 되지 못해 가드레일 난간을 사정없이 들이박는다. 부서진 난간에 차는 앞머리를 쳐든 채 아슬하게 걸쳐진다. 밑은 벼랑이다. 그 아래 호수가 있다. 건너편에는 경준이 조금 전 빠져나온 모텔이 작은 뭉텅이처럼 내려다보인다. 아직 날이 밝지 않은 대기는 푸르스름하다. 혼돈이 미망처럼 흐른다.

차체가 밑으로 기우뚱 크게 흔들린다.

뒤로 젖혀 있던 몸이 급하게 앞으로 쏠린다.

피어오르는 짙은 물안개가 빠른 속도로 다가든다.

빨간눈이새

빨간눈이새

1

바다는 스산한 초겨울답지 않게 봄기운이 가득하다. 봄날의 나른한 자울거림이 해수면 위로 가득 내려앉은 듯하다.

올해 날씨는 좀 뜬금없어서 얼마 전 가을에도 밝고 투명한 햇살을 보기가 드물었다. 봄날처럼 자주 비가 내렸고 나무나 풀들은 다시 움을 틔우거나 꽃잎을 피워낼 것만 같았다. 마치 삼월이나 사월 속에 있는 듯해서 계절을 거꾸로 돌려놓은 착각이 들기도 했다.

연후는 바다를 보던 눈길을 돌려 부두를 둘러봤다. 평소라면 바다에서 조업을 하고 있을 배들이 대부분 항구에 정박해 있다. 날이 흐릿해도 출항을 못할 날씨는 아닌 것 같은데 어쩐 일인가 싶다. 그리고 아까부터 괭괭 괘괭갱, 거리는 징소리가 끊어졌다 이어졌다 들려왔다. 소리는 부둣가에서 좀 떨어진 어촌계 건물이 있는 곳에서 나고 있다. 연후는 끌리듯 그 소리를 따라 어촌계 건물 쪽으로 걸음을 옮겼다.

건물을 돌아들자 꽤 넓은 공터가 나타났는데 그곳에 규모가 큰 천막이 쳐 있고 주변으로 강한 냄새가 퍼졌다. 제를 올릴 때의 향내와 부둣가의 묵은 비릿함이 뒤섞인 그 냄새는 맡고 있기가 꽤나 거북했다. 천막 꼭대기에는 굿당을 표식하는 대나무가 걸렸고, 함께 매달린 만장과 지등의 황·적·남색 술이 바람결을 타고 공중에서 나부꼈다. 그 정경은 먼 시원을 거슬러온 것처럼 아스라했다.

뒤에서 두런거리는 말소리가 들렸다. 돌아보니 나이 지긋한 아주머니들이 연후가 있는 쪽으로 걸어왔다.

"뭔 굿이래?"

"고기가 잘 잡히지 않아 어촌계에서 굿 한 판 하는 거라던데."

천막 안에서 굿판이 벌어진 모양이었다.

연후는 볼 일을 보기 위해 정해진 시간까지 공백이 생겨 어쩔까 하던 참이었다. 마땅히 가 있을 곳도 없는데 남은 시간 동안 굿구경이나 할까, 어쩔까 잠시 망설이다 앞을 지나치는 아주머니들 뒤를 따라갔다.

굿당 안은 많은 사람들이 들어찼고 무녀의 구성진 소리가 한창이었다. 아주머니들이 자리를 잡은 옆으로 연후도 일행인 것처럼 따라 앉았다.

꽃밭일레 꽃밭일레 사월 보름날 꽃밭일레

지화자 지화자 영산홍

영산홍로 봄바람에 가지가지가 꽃 피었네

지화자 지화자 영산홍

소리 사설을 읊는 무녀의 모습이 제단의 풍성하고 화려한 종이꽃처럼 곱다. 추임새를 넣느라 한들거리는 오색 소매자락이 나비의 날갯짓 같다. 그 손에서 태워지는 소지 불길이 괄했고 잔흔이 너울대며 허공으로 날아올랐다. 곧 천막 안이 들썩이게 징, 꽹과리, 장구 소리가 요란해지며 남자 무당의 잦은 푸너리 장단에 무녀의 빠른 춤사위가 펼쳐졌다. 신칼을 휘두르며 포춤을 추는 무녀의 쾌자 자락에 세찬 바람이 일며 굿거리의 열기가 더해갔다.

무녀는 한참 춤사위를 펼치다 잠시 동작을 멈추고 제단에 술을 따랐다. 가쁜 호흡을 고르면서 모인 사람들을 둘러보며 다시 사설을 풀어냈다. 인간사의 고달픔과 건강 장수와 복을 기원해주며, 앞에 앉은 사람들에게는 제단에 바쳤던 술을 따라주는 의식도 행했다. 술을 받은 사람들은 음복 값으로 무녀의 쾌자띠에 지전을 찌르며 소망을 기원했다. 그렇게 한 사람 한 사람 차례가 지날 때였다.

"당님네! 내 자식 어데 아픈 데 없이 하는 일마다 만사형통하게 해주이소! 비나이다! 비나이다!"

연후가 앉아 있는 맞은편에서 자식의 복을 기원하는 탁하고 걸진 한 목소리가 들려왔다. 연후는 얼핏 그 목소리가 귀에 익다는 생각이 들어 그 쪽으로 눈길이 갔다. 한 여자가 눈에 들어왔는데 생경스럽게 툭 비어져나온 이질감이었다. 화려해 보이는 옷차림이지만 싸구려의 조악함이 들었고, 진한 화장 때문인지 경극이나 가부키 배우를 보는 것 같았다.

"어라, 저 여자 그 여자 아닌가?"

옆에 앉은 아주머니들 중 한 사람이 여자를 보곤 목소리를 낮춰 일행에게 수군거렸다.

"왜? 아는 사람이야?"

"긴가민가한데……. 아유! 맞네, 맞아!"

"누군데?"

"그나저나 여긴 어쩐 일로 다시 나타났을까? 소리소문도 없이 종적을 감췄다가 십 년 전엔가 밤 늦게 터미널에 있는 걸 봤는데……. 아무튼 그런데 있을 여자 같지 않게 얌전하니 고왔어. 소리는 또 얼마나 잘했다고."

그 말에 연후는 여자를 자세히 봤다. 혹시…… 전화 속 그 여자? 목소리가 낯설지 않았던 게 그때문인가, 그런 생각이 들자 파도 너울 속에 갇힌 것처럼 갑자기 속이 울렁거렸다. 여자와 눈이 마주쳤다. 여자는 잠시 고개를 갸웃거리더니 이내 상대가 누구라는 걸 확신했는지 입꼬리가 함박처럼 벌어졌다. 그 웃음에 연후는 못 볼 걸 본 듯 고개를 돌리고 말았다. 더 이상 앉아 있을 수가 없어 튕겨지듯 밖으로 나오는 등 뒤로 푸너리 소리가 채찍처럼 감겨들었다.

술베 술베 진장사 쇠줄을 끊어 받아드리자 업이야
아~ 업이야 청청 업이로구나

아, 쇠줄 같은 업이다! 연후의 입에서 낮은 소리가 흘러나왔다.

여자는 오랫동안 켜켜이 덮여 있었던 존재였다.

2

49재 의식이 끝났다.

연후의 아버지는 노환을 앓다 얼마 전 세상을 달리했다. 연후는 이제 가족 아무도 없이 혼자 남았다는 사실이 쓸쓸하지만 한편으론 서글픈 위안을 갖는다. 아버지가 그동안 짊어졌던 삶의 무게를 비로소 훌훌 털어낼 수 있을 거라는 생각 때문이다. 살면서 맞닥뜨렸던 아픔은 혹독했을 것이다. 그건 연후도 마찬가지였다.

연후와 여자는 절의 일주문을 나와서 절 아래 저수지가 보이는 곳까지 말없이 터벅터벅 걸었다. 연후의 기억대로라면 여자는 지금 일흔 어름쯤 됐을 것이다. 그런 나이에 비해 외형은 젊어 보이고 화려했지만 어쩐지 삭아져내린 먼지 같다. 햇빛이 잘 들지 않은데다 오래도록 드나들지 않았던 공간의 문을 열었을 때, 훅하니 끼치던 매캐한 서늘함이었다.

"겨울인데 푸근하구마. 삼동 날이 이래 따땃해도 안 좋을 긴데. 더울 땐 덥고 추울 땐 춥고 그래야제. 없는 사람한테야 날이 따시면 좋기야 하겠지만서도 그것도 옛말이제. 요즘에사 못 먹고 못 사는 사람이 어디 있드노."

여자의 말투는 늘 만나는 사람 대하듯 스스럼없다. 연후는 그런 태도가 왠지 엉겨붙는 것 같아 싫다. 그저께 난데없이 걸려온 전화부터 그랬다.

야야, 그동안 우찌 살았드노?

전화기에서는 익숙하지 않은 남도쪽 말이 다짜고짜 터져나왔다. 더구나 알지 못하는 상대에게서 댓바람에 듣는 반말은 당혹스러웠다.

누구신가요? 전화를 잘못 거신 거…….

연후의 말이 채 끝나기도 전에 전화기 저편에선 호들갑스러운 말이 들렸다.

아이구야! 야가 날 못 알아보는가배? 하기사 세월이 좀 흘렀어야 말이제. 연후야, 내다! 내!

연후의 이름까지 대는 걸 보면 아는 사람인 것 같은데 기억이 나지 않았다. 혹시 어머니 친구인가 해서 억지로라도 연결해봤지만 시원치 않았다. 어머니 친구라야 대부분 세상을 뜬데다 남도 말을 쓰는 사람은 없었다.

야 좀 보래? 참말로 모르는 기가, 우짠 기가? 내 청화 아이가! 청화! 내가 늘 니 머리 빗겨주지 않았드나? 니가 날 엄청시리 따랐구마. 와? 그래도 생각이 안 나나?

여자는 연후의 반응이 마뜩치 않은지 다그치듯 말을 쏟아냈다. 그 기세에 여자가 말한 이름이 연후의 입 속에서 떠름하니 궁굴려졌다. 청…화… 라는 발음에 화한 박하향이 묻어났다. 그와 함께 아주 오래 전 편린들이 기억 저 밑에서 굼뜨게 움직였다. 무겁게 닫혔던 문이 삐이걱, 마지못해 열렸다. 오래도록 봉쇄되어 녹이 슨 문에선 붉은 녹가루가 푸르르 날렸다.

여자는 연후의 아버지 죽음을 얼마 전에야 어찌 알게 됐고, 알음알음으로 연후의 전화번호도 알아냈다고 했다. 통화 중에 여자가 아버지의 49재를 치를 날짜와 장소를 묻기에 연후는 무심히 대꾸해주었고, 오늘 아버지 위패가 있는 절을 가기 위해 고향을 찾게 됐다. 도착하고 보니

49재 치를 시간까진 여유가 많았다. 그래서 남는 시간을 보내려고 바다나 보러왔다가 여자와 맞닥뜨리게 됐는데, 여자가 올 거라고는 생각도 못했다. 연후로선 반가울 거 없는 몇 십 년 만의 해후는 그렇듯 뜻하지 않게 이루어졌다.

"담배나 한 대 피우고 가자. 부처님 앞이라 참았더니 소증이 날라고 안 하나."

여자는 저수지가 보이는 곳의 편편한 돌 위에 앉았다. 그 옆 조금 떨어진 곳에 연후도 자리를 잡았다. 담배를 꺼내드는 여자가 눈에 들어왔다. 선이 가늘던 예전 모습이 있어도 흐르는 세월은 어쩔 수 없어 피부는 탄력을 잃고 주름졌다. 얼굴에 짙은 화장을 했지만 파운데이션이 제대로 스며들지 않아 들떠 있다. 흑단같이 검고 풍성하던 머리도 정수리 쪽에 숱이 빠져 듬성했다. 연후는 고개를 돌렸다. 지나간 세월의 흔적이 씁쓸해지면서 떠올리고 싶지 않은 기억들이 다족류 벌레처럼 스멀댔다. …… 콜록콜록…… 급하게 담배를 빨던 여자가 바튼 기침을 했다.

"괜찮으세요?"

"괘않타. 그나저나 일찌감치 움직였으니 고단하겠구마. 내는 엊저녁에 와서 공원 옆에 있는 모텔에 짐 풀었다. 근데 참말로 이상치. 태어나 자란 곳도 아닌데 뭔 애틋함이 있어 내사마 여기가 사뭇 그리웠나 모르겠다."

여자는 저수지를 바라보며 주저리주저리 말했다. 눈빛과 표정이 아까와는 달리 처연했다.

"하이고, 물빛도 좋다. 야야, 저기 물 위에 비친 산 그림자 좀 봐라. 살

랑거리는 게 환장하겠다."

날이 흐려서 그런지 물빛은 푸르스름하면서 잿빛을 띠었다. 그 위로 주변 산 그림자가 되비쳐서 이슥한 수묵화를 보는 것 같다. 바람도 없건만 잔잔한 물결이 일며 되비친 능선들이 잠깐잠깐 흔들렸다.

"그나저나 꽃 같던 니가 어느새, 하기사 세월이 얼마나 흘렀는데. 시집갔다는 소린 들었구마. 애들도 꽤 컸제? 몇이나 뒀……."

"없어요!"

연후는 여자의 말이 채 끝나기도 전에 필요 이상으로 단호하게 말했다. 그 기세에 여자가 움찔했다. 연후는 아차 싶었다. 결혼을 했으니 당연히 자식도 있을 거라 여겨서 물어본 건데 예민하게 반응한 것 같아 미안했다. 둘 사이에 잠시 정적이 흘렀다. 나무들 사이를 포르르 날던 새들이 두 사람의 발까지 내려와 종종거렸다. 연후는 그걸 보며 오래전이 생각났고 조금 전의 미안함에 먼저 말을 꺼냈다.

"예전에 저한테 빨간눈이새 얘기해주신 거 기억나세요?"

"그걸 아직까지 기억하고 있었드나?"

"그럼요. 자주 해주셨는데요. 그때마다 슬프다고 눈이 벌게지셨잖아요."

"하이구, 내가 그랬나? 남사스럽구로."

여자는 볼이 발개지면서 무구한 웃음을 지었다.

옛날에, 옛날에 어느 마실에 이쁘고 착한 새악시가 있었더란다. 신랑은 이미 한번 장개를 가서 아가 하나 있었제. 워낙에 심성이 착하고 정이 많은 새악시는 지 친자식 맨치로 정성을 들이며 키웠단 다. 그란데 말이다. 새악시는 몇 해가 지나도 아를 갖지 못했다 아니가. 그러지 않아도 새악시가 마땅치 않던 시엄씨는 심통을 부리며 우찌 그리도 못 살게 구는지, 계모가 돼서 아를 구박한다구, 밥 많이 먹는다구, 잠 많이 잔다구, 벨 트집을 다 잡아서 들들 볶았더란다. 새악시는 매일 매일 울어싸서 늘 눈이 뻘겠다 안 카나. 그래두 신랑이랑 자식 생각하며 살았는데…… 어느 날 시엄씨가 결국 내쫓지 않았겠나. 불쌍한 새악씨는 추운 겨울 집을 나와 갈 데가 없어 떠돌다가 그만 길에서 얼어 죽었더란다. 그란데 신기하게도 그 자리에 눈이 뻘건 새 한 마리가 떠나지 않고 있더란다. 꼭 예전 새악시 펑펑 울어 눈이 뻘겠을 때처럼 말이다. 사람들은 그랬단다. 신랑 보구시퍼서, 제 속으로 난 새끼는 아니지만 아가 보구시퍼 매일 우는 새악시가 변한 기라구. 슬프쟈?

그때, 젊었던 여자는 얘기를 하며 눈물을 떨굴 것처럼 울먹거렸다. 하지만 연후는 전혀 슬프지 않았다. 그건 그저 만들어낸 이야기였다. 어린 자신도 다 아는 뻔한 걸 어른이 슬퍼한다는 게 의아했다.

"어릴 때 들은 이바군 기라. 그땐 와 그리 슬펐는지 모르겠다. 내가 어릴 적 살던 곳에 봄이면 그 새가 날아들었제. 손으로 쥐면 한 웅큼도 안 되게 작았고 눈이 뻘건 구슬 박아놓은 것 같았는데 이름도 뻘건눈이 새라 카더라. 어느 날 나무에 둥지를 튼 그 새를 보질 않았겠나. 살금살금 다가가 손에 잡았는데 조금만 힘을 줘도 으스러질 것 같은 뻐랑 말랑하고 따뜻한 살 속에서 할딱할딱 뛰는 심장소리가 그대로 전해지더구마. 지금도 이 손바닥에 생생하다카이. 그런데 와 그런 슬픈 이바구가 생겼으까?"

새 한 마리가 여자의 발끝에다 콕콕 제 부리를 찧었다. 머루알 같은 눈동자에 갈색 털이 덮인 몸집이 아주 작았다.

"그 새는 말이다. 다른 놈이 낳고 간 알을 제 새끼처럼 지극 정성으로 키운다 안 카나. 저보다 큰 남의 새끼 먹일라고 고 쪼맨만 몸뚱이가 먹을 걸 물어나르는 걸 보면 안쓰러웠제. 먹이를 줄 땐 머리통이 그대로 들어가는데 어린 마음에 고마 새끼가 콱 물어버리면 우짤꼬 싶어 맴이 조마조마 했다카이."

말을 하면서 여자는 가방 안을 뒤졌다. 먹다 남은 빵이 있었는지 그걸 꺼내더니 잘게 뜯어 바닥에 흩뿌렸다. 빵조각 위로 나무 위의 새들까지 오구구 모여들었다. 새들을 바라보는 여자의 얼굴에 따뜻함이 일렁였다. 연후가 오래 전에 보았던 익숙한 모습이다.

"언제 가실 거예요?"

"나? 오늘 가게 되면 가고 내일 가도 상관은 없제. 니는 우짤랑고?"

"오늘 가야지요."

"그으래?"

여자는 연후의 말에 저수지 끝닿는 곳으로 슬그머니 눈길을 돌렸다. 그 눈길에 서운함이 스쳤다.

"니 아배야 이젠 돌아가셨으니 어쩔 수 없다만 니라두 보니 나는 참 좋구마. 이렇게라도 만나지 않았으면 니나 내나 볼 일이 있었겠나. 그래 말인데 연후야, 이왕 온 거 내일 가면 안 되겠나? 하룻밤 같이 지내면서 내 니한테 하고 싶은 이바구도 있고 이래 가면 언제 또 볼란가 모르니께."

여자의 말소리가 조용하게 퍼져나가는 물결 같다. 며칠 전 전화 통화나 굿당에서처럼 들떠 보이던 것과는 사뭇 달랐다. 깊고 오래된 우물을 들여다보는 것 같았다.

연후는 좋다, 싫다 어떤 대답도 하지 않았다. 아버지도 명을 달리했고 그동안 해온 일을 다른 걸로 전환하기 위해 처분하려던 가게도 잔금까지 받고 넘겼다. 걸릴 것도 없고 다시 일을 시작할 때까지 시간 여유도 있다. 하루쯤 눌러앉는다고 일상이 구애받지는 않아도 여자와 함께 있는 건 내키지 않았다.

연후에게서 반응이 없자 여자는 더 이상 채근하지 않고 혼잣소리처럼 말했다.

"처음 널 봤던 그때가 삼월이었든고, 사월이었든고. 느그 집 언덕배기를 올라가는데 혼자 몸에도 땀이 삐질삐질 나더구마. 그런데 앞에 쪼맨한 가시나가 무거운 그물대야를 이고 낑낑대며 가는 기라. 안쓰럽더마."

3

연후가 열두 살 때였다.

막 사월의 턱을 넘어가던 일요일이었다. 어부였던 아버지가 바다에서 조업한 그물을 손질하기 위해 머리에 이고 집으로 가져가던 중이었다. 언덕길을 힘겹게 오르는데 갑자기 어떤 힘에 의해 몸이 쑤욱, 앞으로 밀렸다. 누군가 뒤를 밀고 있었다. 덕분에 수월히 집까지 올라왔다. 마당에 그물대야를 내려놓고서야 뒤를 민 사람을 볼 수 있었다. 여자였다. 스물은 훨씬 넘었을 것 같은데도 열여덟 소녀처럼 여린 느낌이었다.

어머야라! 이게 뭐꼬?

마당으로 들어선 여자가 터질 듯 탄성을 질렀다. 오전에 불었던 바람으로 집 뒷산의 산벚꽃잎이 마당에 눈처럼 하얗게 떨어져 있었다. 여자는 아예 마당 한복판에 쭈그리고 앉아 쌓인 꽃잎들을 쥐었다 놓았다 했다. 설렁대는 바람에 산벚꽃이 다시 후르르, 날려 여자의 머리와 어깨에 조붓이 내려앉았다.

연후의 집은 항구가 내려다보이는 언덕배기에 있었다. 뒷산 구릉이 뒤란과 연해 있어 봄이면 집 주변으로 생강나무와 산벚나무가 지천이었다. 먼저 노란 생강꽃이 봄을 시작하면 연분홍 산벚꽃이 봄빛을 완연하게 만들었다. 활짝 벙그러진 산벚꽃은 구름처럼 무리지어 구릉을 뒤덮었는데, 바람이 불면 수많은 꽃잎이 눈처럼 휘날려 집과 마당으로 들어왔다.

연후의 어머니는 워낙에 몸이 약한데다, 이란성 쌍둥이인 연후와 남동생 연철을 낳고는 뚜렷한 병명도 없이 시름시름 자주 앓았다. 그런데다 겪어선 안 되는 처참한 일을 당한 후에는 더 맥을 못추고 자리보전하다시피 했다. 그러다보니 다른 집 주부들처럼 집안 살림이나 어부인 아버지 일을 돕는 걸 제대로 하지 못했다. 어쩔 수 없이 아버지와 어린 연후가 집안일을 대충 해냈지만 주부의 손길이 닿는 것처럼 완벽하지 못했다. 여자는 연후의 집에 왔다간 후부터, 그런 연후네 사정을 알고는 수시로 드나들며 야무지게 집안일을 해주었다.

그날도 여자는 연후의 집 마당에서 풀 먹인 이불 홑청과 베갯잇을 탁탁 털어 빨랫줄에 널었다. 땀이 송글송글 맺힌 여자의 이마에 흘러내린 잔 머리칼을 오월 바람결이 설렁 흔들었다. 빨래를 다 널고 가느스름한 눈으로 잠시 바다를 바라보던 여자가 미숫가루를 타서 안방으로 들어갔을 때, 어머니는 여자에게 미안해하면서도 단호히 말했다.

색시가 이렇게 와서 일을 해주는 건 고마워요. 내 알지. 우리 연후가 안쓰러워서 그렇다는 걸. 하지만 애들 아버지가 아직 젊은데 사람들 말거리가 뻔하지 않겠어요. 그러니 앞으로 집에는 오지 말아요!

엄마의 말에 여자는 고개를 숙이고 듣기만 했다. 힘없이 끄덕이는 머리의 가르마가 소롯길처럼 희었다. 그러나 방을 나와서는 아무 일 없었듯이 평소처럼 다정하게 연후의 머리를 빗겨 땋아주었다.

귀찮아도 머리는 자주 감고 잘 빗어야 한데이. 알았재?"

여자는 그 어느 날보다 집 안팎을 꼼꼼히 쓸고 닦았다. 돌아갈 때엔 연후에게 용돈으로 쓰라고 지폐 한 장을 주었는데 건네는 흰 손등에 파란 핏줄이 안타깝게 내비쳤다. 대문턱을 넘는 맵출한 종아리도 어쩐지 흔들려 보였다.

여자는 낮 동안 화장기 없는 얼굴에 어깨를 덮는 검은 생머리를 찰랑 늘어뜨렸다. 흰 블라우스에 무릎을 살짝 덮는 검은 플레어 치마를 즐겨 입었다. 발목을 감싼 흰 양말은 깨끗했고 밝은 햇살 아래 양산을 쓰고 걸어갈 때면 여염집 처자처럼 조신했다.

그러나 해만 지면 머리칼은 고데기로 부풀려져 사자머리가 되었고 얼굴에는 두꺼운 분이 덧씌워졌다. 붙인 속눈썹은 커튼 자락같이 길었고 얼굴빛은 한 잔 두 잔 받아마셔야 하는 술 때문에 밤이 깊어 갈수록 불콰해졌다. 여자는 읍내 선술집인 서울옥의 유녀였다.

연후는 여자가 집에 오지 않자 뭘 잃어버린 듯 마음이 휑했다. 아무도 뭐라는 사람이 없건만 괜히 여자를 못 오게 한 어머니가 미웠다. 아버지도 어딘지 모르게 힘이 없어 보였는데 일을 하다가도 먼 바다를 한참씩 바라보곤 했다.

그렇게 봄이 가고 여름이 한창이던 어느 날이었다. 연후가 부두에서 일하는 아버지에게 점심 도시락을 갖다주고 올 때였다. 서울옥 앞을 지나는데 유리문이 벌컥 열리며 한 중년 여자에게 머리채가 잡힌 여자가 질질 끌려나왔다. 중년 여자는 읍내에서 배를 지니고 있는 한 선주의 아내였다. 성정 드세기로 짜한 그 선주 아내는 여자에게 고래고래 악을 썼다. 그 악다구니에 거리를 지나던 사람들이 몰려들었다. 여자와 함께 지내는 다른 유녀 하나가 뒤따라나와 선주 아내를 말렸다. 그래도 선주 아내는 여자의 멱살을 잡아 흔들며 머리를 후려갈겼다. 여자는 어떤 반응이라도 있어야 하건만 맞서지 않았다. 상대가 때리고 치는 대로 휘둘리기만 했다.

연후는 안타깝고 속상했다. 마음 같아선 선주 아내에게 달려들어 팔뚝이라도 물고 싶었다. 마침 모인 사람들 중에 하나가 여자가 맞고 있는 게 안 됐던지 싸움을 말리는 유녀를 거들어 겨우 둘을 갈라놓았다.

몸을 추스른 여자가 쑥대머리처럼 헝클어진 머리를 쓸어 넘겼다. 싸움을 말리던 유녀가 여자를 부축해서 안으로 데리고 들어갔다. 선주 아내는 화풀이할 상대가 없어지자 무추름히 서 있다가 서울옥을 향해 퉤, 침을 뱉고는 자리를 떴다. 구경거리가 끝나자 모여 있던 사람들도 흩어졌다.

고기가 많이 잡혀 항구가 홍청거리면 타지에서 흘러드는 유녀들이 많았다. 그러자니 술집을 찾아드는 남자들과 유녀의 춘사가 심심치 않았다. 바람 피운 남자의 마누라 강짜가 터지면 상대 유녀와 함께 드난이질을 하며 도로 한복판에서 뒹구는 걸 볼 때가 종종 있었다. 나중에 들은 얘기로는 문제의 장본인인 선주가 여자에게 마음이 있어 서울옥을 자주 드나들자, 선주 아내가 화가 나서 괜한 여자에게 화풀이를 했다는 것이다.

그 일이 있고 난 후 연후는 길에서 여자를 다시 보게 됐다. 여자는 평소처럼 여전히 반겼고 과자를 사주었다. 하지만 연후는 여자의 얼굴을 똑바로 보기 힘들었다. 그날 무지막지하게 당하던 게 안쓰럽긴 했어도 좋지 않은 염문에 휩쓸렸던 건 싫었다.

다음 해 봄이었다. 분홍구름이 무리진 것처럼 산벚꽃이 뒷산을 수놓았다. 그러나 새벽부터 불어대는 거친 바람에 꽃잎들은 속절없이 떨어져 쌓이지도 못한 채 쓸렸다. 부둣가 임검소 게양대에 걸린 태풍 경보 깃발이 마구 펄럭거렸다. 항구에 발이 묶인 배들도 흔들렸다.

저녁 때가 돼가는데도 아버지가 보이지 않자 어머니는 연후더러 찾아보라고 했다. 힘든 뱃일에 지친 어부들은 고단함을 술로 달래곤 했는데 태풍주의보가 내리면 모여서 술을 마실 때가 많았다. 가는 곳은 대개 서울옥이었다.

서울옥에서 풍겨나오는 생선 굽는 냄새가 구수했다. 연후는 유리문 앞에서 까치발을 하고 안을 들여다보았다. 술꾼들이 들기에는 이른 시간이라 한산했는데 한 쪽에 자리 잡은 아버지 일행은 어느새 불콰했고 여자도 함께 있었다. 연후가 문을 열고 고개를 빼꼼히 들이밀자 여자가 튕기듯 자리에서 일어났다.

이게 누꼬? 연후 아이가? 퍼뜩 들어온나!

여자는 얼굴 가득 환한 웃음을 피워올리며 연후의 손을 잡아끌어 옆자리에 앉혔다. 아버지는 연후가 술집에 온 걸 달가워하지 않았다. 연후를 데리고 일어나려는 아버지를 일행 중 하나가 조금 더 있다 가라고 억지로 눌러앉혔다.

선술집 안은 술과 담배 댓진에 찌들어 역한 냄새가 났다. 군데군데 도배지가 벗겨진 벽은 초배한 신문지가 그대로 드러났다. 쥐 오줌자국이 누렇게 얼룩진 천장 반자 사이에서 이따금 후다닥대는 쥐 소리도 났다. 드럼통을 잘라 만든 화덕 위에선 생선이 지글대며 구워졌다. 여자는 포실한 생선살을 발라 연후 앞에 놓아주었다. 한 점이라도 더 먹이려는 손길에 따스함이 물씬했다.

이젠 바람이 좀 잦아들었나 보네. 조용한 걸 보니.

지두 염치가 있어야지. 종일 그렇게 불어제꼈으면 됐지. 하루 벌어 하루 먹구 사는 사람들 홀라당 공치게 만들었는데 뭐.

이 사람아, 잘 먹으나 못 먹으나 삼시 세 끼 먹고 사는 건 매한가지네.

이왕 공친 건 공친 거구. 어이, 청화야. 소리나 해봐라.

알았소. 한 자락 뽑아볼 텐께 들어보소.

여자는 앞에 놓인 술잔을 들어 한 모금 마시더니 흠흠, 목청을 가다듬었다. 얼굴빛이 연탄불과 술기운으로 발그레했다. 박자를 맞추기 위해서인 듯 손수건을 꺼내들고선 사분사분 너울거렸다. 분홍 갑사 저고리 속에서 팔 윤곽이 어릿거리며 비쳤다.

사람이 살면은 몇 백 년이나 살더란 말이냐
죽음에 들어서 남녀노소 있느냐

여자가 내는 소리는 가늘한 몸피에 비해 의외로 탁하고 굵었다. 거문고의 현을 술대로 강하게 내리치는 것처럼 우묵하고 묵직했다.

밤 적적 삼경인데 궂은 비 오동에 흩날렸네
적막한 빈 방안에 앉으나 누우나 두루 생각하다가
생각이 겨워 수심이로구나
수심이 진하여 심중에 붙는 불은
올 같은 억수장마라도 막무가내로구나

여자의 소리가락을 따라 어린 연후의 눈앞으로 수심에 찬 깊은 밤 정경과 어둡고 고적한 방안이 나타났다. 키 큰 오동나무 위로 추연한 빗자락도 흩날렸다. 달빛 쏟아져내리는 푸른 대숲을 대금 소리가 휘돌았고, 청아하면서도 튕겨지는 파열음은 온몸 가닥을 움쭐거리게 했다. 어느 순간엔 차르락, 흘러내리는 천 자락이 눈앞을 가렸고 거센 포말을 일으키며 내리꽂히는 폭포수이기도 했다. 그러다가도 아슬하니 가락을 타고 미망 같은 봄날 바람결이 되어 넘어갔다.

소리가 끝나서도 묵직하고 애조 띤 가락이 여전히 연후의 귓가에 맴돌았다. 연후는 더 듣고 싶었지만 아버지가 자리에서 일어나는 바람에 어쩔 수 없이 따라 일어서야 했다. 여자의 얼굴에 서운함이 출렁거렸다.

연후 아배요, 더 있다 가소. 인자 초저녁이구마.

해가 지는데 이젠 가야지. 오늘 자네 소리도 듣고 잘 놀았네.

아버지의 말에 여자의 표정이 그늘이 내려앉듯 쓸쓸해졌다.

허이, 사람 참! 집에 꿀단지라도 파묻었나? 할 수 없지. 갈 사람 가고 남아 있는 사람은 더 놀자구. 청화야, 한 자락 더 해봐라.

아버지는 연후를 데리고 서울옥을 나왔다. 그러나 집으로 곧장 가지 않고 서울옥 바람벽에 기대어 담배를 꺼내 물었다. 연후도 그런 아버지 곁에 쪼그려 앉았다. 바람이 잦아든 거리에는 수런대며 불빛이 밝혀질 뿐 적막했다.

꽃과 같이 고운 님을 열매같이 맺어두고
가지같이 많은 정에 뿌리같이 깊었건만
언제나 그립고……

서울옥에서 흘러나오는 여자의 노래가 애잔했다. 듣고 있자니 훌쩍

거리는 여자의 모습을 보는 것 같았다. 연후는 콧등이 시큰해서 집이 있는 등성이를 바라보았다. 일몰이 내려앉는 속에 뒷산의 산벚꽃 무리가 흐린 등처럼 아스라했다. 서운해하던 여자의 표정이 그 꽃무리와 겹치며 슬픔으로 뭉텅 들어찼다. 아버지의 얼굴에도 어둠 때문만은 아닌 어둠이 내려앉아 있었다.

아버지는 담배를 다 태우지도 않고 바닥에 비벼 끄곤 연후의 손을 잡아 일으켰다. 연후는 뒤따라가며 자꾸만 서울옥이 뒤돌아봐졌다. 그런데 이상했다. 분명 바람은 멈추었는데 바람이 불 때처럼 산벚꽃잎들이 화르르, 화르르 서울옥 문 앞으로 하얗게 날아들었다. 마치 겨울날 눈보라처럼 휘돌았다.

그리고 가을이 끝날 무렵이었다. 병치레를 하던 연후 어머니는 결국 죽고 말았다. 마흔이 채 안 된 나이였다. 장례를 치르고 얼마 후에 연후가 학교에서 돌아오던 길이었다. 우연히 마주친 여자는 부리나케 연후를 근처 빵집으로 데리고 들어갔다.

불쌍해서 우야노? 우짜꼬, 우짜꼬. 이 어린 걸…….

여자는 연후를 껴안으며 소리죽여 서럽게 울었다. 울음은 연후를 향한 안쓰러움에다 또 다른 슬픔도 함께 얹혀 있었다. 남의 초상집에서 기가 막힌 제 설움도 같이 묻혀내는 그런 거였다.

4

연후와 여자는 절을 내려와 차를 타고 다시 읍내로 들어섰다. 여자가 묵는다는 모텔 앞에서 여자를 내려주고 출발하려는 연후에게 여자는 저녁이나 같이 먹고 가라고 붙잡았다. 연후는 사실 여자가 아까 하룻밤 함께 지냈으면 하던 걸 모른 척한 게 걸렸다. 아무래도 저녁 한 끼는 같이 해야 할 것 같았다. 연후는 모텔 옆의 공원 주차장에 차를 세웠다.

떠도는 사람들이 그렇듯 유녀들은 한 곳에 오래 머물지 않았다. 개중에는 늦도록 결혼을 하지 못한 노총각이나 홀아비와 결혼해서 눌러앉기도 했지만 대부분 한두 해 지나면 다른 곳으로 떠났다. 하지만 여자는 결혼도 하지 않으면서 오래도록 서울옥을 떠나지 않았다. 연후는 그 시절 여자의 붙박임이 아버지 때문이었을 거라 짚어져 불쑥 물었다.

"이런 말씀 드리기 뭐하지만, 저희 아버지를 마음에 두셨었나요?"

"…… 아니라곤 못하겠다. 하지만서도 그라믄 뭐하겠노. 노류장화 팔자가 마음에 둔 사람이 있다 해도 제대로 먹혔겠나."

"그래도 그런 마음에 대해 아버지랑 어떤 얘기가 있었을 것 같은데……."

"야가 시방 먼 세 빼무는 소리를 하고 있노? 내사 니 아배를 마음에 두긴 했어도 내 혼자 속이었지 하늘에 맹세코 그건 아이다."

여자는 얼굴까지 벌게지며 손사래를 쳤다. 세월도 한참 지났고 아버지 어머니도 다 돌아가신 터에 별 거 아니다 싶어 말을 꺼냈던 연후는 여자가 정색하는 바람에 민망했다.

"아니 그런 뜻이 아니라, 나쁘다는 게 아니라……."

"내 배운 게 없어 옳게 말을 못하겠다마는 그 뭐꼬? 정신적으루다 하는, 뭐 그런 기였구마. 남들 생각하는 것 맨키로 그런 게 아이었다카이!"

여자의 태도가 어찌나 진지한지 연후는 민망한 중에도 웃음이 삐져 나왔다.

"하기사 그러면 우짜고 이러면 우짤끼고. 다 지난 세월인데. 사실 이제사 하는 말이다만 니 들으면 언짢을랑가 몰라도 느 어매 죽고 기대를 아예 안 한 건 아니었제. 그런데 외려 느 아배가 예전 같지 않드마. 전엔 길에서 만나면 빈말 한마디라도 건네더만 눈길도 제대로 주지 않고 데면데면했으니께. 가슴팍이 많이 시렸네라."

여자는 먼 산 바라보듯 무연히 말했다. 하지만 그 속에 오랜 세월 채워지지 않아 휑했을 마음과 시린 울음이 있었을 게 짐작됐다.

"세월이 가다 보인께 알겠드마. 자식 딸리고 없이 사는 홀아비 만나 고생하지 말고 좋은 짝 만나 잘 살기 바랐던 느 아배 마음을. 그래 내 마고것을 느 아배가 나를 생각한 것으로다 여겼다. 시답잖은 내 혼자 생각이었어도."

아버지나 여자가 서로에 대한 감정을 드러낸 적은 없었지만, 연후는 어린 깜냥에도 둘에게서 배어나오던 애틋함을 막연히 알 수 있었다. 이만큼 세월이 지나서도 여전히 아버지에 대한 여자의 그 마음이 느껴지자 새삼 고마웠다. 아까 하룻밤 같이 지내고 싶다던 여자의 말이 마음에 담겼다. 간곡하던 청을 거절한다는 게 사실 야멸치다 싶다. 여자의 말대로 이러고 헤어지면 연후가 일부러 찾지 않는 한 언제 또 만날지 알 수 없는 일이다. 연후의 마음이 여자와 하룻밤을 지내야겠다는 쪽으로 기울었다.

연후와 여자는 저녁을 먹기엔 시간이 일러 잠시 산책을 하기로 했다. 공원 안에는 부근 동네에서 아이를 데리고 놀러나온 젊은 엄마들이 있었다. 공원 안을 뛰어다니며 까르르 대는 아이들 웃음소리가 비눗방울처럼 퍼졌다. 모든 것이 사위어가는 초겨울 풍경 속에서 아이들은 신기루같이 환했다. 그 환한 빛 속의 아이들 모습에 연후는 울컥 사무쳤다. 그런 연후 앞으로 아이들이 가지고 놀던 공이 굴러왔다. 네다섯 살쯤 됐을 아이 하나가 그 공을 가지러 종종걸음으로 뛰어왔다. 연후가 공을 집어 건네줄 때 아이의 손과 잠깐 맞비벼졌다. 포동한 여린 살의 감촉에 연후의 손은 오래 전에 잃어버렸던 익숙한 감각을 찰나처럼 되새겼다. 그러나 이제는 잡아볼 수 없다는 사실에 가슴이 뭉텅 베인다. 공을 받아들고 돌아서가는 아이의 뒷모습을 보는 연후의 눈에 설핏 물기가 어렸다.

연후와 여자는 공원의 야트막한 돌담을 따라 천천히 걸어서 공원 옆의 해안도로가 난 쪽까지 왔다. 군데군데 긴 의자가 놓여 있어 앉아서 바다를 바라볼 수 있고, 도로에는 자전거를 타는 사람들이 지나다녔다. 연후는 근처 편의점에서 음료수를 사가지고 와서 여자에게 건넸다. 봄 햇살처럼 푸근한 늦은 오후 햇살이 바다 위로 나른히 퍼졌다. 그 풍경을 보는 여자의 얼굴에 말간 기척이 내려앉고, 연후의 오래된 기억들도 물이 담긴 두레박처럼 끌어올려졌다.

겨울이면 어린 연후는 엄마 대신 매서운 바람 몰아치는 부두에서 곱은 손을 불어가며 그물을 추렸다. 저녁에는 차가운 물에 맨손을 담그고 생선을 손질했다. 엄마가 해주는 밥을 먹고 따뜻한 아랫목에서 배를 깔고 책을 보는 친구들이 부러웠다. 더운 여름이면 친구들은 시원한 바다에서 수영을 즐겼지만 연후는 땡볕 아래에서 아버지 일을 도왔다. 친구들 손은 마디 없이 가늘고 깨끗했지만 연후의 손은 거칠었고 흠집이 많았다.

어린 마음에 그런 처지가 꽤 속상했다. 그럴 때면 연후는 여자를 찾아갔다. 아마도 엄마에게 하듯 응석부리고 싶은 마음에서였을 것이다. 여자는 등을 토닥여주거나 흘러내린 머리칼을 측은히 넘겨주었다. 거친 손을 안쓰러워하며 크림이나 약을 발라 조물조물 만져주었다. 젖멍울이 생기자 브래지어를 사주었고 초경이 시작되자 필요한 것을 챙겨주었다. 엄마의 손길을 받을 수 없었던 사춘기 연후에겐 엄마 같은 보살핌이었다. 그런 것들에 어린 연후의 결핍이 잠시라도 위안받았다는 생각이 들자 가슴으로 따스함이 들어찼다.

한참을 앉아 있다 보니 어느새 저녁 어스름이 내렸다. 둘은 자리를 털고 일어났다. 공원을 나오자 저만치 모래사장에 사람들이 둘러서 있었다. 가까이 가보니 죽은 사람의 넋을 진혼하는 수망굿 중이었다. 아침에 보았던 어촌계 굿 행사에 연계된 거였다.

무녀가 주발과 살아 있는 닭을 흰 천으로 묶어서 조심스레 물에 띄웠다. 옅은 잉크를 풀어놓은 듯 푸르스름함 속에 닭은 뭉쳐놓은 안개 덩어리처럼 비현실적이었다. 그 사이 다른 무당이 흰 종이를 매단 골매기 서낭대를 바다에 던지며 구슬프게 초혼을 했다. 그 의식이 끝나자 무녀는 닭을 다시 끌어내 가슴에 안고 굿당 쪽으로 걸음을 옮겼다. 사람들이 줄래줄래 그 뒤를 따라갔다.

"정말 저렇게 하면 혼이 오는 건가요?"

"그거야 알 수 없지만서도 그렇게 믿을라치면 그런 거 아이겠나. 제발이사 그런 거라면 좀 좋겠노. 느 아배 혼도 그렇게 실려 오면 좋을 기구만. 여기 이렇게 당신 딸도 와 있고 또……."

연후는 뒷말을 맺지 못한 여자의 마음을 짐작할 수 있다. 몇 십 년을 가슴에 담아두었던 사람을 영영 볼 수 없다는 슬픔에 금방이라도 울음 한 자락 꺼이꺼이 풀어낼 듯했다. 연후는 그런 여자를 보지 않으려 맞은편 방파제 쪽으로 눈길을 돌렸다. 애써 묻어두었던 아픈 얼굴들이 스산하게 살아났다.

몇 십 년 전에 여자와 헤어진 후 많은 날들이 흘렀다. 연후는 그간 여자가 어떤 삶을 살아왔는지 알 수 없다. 그런데도 몇 시간 동안 여자를 대하면서 삭아내린 먼지거나 빛을 쬐지 못한 서늘함을 가졌다. 그 서늘함은 뿌리 깊게 파고들어 들어낼 길 없는 흔적으로 다가들었는데, 그 그늘짐이 자신에게서도 퍼져나온다는 게 당혹스러웠다. 오히려 여자가 풍기는 것보다 더 짙을 거라는 사실은 쓸쓸한 서글픔이었다.

연후는 결혼해서 아들을 하나 두었다. 아이가 네 살 되던 해였다. 아들은 집 앞 놀이터에서 그네를 타며 놀았고 연후는 베란다에서 빨래를 널었다. 아들은 가끔 이층 제 집 베란다를 올려다보며 연후를 향해 손을 흔들었다. 일요일이라 아이와 놀아주기 위해 같이 나갔던 남편은 담배를 사러 잠깐 가게에 갔다.

다른 아이들이 아들이 탄 그네 옆으로 모여들었다. 어떤 아이는 밀었고 어떤 아이는 당겼다. 그 바람에 그네가 앞으로 나가지 못하고 팽그르르 돌았다. 순식간에 고리 모양의 쇠줄이 꽈배기처럼 꽈지며 아들의 목을 조였다. 어린 몸은 그네판에서 밀려 모래땅에 닿지 못하고 허공에서 흔들렸다. 기도가 막히면서 호흡을 할 수 없자 뽀얗던 얼굴이 금세 검푸러졌다. 병원으로 옮겼지만 아들은 끝내 깨어나지 못했다.

연후는 여전히 아들과 함께 살았다. 아들이 엄마! 하고 품에 안기면 수밀도같이 보드라운 속살을 손으로 쓸었다. 목욕을 시킨 후 통통한 엉덩이에 입을 맞추면 아들은 함박꽃처럼 웃음을 터뜨렸다. 끼니마다 밥 한 숟갈이라도 더 먹이려고 도망다니는 아들을 따라다녔다. 아들의 옷은 날마다 세탁되어 건조대에 널렸다. 오후에는 아들과 함께 아동용 비디오를 보다 낮잠을 잤다. 저녁이면 목욕을 시켜 잠자리에 눕히고 동화책을 읽어주었다. 눈에 잔뜩 졸음이 덮인 아들이 하품을 하면 이불깃을 당겨 토닥거려 재웠다.

그렇게 세상에 존재하지 않는 네 살배기 아들과 보내는 연후의 하루하루는 여느 엄마들처럼 바빴다. 그럴수록 몰골은 하얗게 사위어가는 재가 되었다. 어느 날 남편이 그런 연후의 어깨를 거칠게 잡아 흔들었다.

여보, 왜 이러는 거야? 정신차려!

아들이 사라진 집은 추운 겨울만 있는 동화 속 거인의 정원이었다. 연후는 물속을 부유하듯 늘 멍했다. 그러나 남편은 여전히 출근을 하고, 주말이면 산행을 하고, 대외적 관계를 맺고 있는 이들의 경조사와 집안 대소사에 꼬박꼬박 참석하는 정석적인 일상을 살아갔다. 그에게선 자식을 잃은 아픔과 슬픔이 배어나오지 않았다. 연후는 그런 남편을 이해하지 못했다. 알 수 없는 원망이 일었다. 둘 사이는 곪아가는 상처처럼 황폐해지며 점점 서로를 외면했다.

다음 해 어느 봄날의 깊은 밤이었다. 뭔가가 거칠게 들썩거렸다. 잠결이던 연후는 심하게 불어대는 바람으로 창문이 흔들리는 줄로만 알았다. 아, 어쩌나! 애써 피어난 꽃들이 속절없이 지겠구나, 라는 생각에 안타까우면서도 다시 잠에 빠져들었다. 그러나 점점 더하는 들썩거림과 꺽꺽대는 소리에 연후는 또 잠이 깨고 말았다. 눈을 떴을 때 남편이 등을 돌린 채 모로 누워 소리 죽여 울고 있는 걸 보았다. 갈고리로 내장을 긁어올리듯 고통스러운 울음이었다.

어둠 속에서 그 등을 멍하니 바라보던 연후는 모른 척 돌아누웠다. 밤 내내 살을 에는 겨울바람이 휘몰아쳤다. 매정하리 만큼 냉정하게 일상을 살던 남편의 모습은 겉으로 보이려는 거였다. 보이고 싶지 않은 또 다른 모습은 삭풍 몰아치는 겨울강처럼 추웠다.

얼마 후 연후는 이혼했다. 같은 아픔을 서로 바라보고 살아야 하는 건 고통이었다. 아버지와 같은 또 다른 거울을 보고 싶지 않았다.

5

우우웅, 우우웅.

씻느라 욕실에 있는 여자의 휴대전화가 탁자 위에서 진동했다. 화면에 뜬 사진이 얼핏 보였다. 젊은 남자였다. 한참 울리던 전화는 받지 않자 끊어졌다. 잠시 후에 여자가 욕실에서 나왔는데 아침나절 굿당에서의 화려한 옷차림과는 달랐다. 내복차림이었는데 목둘레와 소맷부리가 올이 풀릴 것처럼 낡아 있었다. 연후는 요즘처럼 모든 게 넘쳐나는 세상에 아직도 저러고 사는 사람이 있나 싶은 생각이 들었다. 지금 여자 나이쯤이라면 경제적으로 어느 정도 안정됐을 텐데도 말이다.

"전화 왔었어요."

"우리 아들인갑네."

여자는 얼굴에 화색을 피우며 서둘러 전화기를 열었다.

"아들! 잘 지냈드나? 그래. 내는 걱정하지 마라. 알았구마. 내일 갈 텐께 걱정하지 말라카이."

통화를 끝낸 여자의 입꼬리에 채 거두지 못한 웃음이 벙싯거렸다. 연후는 여자로 하여금 포만한 웃음을 짓게 하는 대상이 궁금했다.

"자제는 몇이나 두셨어요?"

"아들 하나. 요즘은 대학을 졸업해도 직장 구하기 쉽지 않다드만 우리 아들은 그래도 취직이 됐네. 큰 회사는 아니지만 요즘 같은 때에 고마운 일이제. 근데 아직 장가를 못 가서 걱정이라 마땅한 색시 만나 재미나게 살면 좋을 기구만. 하긴 장가를 간대도 걱정이네. 전셋집이라도 마련해줘야 할 건데 사는 형편이 뻔하니."

여자의 말에는 걱정이 담겼지만 얼굴은 여전히 웃음기가 돌았다. 자식을 가진 이 세상 어미들이 내보일 안정된 뿌듯함이었다. 연후의 가슴으로 싸한 바람이 스며들었다. 자식, 아이, 아들, 딸 그런 말들이 스산하게 와 감겼다. 그 마음을 떨치기 위해 연후는 화제를 돌렸다.

"여쭤봐도 되는지 모르겠는데…… 남편 분께선 뭘 하세요?"

"영감? 그런 거 없네라. 내사 한 남자 만나 안존하게 그 그늘 밑에서 살 팔자가 아인데 뭐."

"그러면 쭉 혼자 지내셨어요?"

되묻는 연후의 표정이 화들짝 놀랐다.

"그랬지러. 가진 거 없고 배운 거 없이 새끼 키우며 살라니 고달팠제. 화장품 판매에, 식당 설거지에, 파출부며, 술집 여자들 빨래 빨아가며 도둑질하구 몸 파는 것 빼곤 안 해본 게 없이 억척스레 살았네. 그래도 자식 커가는 거 보면서 고생이 고생 같지 않았구마."

연후는 오랜 세월 혼자 몸으로 자식을 키웠을 여자의 고달픔에 마음이 가닿았다. 낡은 내복을 입고 있는 게 비로소 이해됐다. 숙소에서 조금 떨어진 굿당에서 간간히 굿소리가 들려왔다. 어제 시작했던 굿이라면 오늘밤을 지새우고 내일 아침에야 끝날 것이다. 초저녁에 보았던 넋을 건지는 장면이 여자를 향한 짠함과 함께 가슴에 얹혔다.

"야야, 우리 굿 구경이나 가보까?"

젖은 머리를 말리던 여자가 눈빛을 반짝이며 말했다.

연후가 어렸던 시절 이곳에서는 크고 작은 굿판이 흔히 벌어져 굿소리가 자주 휘돌았다. 굿은 일신과 가정의 평안에서부터, 먹고 사는 발판인 바다의 안녕과 풍어를 기원하는 의례행사였다. 고기잡이를 업으로 살다보니 바다에서의 죽음이 많았다. 자연 죽은 자에 대한 산 자의 안타까움은 굿이라는 매개로 발현됐고, 삶과 죽음이라는 두 세계의 경계를 추상적이나마 이어주는 다리였다.

갈 날은 있건마는 올 날은 막연하고

젖은 옷 벗고 마른 옷 개복하고 혼이라도 넋이라도 오소

연후와 여자가 다시 들어선 굿당은 아침보다 더 많은 사람들로 차 있었다. 그런데도 물기 머금은 무녀의 사설만 들릴 뿐 숙연하리만치 조용했다. 낮에 하는 별신굿은 마을의 안녕과 풍어를 위한 것이기에 축제처럼 흥청거렸다. 그러나 밤을 새워 하는 지노귀굿은 죽은 자의 넋을 천도하는 의식이기에 엄숙하고 슬플 수밖에 없었다. 지노귀굿은 망자가 죽은 지 사십구 일 안에 행하며 칠칠재七七齋와 병행했다.

오늘 밤의 지노귀굿은 얼마 전에 고기를 잡다 바다에 빠져 죽은 남자를 위해서였다. 망자는 마흔이 넘도록 결혼도 못하고 홀어머니와 살았다고 했다. 저녁 무렵 바다에서의 수망굿 의식이 남자의 넋을 건지던 거였다. 종이꽃, 등, 용선이 장식된 제단에는 그의 넋이 담긴 신태집과 시신을 대신하는 넋자리가 놓였다.

망자를 부르기 위한 접신 의식이 시작되었다. 무녀의 춤사위가 격렬해지며 널뛰듯 힘차게 허공을 뛰어올랐다. 질풍에 휘날리듯 쾌자자락을 너울대는 얼굴에 땀이 번들거렸다. 남자 무당들은 아이고, 아이고 곡을 하며 화급한 추임새를 더했다. 그러던 어느 순간이었다. 추상적 존재의 재현을 암시하는 건지 무녀가 쥐고 있는 부채와 방울이 마구 흔들렸다. 덩달아 긴장한 사람들의 억누르는 한숨 소리가 터져나왔다. 무녀는 못 박힌 듯 그 자리에 멈춰 섰다. 드디어 망자의 넋이 실렸다. 무녀는 표정이 무섭도록 굳어지며 온몸을 떨어댔다. 얼굴 근육은 푸들거리고 낯빛이 창백했다. 두 눈을 질끈 감고선 긴 휘파람을 내뱉었다. 후

이이! 후이이! 가는 대롱에서 나올 것 같은 소리가 굿당 안을 음산히 휘돌았다. 무녀는 다시 한번 세차게 몸을 떨며 입을 열었다. 굵고 낮은 남자의 목소리가 처연히 흘러나왔다.

피를 받고 살을 받은 부모형제 두고 나는 가오. 만난 사람 헤어지고 헤어진 사람 또 만나도 나는 못 올 곳으로 가오. 아이고 어머니, 불쌍한 우리 어머니 두고 내 어찌 발걸음이 떨어지겠소. 어머니……

무녀는 공수를 내리며 죽은 아들처럼 어미인 늙은 여인을 끌어안고 서럽게 울먹였다. 아들을 잃은 어미도 철철 울었다. 토해내는 슬픔으로 창자가 끊어질 것 같았다. 무녀가 어미에게 건네준 신장대가 푸르르, 푸르르 걷잡을 수 없이 흔들렸다. 굿당 안의 사람들 눈빛도 두렵고 슬프게 흔들렸다. 연후의 눈과 가슴도 에이게 젖어들며 눈물이 흘러내렸다.

연후가 눈가를 문지르느라 깜빡 눈을 감았다 뜬 그때였다. 눈앞으로 젖빛처럼 뽀얀 네 살짜리 아이가 성큼 다가들었다. 그러나 이내 검푸르게 변하며 흐늘한 불덩어리로 휘돌며 흐릿해졌다. 뒤이어 또 하나의 존재가 흔들리는 깃발처럼 아른거렸다. 갓난아이인지, 어른인지 분간할 수 없는 형체는 어찌나 사무친지 날카로운 것에 후벼 파이는 저릿함이었다. 그 사무침은 형체 없는 아들을 향한 늙은 어미의 통곡과 함께 더해갔다.

우리 같은 초로인생 아차 한번 죽어지면 죽진장포 일곱매 상하로 질끈 묶어

소방산 대뜰 우에 덩시렇게 올려 매고 북망산을 행할 적에 산토로 집을 짓고

송죽으로 문을 삼어 두견 쩍궁 우실 때야 산은 첩첩 밤 깊은데 처량한 건 넋이더라……

격정 같던 한바탕 무거리가 지나고 무녀는 허청대며 뒷 사설을 구슬프게 토해냈다. 사람들의 훌쩍거리는 소리가 간간이 들렸다. 연후의 가슴도 헤집어놓은 듯 먹먹했다. 옆자리 여자의 눈시울도 벌겋다.

무녀가 마무리 사설까지 마치자 초망자 굿은 끝났다. 다음 굿은 이른 아침에 다시 시작한다고 했다. 간혹 자리를 뜨기도 했지만 굿당에는 여전히 많은 사람들이 남아 있다. 그들은 비스듬히 눕거나 발을 뻗으며 두런두런 얘기를 나누었다. 연후는 매캐한 향내가 답답해서 밖에 나가고 싶었다. 여자를 보니 일어설 기미가 없어 보여 혼자 굿당을 나섰다. 와닿는 밤바람이 선뜻했다. 천천히 걸음을 옮겼다.

"누구유?"

굿당을 돌아 뒤로 왔을 때였다. 심하게 잠긴 목소리가 들렸다. 소리 나는 쪽을 보니 어둠 속에서 머리에 두른 흰 띠가 선명했다. 조금 전 굿을 주관했던 무녀가 쭈그리고 앉아 담배를 피우는 중이었다. 무녀의 눈길이 연후를 훑어 내렸다.

"여기 사는 사람이우?"

"고향에 다니러 왔어요."

"응, 그랬구랴. 나는 담배나 한 대 피우려고 나왔수. 산 사람이고, 죽은 혼이고 죄다 목을 매고 달라붙어 한을 들어달라고 하니 굿 한번씩 하고 나면 속이 너덜하다우. 길지도 않은 인생살이 어째 그리 한들이 많은지."

무녀의 말은 누구에게랄 것 없이 주절대는 넋두리였다. 굿당에서처럼 겅중겅중 뛰며 공중을 날아오를 듯 넘치던 힘은 느껴지지 않았다. 사람의 애간장을 쓸어내리며 사설을 풀어내던 신들린 숙무의 모습도 없었다. 후줄그레 땀에 절은 무명천같이 축 처져만 보였다.

"한세상 사는 게 다 그런 거지. 태어나는 것도 죽는 것도 내 맘대로 안 되듯이 나한테 들어온 한이라면 그대로 안고 뒹굴 밖에. 그러다 보면 또 저절로 풀어질 날도 있겠지. 그렇게 살아가는 거지 뭐."

무녀는 연후가 듣건 말건 혼잣말을 하고는 바닥에 담배를 눌러 끄며 일어섰다. 그리곤 엉덩이를 툭툭 털고는 굿당으로 향했다. 그 뒷모습이 흐릿한 불빛처럼 가없다.

무녀는 가버리고 모든 걸 빨아들일 검은 어둠만이 사위에 가득했다. 연후는 아주 고된 노동을 하고 났을 때처럼 갑자기 짙은 피로가 밀려왔다. 아무 데나 널브러지고 싶을 만큼 힘이 빠져서 쭈그려 앉는데, 축항 쪽 방파제와 나고 자란 집과 산등성이의 등대가 휘몰아치듯 다가들었다. 그 주위를 산벚꽃들이 후루룩, 후루룩 떨어져 내리며 부옇게 가려서 당황스럽다.

연후는 손을 뻗어 막을 걷어내듯 허둥지둥 휘저어보지만 꽃잎 무리는 여전히 앞을 가렸다. 순식간에 모든 기억 회로들이 막혀버리며 방향 감각을 잃은 듯 허청했다. 자신이 와 있는 이곳은 태어나 자랐기에 모든 것이 아침에 떠 저녁에 지는 해처럼 익숙하건만 도무지 분간이 되질 않았다. 길 설은 밤거리에 서 있듯 막막해서 한 발짝도 움직일 수 없었다. 누군가 손 뻗어 잡아주었으면 하는 마음이 간절했다. 그때 굿당에서 나온 여자가 연후를 찾는지 이리저리 두리번거렸다. 그런 여자를 보자 왈칵 서러운 울음자락이 차올랐다. 길을 잃고 헤매다 간신히 엄마 품을 찾은 심정이었다.

"야야, 니 어둔 데서 뭐하노? 처량스럽구로."

여자가 어둠 속에 있는 연후를 보고는 가까이 다가왔다.

"난 이제 들어갈 기라. 더 있으면 뭐하겠노. 가슴만 애리지. 닌 우짤랑고? 참, 니 술은 할 줄 아나?"

여자의 말하는 품새가 초저녁과 달리 힘이 없다.

6

"느 아배 참말로 무뚝뚝했다카이. 재미라군 눈곱재기만큼도 없었제. 하기사 사는 게 뭔 홍이 났겠노."

여자가 자신의 빈 잔에 술을 따르며 말했다.

연후의 아버지는 육이오전쟁에 부모를 잃었고 한동안 큰집에 얹혀 살았다. 하지만 모두 다 살아내기 힘든 시절이었다. 제 자식도 짐이 되는 판에 조카들을 언제까지 거두긴 힘들었다. 형제들이 보육원이나 남의집살이로 흩어질 수밖에 없게 되자, 맏이였던 아버지는 동생들과 헤어지지 않으려 다니던 학교도 그만두고 어린 나이에 남의 집 품팔이며 배를 탔다. 그 덕분에 형제들은 헤어지지 않아도 됐지만 어린 가장이 짊어진 짐은 무거웠다.

여자는 마신 술 때문에 열이 오르는지 창문을 열었다. 알싸한 바람에 향내가 섞인 비릿함이 흘러들었다. 아침나절에는 거북하더니 이젠 견딜 만했다. 묵고 있는 삼층 방에서 공원 안이 내려다보였다. 고적한 가등 불빛 사이로 가지만 남은 나무들이 정령처럼 희끄무레하게 무리지어 있다.

"느 아배 불쌍한 양반인 기라. 조실부모도 기막힌데 마누라도 일찌감치 가고 자식까지 둘이나 앞세웠으니 팔자도 참말로 얄궂다 아니가. 부모한테 그것 맨치로 절창할 일이 어디 있겠노. 육실할 팔자들. 전생에 뭔 죄갚음할 게 그리 많은지."

여자의 말에 연후의 심정은 소금물에 닿은 상처처럼 아리다. 화인처럼 찍힌 아픔이었다.

연후의 아홉 살 봄이었다. 봄볕이 짜한 방파제에선 아이들이 이리저리 뛰어놀았다. 부잡스러운 남자 아이들은 축항 끝의 무인 등대를 낑낑대며 기어올랐다. 어른들이 알면 꾸중을 들을 판이었다. 방파제가 널찍해도 천방지축으로 뛰어놀다 자칫해서 발이라도 헛디디면 바다에 빠질 수 있었다. 항구 안쪽은 잔잔해도 꽤 수심이 깊었고 바깥쪽은 파도가 철썩거리며 파랑이 심했다. 그런데도 아이들은 어른들 몰래 자주 방파제 끝을 찾아들었다.

연후는 파도를 막기 위해 방파제 바깥 바다에 설치한 커다란 콘크리트 구조물을 건너다니며 표면에 붙어 있는 홍합이며 고둥을 땄다. 방파제에 있던 오빠가 위험하니 올라오라고 했으나 아랑곳하지 않다가 시퍼런 파도가 발밑까지 쳐올라오자 무서워졌다. 그만 올라가려고 할 때 구조물 아래 구석에 실한 미역다발이 보였다. 그냥 두고 가자니 아까웠다. 그것만 뜯어서 올라갈 생각에 밑으로 몇 발을 옮겼을 때 순식간에 파도가 구조물 사이를 뚫고 허리까지 차올랐다. 연후는 겁에 질려 새된 비명을 질렀다.

놀란 오빠가 허둥지둥 밑으로 내려와 연후를 겨우 방파제로 올려보냈지만 정작 자신은 올라오지 못하고 버둥거렸다. 동생을 끌어올리느라 힘이 빠진데다 수시로 파도가 들고 나니 표면이 미끄러워 발을 자꾸 헛디뎠다. 열한 살 어린 오빠의 얼굴이 공포에 질렸다. 아이 하나가 급하게 부두에서 일하는 연후 부모를 부르러 갔다. 그 사이 키를 넘는 큰 파도가 용솟음치듯 다시 한번 구조물 사이를 덮쳤다. 숨을 헐떡이며 아버지가 도착했을 땐 오빠는 이미 사라지고 없었다.

그러지 않아도 병약했던 어머니는 맏아들을 잃은 충격으로 아예 맥을 놓고 앓다가 삼 년 후에 결국 죽고 말았다. 아버지도 한동안 뱃일을 하지 못하고 흔들렸지만 곧 추슬렀다. 다른 자식들 때문에라도 주저앉아 있을 수 없었다. 그러나 맏아들과 아내의 죽음은 가슴에 묻혀 안으로 가라앉게 했다. 그처럼 연후의 죄의식도 씻어지지 않았다. 아버지의 참척은 거기서 끝나지 않았다. 또 하나의 고통이 덮쳤다.

1980년 유월이 시작되었다. 횡횡한 소문들이 떠돌았다. 방송이나 신문에는 제대로 보도되지 않은 입에서 입으로 전해지는 쉬쉬거림이었다.

지난 오월에 전라도 광주에선 난리가 났다던데. 시민들이 엄청 죽었다는구만!

뭔 소리야? 전쟁이 일어난 것도 아닌데?

군인들이 시민들을 막 죽였대!

뒤틀어진 국가권력에 의한 민간인 대량 학살이었다. 집권 정권이 벌인 도륙의 참상은 바람결에 묻혀 연후가 살고 있는 곳까지 전해졌다. 비상계엄이 선포되면서 각 대학마다 휴교령이 내려졌고 긴급 수배령이 발포됐다. 서울에서 대학을 다니던 연후의 남동생 연철도 그 상황을 피해 집에 와 있게 됐다.

얼마 후 집에 한 사람이 찾아들었다. 연철의 학교 선배이면서 같은 하숙집에 있는 민형이었다. 군 입대를 하기 전에 잠시 다니러 왔다지만 워낙에 시국이 그런지라 아버지는 찜찜해 했다. 하지만 내색하진 못하고 지난 방학 때마다 놀러왔다 잘 돌아간 것처럼 별 탈 없이 지내다 가기만 바랐다.

기상청에서는 예년보다 여름 장마가 일찍 왔다고 했다. 비도 오지 않으면서 후텁지근한 날이 계속됐는데 그날은 아침부터 굵은 빗줄기가 내렸다. 그와 함께 민형의 친구 중 하나가 운동권 활동을 하다 피검됐다는 불길한 소식이 전해졌다. 민형은 그 친구와 몇 번 어울린 적은 있었지만 함께 활동한 일은 없었다고 했다. 그러나 검거된 친구 입에서 이름이 불거졌다는 건 위험했다. 이미 수사망이 좁혀졌을 상황에 집으로 갈 수도 없었다.

아버지는 난감했다. 자칫 곤혹을 당할 걸 알면서도 자식 키우는 부모로서 궁지에 몰린 사람을 내몰 수 없었다. 예상대로 갈 만한 곳을 추적해서 찾아온 형사들에게 이미 떠났다고 둘러대고 민형을 창고로 쓰는 곳에 있게 했다. 직접 가담하지 않았으니 며칠 몸을 사리다보면 잠잠해질 테고, 그런 후에 떠나게 하면 되지 않을까 하는 단순한 생각이었다.

저녁이 되자 빗줄기는 더욱 강해졌다. 사위가 어둑해졌다. 연철은 축축하고 무더운 창고에 종일 갇혔을 민형이 걱정되었다. 해도 졌는데 별일이야 있을까 싶어 조심스레 창고 문을 열 때였다. 두툼한 손이 연철보다 먼저 우왁스럽게 문을 열어 젖혔다. 의심을 풀지 않고 집 주변을 돌던 형사들이었다.

위기감을 느낀 민형이 창고 안에 있던 물건을 형사들 앞으로 내던졌다. 그 바람에 한 형사는 뒷걸음질치며 멈칫했고 또 다른 형사가 그 물건과 나동그라질 때 뛰쳐나와 도망쳤다. 얼결에 연철도 뒤따랐고 두 사람 뒤를 형사들이 좇아갔다. 장대처럼 쏟아지는 빗줄기 속에서 그들의 모습은 가물해졌다. 아버지와 연후는 뜬눈으로 밤을 지새우며 마음을 졸였다.

다음날 아침에 연철과 민형은 등대 밑의 외진 바닷가에서 죽은 채 발견됐다. 머리가 처참히 으깨진 연철 옆에는 날카로운 돌덩이들이 많았다. 조금 떨어진 곳에 엎드려 죽은 민형에게서 흘러나온 피가 주변 조약돌을 검붉게 물들였다. 사망 원인을 조사한 경찰은 비 내리는 어두운 밤에 가파른 벼랑길에서 발을 헛디뎌 떨어졌다고 했다. 형사들에게 좇

졌던 사실은 어디에서도 드러나지 않았고 누구도 그 사실을 발설할 수 없었다. 그들은 간단히 추락사라 규정하고 조사를 서둘러 마무리지었다. 원치 않았던 시대의 아픔은 또 다시 아버지를 짓밟았다. 아버지는 더욱 깊게 가라앉은 물밑이 되었다.

"다 잊어버려라. 생각하면 뭔 소용이 있을 기고. 속을 끓인다고 죽은 사람이 다시 살아올 것도 아닌데 그저 잊는 게 상책 아이겠나. 다른 사람 인생도 겉으로 볼 땐 잘 사는 거 같아도 조금만 들어가보면 다 마찬가지네라. 아픔 없는 인생 없는 기다. 무슨 말인지 알쟈?"

여자는 말은 그리하면서도 눈은 젖어 있다.

7

늦은 시간인데도 모텔에 사람들이 드는지, 복도를 지나다니는 발자국 소리와 문을 여닫는 기척이 조용한 적막을 파고들었다.

"연후야, 굽이굽이 살아온 내 인생 자락 한번 들어보래이. 전쟁 나던 해 내가 여섯 살이었제. 한 동네에서도 우익 좌익이 갈리며 사람들이 파리 목숨처럼 죽어나자빠질 때였구마. 아배, 어매는 무지랭이 농사꾼이었으니 이념이고 뭐시고 알 턱이 있었겠나. 등허리가 휘도록 일하고 배 곯지 않으면 제일인 줄 알았겠제. 어느 날 한밤중에 정체 모를 남정네들이 들이닥친 기라. 어매는 잽싸게 이불을 뒤집어 씌워 나를 윗목으로 밀며 귓전에다 급하게 말했제. 아무 소리도 내지 말라카믄서. 어두우니 사내들도 어매 짓거릴 미처 못 봤제. 하지만 어매 젖을 물고 있던 동생은 어쩌지 못해 같이 개 끌리듯 마당으로 끌려가지 않았드나. 곧 탕탕탕, 귀를 찢는 총소리가 들리고……. 하이구 아직두 이렇게 맴이 따갑다."

여자의 눈이 붉어졌다. 눈 속이 그렁해지며 잔에 술을 따르는 손길이 흔들렸다.

"밤새도록 부들부들 떨다 부옇게 동이 터오기에 마당에 나와보니 아배는 총을 맞은 얼굴이 반은 뭉그러졌고, 어매도 옆구리가 터져 창시가 다 삐져나왔더마. 동생도 어매 품에서 피범벅이 되어 죽었고 바닥엔 시뻘건 피가 벌창인 기라. 어찌나 무서운지 고꾸라지듯 그대로 대문을 나서지 않았겠드나. 어린 게 어디로 가야 할지도 모름서."

공원 조형물이 불빛에 서름했다. 어두운 바다에 점점이 떠 있는 채낚기 어선 불빛도 가뭇없이 흔들렸다.

"그렇게 부모형제 죽은 걸 보고선 집을 나와 하염없이 걸었네라. 쥐방울만한 걸음으로 걷노라니 좀 힘들었겠나. 그때 날 열세 살까지 키워준 양 어매를 만났는데 그때 내 꼬라지가 말이 아니드라네. 눈물 콧물에 먼지를 뒤집어써 새까마니 땟국이 흐르고, 어디서 신발 한 짝은 벗겨졌는지 발 한쪽 껍데기가 벗겨져 피가 뻘겋드란다. 집이 어디냐 물어도 모른다 하니 우선 아부터 살려야겠다 싶어 데리고 왔다카드라. 그때는 전쟁통이라 부모 잃은 아덜이 숱했는 기라."

"그 후엔 집으로 가셨어요?"

"어데? 다시는 못 갔제. 여섯 살이면 기억이 좀 있었을 텐데 원체 험한 꼴을 봐서 그런가 암 것도 생각이 안 나드마. 그리고 다시 집을 찾아간들 누가 있어 나를 반겼을 기고. 다 죽고 없는 전쟁통에."

무자비한 전쟁은 사람들에게 깊은 상흔을 주었다. 전쟁으로 고아가 됐던 아버지와 여자, 그들이 살아온 불행한 시대가 연후의 가슴에 먹먹하니 똬리를 튼다.

"양 어매는 소리 하는 사람이었제. 사실 말이 좋아 소리지 먹고 살자니 술도 팔고 몸뚱어리도 파는 논다니나 진배 없었구마. 지금서야 소리 하는 사람들 대접받지만 그때야 어디 그랬나. 그때 들은 풍월로다 내가 소리 흉내를 좀 냈다만 주워들은 거라 같잖치."

"왜요? 듣기 좋았는데요."

"그래? 다행이구마. 내는 양 어매하고 살던 그때가 사무치게 그립다. 제 속으로 난 자식도 아닌데 날 그저 물고 빨고 안 했드나. 양 어매랑 몇 년 터 잡고 살던 곳에 산벚나무가 많았는 기라. 봄이면 온 천지에 산벚꽃이 날려 눈이나 꽃비 속에 있는 것 같았제. 나풀나풀 내려앉던 꽃 이파리가 지금도 눈앞에 선하고만."

말을 하는 여자의 표정이 봄날 꽃밭에서처럼 발그레 화사했다. 오래 전 연후의 집 마당에서 흩날리던 산벚꽃잎 속에 있던 모습이 겹쳤다. 그때처럼 여자의 눈빛은 꿈을 꾸듯 아련히 어딘가로 향했다.

"그런 날에 햇살 따신 마루에서 양 어매 처연한 소리가락 듣고 있을라치면, 가슴으로 써늘한 늦가을 바람이 뭉텅 들어차는 것 같았으니께. 빨간눈이새 이바구도 그때 들은 기라. 참말로 맴이 쓰려 훌쩍거리면 양 어매는 그래 안 했나. 아이구 이 가시나야 어린 게 뭔 설움이 그리 많노. 아서라, 일장춘몽 같은 짧은 세상 그리 설워 살면 억울해서 우짤라꼬.

우짜든동 널랑은 설워 말고 한세상 해낙낙거리며 살아야 한데이. 그래 내사 사는 게 고달프면 양 어매랑 그때 산벚꽃이 간절히도 생각났다 아이가. 처음 느그 집 마당에서 산벚꽃을 보는데 똑 양 어매 살아온 것맨치로 반가우면서도 우찌 그리 짠하든고."

"그러셨겠어요."

"양 어매 팔자가 뿌리박고 살지 못해서 이곳 저곳 먹고 살 건덕지만 있으면 흘러 다녔제. 그런데 산벚꽃 많던 그곳에선 아홉 살부터 열두 살까지 삼 년이나 안 살았나. 양 어매도 처음부터 눌러앉을 생각은 없었다카더라. 읍내 부잣집에 소리 해주러 왔다가 돈 좀 넉넉하게 얹어준다는 장터 술집 주인 이바구에 술도 치고 소리도 함서 붙박이로 있었다데. 그것도 그거지만 백날 떠돌아봐야 내를 사람답게 키우기 글를 것 같더란다. 아무리 소리꾼이라고 고개 빳빳이 쳐들어도 싸잡아 노류장화 대접받을 거라면, 차라리 눈 질끈 감고 후딱 돈 좀 모아서 안존하게 터 잡고 날 공부도 시킬라 했다더라. 그래 내 졸업은 못했어도 초등학교 물은 먹어봤다 아이가. 글치만 박복한 내 팔자엔 그마저도 과분했던갑다. 막판에 장터에서 만난 양 어매 서방인지 오방인지만 아님사 오래 살았을 건데 망할 작자가 등골 빼먹느라고 여기저기 끌고 다니지 안 했나. 우야든 간에 양 어매랑 살던 그곳 삼 년이 내 인생에선 제일 행복한 시절이었네라. 태어난 곳도 아닌데 부모형제 뿌리 내린 고향 같더라 말이다. 당장이라도 달려가면 식구들이 따신 웃음으로 맞아줄 것 같은 기라."

"나중엔 가보셨어요?"

"어데? 꽃소식이 들리는 봄이면 생병 앓는 것처럼 다 집어치우고 달려가고 싶지만 사는 게 맘먹은 대로 돼야 말이제. 그렇게 한해 한해 세월만 보내고 이젠 백발만 허옇다 아이가. 그래도 예전 느 아배랑 니 만나 살던 그 시절이 양 어매랑 살던 그때같이 여겨져 참말 좋았구마."

여자의 얼굴에 어둠 속에서 반짝 켜지는 성냥불처럼 따스함이 피어났다. 그러나 이내 사그라진다. 채워지지 못한 그리움 때문인지 표정이 쓸쓸했다.

"양어매 서방이라는 작자가 보통 건달이 아니더라고. 허구헌날 술 처먹고 노름질하는 것도 모자라 사람을 패대니……. 그래 그런가 어쩐가 양 어매는 골골하더니 결국 돌아가셨다. 졸지에 내 신세 끈 떨어진 뒤웅박이 돼버린 기야 당연지사고. 어매 죽고 망할 작자가 나를 식모로 보냈는데 가보니 술집 아니든가배. 돈을 받고 내를 팔았든 기라. 말이 좋아 식모지 그 속에 있다 보면 술집년 되는 기제. 몇 해 있다 보니 주인 놈이 내를 또 팔아버리지 않았겠나."

연후는 가슴이 답답했다. 열린 창으로 아까보다 더욱 짙은 냄새가 흘러들었다.

"다시 팔려간 곳이 억수로 깡촌이더만. 차를 세 번이나 갈아타고 골짝을 반나절이나 걸어 들어갔더니 공사판이 나오드마. 지집년이라고는 찾아볼 수 없고 온통 텁석부리 사내들만 득시글거리는 기라. 낮엔 죽어라 일 시키고 매일 밤마다 순번을 정해서 하나씩 돌아가며 잠자리를 하는데……. 허이구 내 팔자야!"

사위에 내린 검은 어둠처럼 여자의 삶에 깃든 어둠도 깊다.

"내 그때 생각하면 몸뚱이로 지네가 기어다니는 것처럼 소름끼치구

마. 그렇게 여섯 달을 지내다 내가 일꾼 하나를 꼬드기지 않았드나. 그리고 어느 날 나들이 가자고 해서 간신히 토꼈제. 그라이 또 뭐 할 기고. 도망쳐보니 배운 게 있길 하나 돈이 있길 하나 그렇다고 돌아갈 부모형제가 있길 하나. 보고 배운 거라곤 술 팔고 웃음 파는 긴데. 우짜겠노. 다시 그 바닥으로 기어들어갔제. 그렇게 떠돈 내 인생이었구마."

여자의 입가에 씁쓸한 웃음이 공허했다.

"연후야, 누구든 사는 게 신나서 살겠나? 다들 죽지 못하니 사는 기제. 그라이 우짜겠노. 하루 세 끼 밥 먹을 수 있고 큰 걱정 없으면 장땡이라고 생각해야제. 그러니까 니도 가슴팍에 묻어두지 말고 풀어내야 하는 기라. 인생살이 니만 깝깝한 거 아이다."

여자는 술기운에 약간 흐트러진 어조였지만 자분자분 말했다. 닫힌 한 쪽 유리창에 그런 여자의 모습이 되비쳤다. 먹빛 어둠 속에 붙박인 모습은 물기가 다 빠져 말라비틀어진 나무 등걸이었다.

8

자고 있던 연후의 코에 매움한 냄새가 감겼다. 어섯 눈을 떠보니 여자가 창가 의자에서 담배를 피우고 있다. 날은 밝았지만 실내는 아직 어둑해서 사물들이 흐릿하게 눈에 잡힐 뿐이다. 채 밝지 않은 바깥도 선명하게 제 모습을 드러내진 않고 있다.

"일어났나배? 나 때문에 잠 깼드나?"

"아니에요. 그나저나 잠을 잘 못 주무시는 것 같던데……."

"늙어서 그런가 잠자리가 바뀌어 그런가 잠이 잘 안 오대. 그나저나 니는 몇 시에 갈라카나?"

"아침 먹고 곧 출발해야죠."

"그래 빨리 가나?"

여자는 아쉬워하며 냉장고에서 물병을 꺼내더니 병째로 벌컥대며 마셨다. 그리고는 긴하게 할 말이 있는 것처럼 다급하게 야야, 라며 연후를 불렀다. 연후는 대답 대신 여자를 마주 쳐다봤다. 여자는 잠시 망설이더니 작정한 듯 말을 꺼냈다.

"니도 이제 꽤 살았제? 그만큼 살았으면 이젠 웬만한 일들은 새발에 피같지 않겠나? 그자?"

"글쎄요. 사는 게 어디 말처럼 그런가요."

뜬금없는 물음이 의아했지만 연후는 무심히 대꾸하며 침대를 내려섰다. 그러면서도 어떤 긴장감이 등줄기를 훑었다. 어젯밤부터 석연치 않게 와닿던 여자의 행동도 스치듯 짚어졌다. 어린 시절의 십 년이라는 짧지 않은 기간을 알고 지냈지만 사실 여자에 대해 확실히 아는 건 많지 않았다. 몇 십 년 만인 어제서야 이런저런 것에 대해 여자가 말하는 대로 듣게 됐다. 오늘 아침 여자에게선 그것 말고도 탈탈 털어 보이지 못한 미진함이 내비쳤다.

"그때가 81년 사월이었는데 바람이 하도 불어대서 서울옥 유리문이 어찌나 덜컹거리던지. 그날 사색이 된 니 아배가 날 찾아오지 않았겠나."

여자는 밑도 끝도 없이 오래 전에 관한 말을 불쑥 꺼냈고 아버지라는 말에 연후의 눈이 일순 흔들렸다.

"느 아배 말에 생각하고 자시고 할 것도 없었제. 구만리 같은 앞날이 달린 문젠데. 그리고 봉투를 건네주는데 솔찮은 돈이 들어 있는 기라. 내 몫으로도 따로 챙겨 넣었더마."

연후는 여자가 앞뒤 맥락도 없이 말하는 그때 정황이 어떤 건지 짐작됐다. 그러면서 그때의 일이 여자의 입에서 갑자기 들먹여지는 것에 당황스럽다. 오래 전의 음울한 풍경은 기억하고 싶지 않은 아픔이었다. 어제부터 여자와 함께 지낸 것에 극심한 후회가 들었다. 끝까지 매몰찼어야 했는데 잠깐 섣부른 인정 때문에 다시 묶인 게 한심했다.

81년에 아버지는 갑자기 큰 밭 하나를 팔았다. 토질이 좋았고 경작도 실했는데 급하게 처분하느라 제 값도 받지 못하고 파는 걸 주변에서는 의아해했다. 여자의 말대로라면 그렇게 처분한 돈을 여자에게 건넸던 것 같다.

그 해 오월이었다. 젊었던 여자와 그보다 더 젊었던 연후가 아직 첫차도 운행하지 않은 터미널에 있었다. 하루를 시작하기 위해 주변 가게들의 덧문이 걷어질 때였다. 둘만 있는 우중충한 대합실은 새벽 한기가 가득했다. 그곳에서 둘은 첫차를 타고 잠시 낯선 고장으로 떠나야만 했다.

"질러대는 소리에 오장육보가 다 쏟아지는 것 같아 소름이 끼치드마. 내가 언제 새끼를 나 봤드나. 그런데도 와 그리 아프드노. 꼭 내 살 찢듯이 말이다."

그때 대지에 내리는 햇살은 싱그러웠고 세상은 온통 환했다. 푸르고 붉고 노란 갖가지 색채가 풍요롭고 화려했으나 대낮에도 불을 켜야만 하는 낯선 곳의 무허가 조산원은 어두웠다. 그 안의 두 여자는 숨 넘어

가는 처절한 소리를 지르고 들어야만 했다. 그날은 어버이날이었다. 세상의 자식들은 부모들 가슴에 붉은 카네이션을 달았다. 그러나 조산원 안의 딸은 아버지의 가슴에 꽃 대신 평생 들어낼 수 없는 무거운 돌을 얹었다.

"이제사 하는 말이다만 그때 사월에 날 찾아온 느 아배가 연철이 선배 이바구를 하면서 대성통곡을 하는데 창시가 쏟아질 것 같더마. 내도 기함했다 카이!"

여자의 입에서 연철의 선배라는 말이 나오자 연후는 불시에 뒤통수를 맞은 것처럼 휘청거렸다. 아버지는 물론이고 더구나 여자가 알 수 있는 일이 아니었다. 그는 이미 오래 전에 사라진 존재였다.

"그게……, 그게 무슨 말씀이세요?"

"니는 니 아배한테도 얘기를 안 했으니 아무도 모르는 줄 알았제? 니 아배도 알고 나도 알았구마. 어쨌거나 우짤끼고. 이미 죽고 없는 놈을 살려낼 수도 없고. 느 아배 속이 좀 썩었겠나."

1979년이었다. 쌍둥이인 연후와 연철은 함께 고등학교를 졸업했다. 아버지로선 넉넉하지 못한 형편에 남매의 대학 과정 뒷바라지가 쉽지 않았을 거였다. 연후는 그런 아버지의 부담을 덜기 위해 대학 진학을 포기했다. 대신 작은 수예점을 차려 일을 시작했다.

다음해 유월이었다. 연철의 선배인 민형이 집에 온 지도 며칠이 지났다. 그날 아버지와 연철은 친척 제사에 가고 없었다. 밤 아홉 시가 넘은 시각이었다. 연후가 가게 문을 닫으려고 셔터를 내릴 때 뒤에서 민형의 목소리가 들렸다.

놔둬요. 내가 할게요.

민형은 혼자 있기 무료해서 산책을 나왔다가 들렀다지만 일부러 나온 것 같았다. 평소에도 연후가 일 마칠 때쯤 데리러 오던 연철을 따라오기도 했었다.

그가 연후의 집에 드나든 건 연철이 대학에 입학했던 지난 해 여름방학 때부터였다. 방학이 돼서 오게 되면 한 달 가까이나 지내다갈 만치 그와 연철 사이는 막역했고, 아버지 또한 아들과 그런 관계인 그가 오래 머물러도 불편해하지 않았다. 평소에도 연철에게 먹을거리를 보내줄 때면 그에게도 같은 몫으로 챙겨 보냈다. 연후도 하루의 대부분을 가게에 붙어 있느라 그와 가까이 할 기회가 많지 않았지만, 서로에 대한 설렘이 스며들었다. 그는 방학이 끝나고 서울로 돌아가선 자신이 읽었던 책이나 새 책을 사서 편지와 함께 연후에게 보내주었다. 편지글 속에는 자신의 학교생활과 가보았던 서울 풍경들을 다정한 마음으로 담았다. 연후도 자신의 일상에서 일어난 일들을 편지에 담아 답장을 보냈다. 그렇게 둘 사이에 벙그러지려는 움틈이 들어서던 중이었다.

민형과 함께 가게 문을 닫고 나선 거리는 몇 사람이 지나다닐 뿐 한산했다. 아직 문을 닫지 않은 가게들이 밝힌 불빛마저 졸음이 내려앉은 눈꺼풀처럼 무거웠다. 적막한 밤거리에 발자국 소리가 조용히 울렸다. 가로등 불빛이 둘의 그림자를 앞으로 길쭉하니 늘여놓았다. 어쩔 수 없이 제 그림자를 밟아야만 했다.

아버지와 연철이 제사를 마치고 오려면 자정이 가까울 듯했다. 민형은 연철이 올 때까지 기다리겠다며 툇마루에 걸터앉았다. 연후는 부엌에서 마실 걸 가지고 나와서 옆에 함께 앉았다. 막상 집안에 둘만 있게 되니 서로 어색해서 말없이 밤바다만 바라보다가 민형이 먼저 입을 뗐다. 장마가 시작됐는데도 비는 오지 않고 후덥지근하다고 하자 그러게요, 라면서 연후가 대꾸를 했다. 몇 마디 더 나누었으나 말이 또 끊기자 민형이 다시 말문을 열었다. 자신의 속내였다. 감정의 진폭이 별반 느껴지지 않는 담담한 어조였지만 그 안에 침울함이 녹아 있었다.

저는…… 지금 혼란스러워요. 갈피를 제대로 잡을 수 없어요. 신념이라 여기는 것들이 어쩌면 치기 어린 관념은 아닌가. 민중, 민중 하지만 정작 올바르게 직시하는지도 알 수 없다는 거죠. 일선에서 투쟁하는 사람들과 함께할 용기도 없이 뒷전에서만 어물거리는 제 자신이 부끄럽기도 합니다. 입대를 하려는 것도 몸을 사리는 보신책 같아 사실 심한 자괴감이 들고요.

민형이 지닌 회의와 번민, 불안이 연후에게 우울히 전해졌다. 방향을 잡기 힘든 모호한 갈림길에서 주저하고, 예측하기 힘든 불투명한 미래에 대한 옥죄임이었다.

그는 맏형에 대한 미안함이 많다고 했다. 맏형은 가난한 형편에 중등교육도 제대로 받지 못하고 일찌감치 생활전선에 내몰렸고, 늙은 부모 대신 동생 뒷바라지를 한다고 했다. 형은 집안의 유일한 대학생인 자신을 자랑으로 여기며 기꺼이 비싼 학비와 하숙비를 댄다고 했다. 그런 형의 수고로움에 제대로 보답하지 못하고 흔들리는 자신이 한심하다고 했다. 가족들의 무조건적인 기대도 버겁다는 그에게서 복잡한 심경이 배어 나왔다. 어두운 바다에 시선을 두고 있는 모습이 쓸쓸했다. 짠

한 연민이 연후의 가슴을 밀고 올라왔다. 그 기색을 느꼈는지 민형이 화제를 바꾸었다.

미안합니다. 괜한 얘기를 주절거렸네요. 밤바다가 참 좋네요.

등대 불빛이 바다 위로 퍼질 때마다 사위의 형체들이 잠깐잠깐 보이다 사라졌다. 제대로 눈에 담지도 못했는데 어느새 불빛은 거두어지고 어둠만 남아버렸다.

둘 사이에 다시 정적이 흘렀다. 연후의 시선이 마루에 걸린 시계에 가닿았다. 시간이 꽤 지나 있었다. 그만 방으로 들어가야 할 것 같아 몸을 일으킬 때 민형이 연후의 팔을 지그시 잡아당겼다. 손길에 미미한 떨림이 일었다. 연후는 얼결에 주저앉았다. 민형이 연후 쪽으로 몸을 돌렸다. 눈길에 짧은 망설임이 배어 나왔다. 그러나 곧 조심스럽게 연후를 끌어당겨 안았다. 연후의 이마에 닿는 그의 입술에서 설핏한 단내가 났고 뜨거웠다.

그의 어깨 너머로 바닷가 휘어진 긴 모래톱을 따라 난 어둑한 길이 보였다. 그곳으로 희미한 후미등을 밝힌 차 한 대가 달렸지만 곧 어두운 길 저편으로 사그라지듯 섞여버렸다. 연후의 정수리에서 민형의 숨결이 다시 한번 후둑, 떨렸다. 곧 다가들 거친 장마 기척과 초여름 밤의 훈기를 유월의 바람결이 덮었다.

9

연철과 민형이 어이없게 죽고 난 후 가을이 되었다. 연후에게 뜻하지 않은 징후들이 나타나기 시작했다. 임신이었다. 현재 처지로 아이를 낳을 수도 없고 모든 걸 혼자서 감당해야 하는 게 두려웠다. 그러나 연후는 선택의 여지를 갖지 않기로 했다. 미혼모로 살아야 한다는 현실은 만만하지 않을 테지만, 찰나처럼 짧았던 민형과 함께했던 시간이 안타깝고 사무쳐서 밀어낼 수 없었다. 아이를 낳기로 작정했다. 그게 최선이라고 여겼다.

그해 겨울이 지나고 다시 이른 봄이 시작되었다. 아버지는 연후의 신체 변화를 눈치채지 못했다. 임신으로 평소보다 몸이 불은 것에 대해선, 아버지나 가게를 드나드는 사람들은 겨울 동안 살이 찐 거라 여겼다. 연후는 아버지에 대한 죄책감이 컸다. 사실을 알게 되면 나락으로 떨어질 고통이었다. 그 우려는 피할 수 없이 다가왔다.

그날은 연후가 가게로 나가는 시간이 다른 날보다 늦었다. 몸이 많이 무거워져 꿈지럭거리며 옷을 갈아입고 있었다. 점점 불러오는 배에 복대를 조이는데 방문이 느닷없이 열렸고 문 밖에 아버지가 있었다. 아버지는 연후가 이미 가게로 나간 줄 알고 뭘 좀 꺼내려고 기척도 안 하고 문을 열었던 것이다. 방 안의 딸도 방 밖의 아버지도 못 박힌 듯 멍하니 서 있었다. 곧 상황을 파악한 아버지는 아무 말 없이 문을 닫았다. 어떤 내색도 질책도 하지 않았다. 그날 저녁에 연후에게 배부른 지가 얼마나 됐냐고, 그 한마디만 물었다. 아버지의 가슴으로 두껍게 언 강이 갈라질 때처럼 쩡쩡대는 소리가 휘돌았다.

"내사 눈에 흙 들어가는 날까지 입을 봉한다고 맹세했는데 이렇게 떠들고 있구마. 느 아배가 날 아주 몹쓸 년이라고 하겠제. 그래도 어쩔 수 없다. 연후야, 지금부터 내 말 잘 들으래이. 그리고 마음 단단히 먹어야 한데이. 니 말이다. 니 아들이 시방 눈앞에 나타난다면 우짤끼고?"

다그치듯 묻는 여자의 말에 연후는 당황스럽다.

"예?"

"니 아 말이다! 그 아가 살아 있다면 우짤랑가 말이다?"

여자가 연후의 손을 꽉 쥐었다. 표정도 아까보다 더 굳었고 입술까지 떨렸다. 마치 시비를 걸자고 작정한 사람처럼 눈까지 부릅떴다.

"왜 그러세요? 네 살 때 이미 죽은 자식이 어떻게 살아올 수 있겠어요. 말이 안 되잖아요."

"아니, 아니, 그 아 말고!"

여자의 입에서 나온 단호한 말에 연후는 순간 머릿속이 하얗다. 예리한 칼날에 살을 베이는 섬뜩함이 스친다. 이어 걷잡을 수 없는 화가 부글거렸다. 대체 여자의 의중이 무엇이기에 불현듯 나타나서 이처럼 들쑤시는 건가. 며칠 전의 기습적인 전화 통화와 만나서의 치근덕거림이 혐오스럽게 휘감았다. 연후는 여자에게 잡힌 손을 매몰차게 뺐다.

"도대체 왜 그러는 거예요? 낳자마자 죽었다면서요? 분명 아주머니 입으로 말했잖아요. 저의가 뭐예요? 몇 십 년 만에 나타나서 이렇게 헤집어놓는 이유가. 돈이라면 그때 아버지한테 충분히 받았을 텐데요. 왜요? 살기가 힘든가요? 그래서 나를 찔러서 돈푼이라도 더 빼내려는 건가요? 그런 거라면 일찌감치 거두세요. 나는요, 그런 사실을 알게 될 가족 아무도 없고 있다고 해도 그따위 협박에 전전긍긍할 게 없어요. 아셨어요? 그러니 예전에 아버지와 약속한 것처럼 그 일은 더 이상 헤집지 마세요."

근본이라는 게 그렇지. 별 수 있겠어. 가당치도 않은 몸뚱어리로 남자들 등골이나 빼먹던 팔자였는데. 잠시나마 그걸 잊은 게 한심하지. 연후는 화가 치밀어올라 그런 말들을 마구 쏟아내고 싶은 걸 간신히 눌렀다.

"안다. 니가 지금 엄청시리 당황스러운 걸. 하지만 알아야 한다. 이 대명천지에 엄연히 니 속으로 난 자식이 숨쉬고 있는데 어매가 몰라서야 쓰겠나. 그 아가 죽지 않고 살아 있다. 느 아배랑 나랑 그때 니를 속였구마. 겨우 스물둘인데. 시집도 안 간 처녀가 애비도 죽고 없는 아를 낳아서 우짤끼고? 아예 죽었더라고 해야 니가 속 편하게 갈 길 가지 않을까 싶어서 그랬는 기라."

해는 어느새 수평선을 훌쩍 넘어 있다. 바깥 풍경들이 분명해졌다. 해수면 위로 햇살 구름이 자분히 흔들렸다. 전마선 몇 척이 항구를 벗어나고 있다. 공원관리소 굴뚝에서 피어오른 연기가 공중으로 흩어졌다.

"이보래. 죽었다던 아가 이렇게 크지 않았드나. 씨 도둑질 못한다더니 지 아배, 어매 닮아 인물이 훤하다."

여자가 연후 앞으로 불쑥 자신의 휴대전화를 내밀었다. 액정 화면에는 서글해 보이는 젊은 남자가 흰 이를 드러내며 환하게 웃고 있다. 그 웃음 뒤로 섬광 같은 무언가가 격하게 터졌다. 먼 곳을 돌아 아련히 다가선, 이제는 기억도 가물한 새파랗게 젊은 민형의 모습이 판에 박힌 사진처럼 겹쳤다. 아아! 연후의 무릎이 그만 꺾였다. 몽둥이로 무지막지하게 두드려 맞는 충격이었다.

"어제 말했쟈? 아들이 하나 있다고. 야가 바로 니 아다. 니가 낳은 아를 그동안 내가 키웠든 기라. 원래 느 아배는 내가 낳은 걸로 해서 고아원에 갖다주라 안 했나. 첨엔 그럴라 했제. 그런데 참말로 뭔 조화 속인지 어매 품에 한번 안겨보지도 못한 핏덩이가 어찌나 가슴 아프던지. 아배는 고사하고 영영 제 어매를 떨어져야 하는 어린 것이 너무 안쓰럽더라. 그래 내 고아원 앞까지 갔다가 도저히 두고 올 수 없어 다시 안고 나왔구마. 한편으론 내사 욕심도 있었다. 양 어매가 나를 키웠던 것처럼, 모녀가 오롯이 행복했던 그때처럼 그렇게 살아보고 싶었든 기라. 또 가가 느 아배한텐 손주 아닌가배. 핏줄 아이드나. 그래 내사마 안 되는 줄 알면서도 니 아배 생각하면서 키우고 싶었다. 미안타. 내 입이 열이라도 할 말 없구마. 남의 자식 빼돌린 년이 무슨 할 말이 있겠노. 니가 조치하는 대로 달게 받을 기라. 그래도 내 이것만은 변함이 없다. 내한텐 니 아배나, 니나, 니 자식이나 품에서 보듬어줘야 할 여리고 불쌍한 새 같았다."

굿당 쪽에서 꽹꽹꽹! 징 울리는 소리와 수런대는 기척이 들려왔다. 굿이 다시 시작되는 모양이다. 연후는 창틀을 꽉 짚고서 가쁜 숨을 몰아쉬었다. 정신을 차려야 한다고 굳게 마음먹지만 다리가 대책 없이 후둘거렸다. 금방이라도 쓰러질 것 같아 입이 앙다물렸다. 굿판의 마지막 날이고 잠시 후면 굿은 끝난다는 것만 머릿속에서 와글와글 들끓었다.

"내사 홀엄씨 살림이라 호강은 못 시켰지만 에미 정 듬뿍 주며 잘 키울라고 애는 썼다. 고달파도 훤하게 커가는 아를 보면 고생이 눈 녹듯 했제. 밥 안 먹어도 밥 먹은 것처럼 뿌듯했으니까. 그럴 때마다 내 니한테 아주 큰 죄를 진 것 같은 기라. 열 달 동안 힘들게 배불러 안아서 죽을 고생을 다해 낳은 어매는 지 자식이 어디서 커가는 줄도 모르는데 나는 힘 하나 안 들이고 남의 걸 도둑질한 미안함이 자꾸 들지 않든가배. 하지만 막상 사실을 알린다고 생각하니……. 영영 새끼를 잃을 텐데 싶어 많이 망설였네라. 그래서 십 년 전에 느 아배를 만나 사실을 말하려고 이곳을 왔다 아이가. 결국 말할 자신이 없어 느 아배를 만나지 않고 다시 돌아갔다만 그래도 우짤끼고. 천륜 아니가. 내 그만큼 새끼로 인해 행복을 가졌고 느 아배 보듯 살았으면 됐지 여기서 더 바라면 죽일 년이다 싶어서 마음 오지게 먹었다. 니가 니 아들 만나겠다면 아한테도 얘기할 참이다. 하모 만나야제. 어매하고 자식인데!"

웅, 웅. 귀울음이 울리면서 연후의 눈앞이 흐릿했다. 여자의 얼굴이 제대로 보이지 않았다. 뭐라 달싹거리는 입 모양만 보였다. 굿당에서 들리는 마지막 굿소리가 요란했다. 괭괭 괘갱괭……. 연후의 골머리 구석구석을 후비고 들었다. 심장이 꽉 조였다 갑자기 풀어지는 것처럼 헉, 소리가 나왔다. 급기야 짐승이 내뱉을 울부짖음이 연후의 입에서 무지막지하게 튀어나왔다. 끄억! 끄억!

10

연후의 차가 시가지 끝 구역의 다리를 돌자 사이드 미러에 저만치 시가지 중심이 보인다. 지나간 시간의 모든 것이 포태되었던 곳이다. 그러나 잠깐이다. 달리는 속도에 이내 다른 풍경이 들어찬다.

여자는 지금 어디쯤 가고 있을까. 모텔 방을 나서며 안타깝게 돌아보던 여자의 눈이 붉었다. 몇 십 년 전의 연분홍 산벚꽃 무더기 앞에 있던 가냘픈 뒷모습이, 빨간눈이새 얘기를 하며 울먹이던 모습이, 서울옥 문 앞에 눈보라처럼 휘돌던 산벚꽃이 그 눈에 몽환처럼 담겨 있었다. 그리고 꽃잎이 눈처럼 날리는 곳에서 양 어미와 함께 행복해하던 어린 여자가 보였다. 그곳을 떠나 살며 뿌리 내리지 못한 설움과 그리움으로 내내 돌아가고 싶었던 여자도 보였다.

연후는 차를 멈춘다. 저만치 가물하게 보이는 바다는 하늘과 수평선이 맞닿아 하늘인지 바다인지 구분되지 않는다. 비릿한 냄새도 맡아진다. 굿판의 향내가 섞여 의아했던 어제의 냄새와는 다르다. 찝찔하고 비릿한 갯내가 오롯하다. 그 냄새는 연후의 온몸을 감싸돌며 머리칼과 얼굴을, 어깨와 가슴을, 배와 다리를 핥는다. 연후는 어떤 흔적을 떨쳐내듯 손으로 몸 전체를 꼼꼼히 쓸어내린다. 그리고 중얼거린다. 여자는 잠시 동안의 환영이었다고. 형체도 없이 공중으로 흩어지는 한낱 냄새일 뿐이라고. 해원의 한마당은 이제 끝났다고. 열두 살의 사월 전처럼 여자에 대해 아무것도 보지 않고 듣지 않았다고.

다시 차를 움직인다. 십이월을 달리는 차창 가득 화사한 사월이 와와, 거리며 다가든다. 어린 시절 집 뒷산의 연분홍 산벚꽃이 화르르, 화르르 쏟아져 내린다. 겨울날 눈송이처럼 흩날려 앞을 가린다. 그 꽃무리 속을 벗어나기 위해 액셀러레이터를 힘껏 밟는 연후의 눈이 붉고도 붉다.

* 본문에 삽입된 사설은 '남도 민요'와 '강릉 단오굿', '동해 용왕 별신굿' 등에서 참조했다.

두 개의 해바라기가 있는 정물

두 개의 해바라기가 있는 정물

"에이 씨! 귀찮아 죽겠는데 오라가라 난리야!"

정혜가 막 출입문 손잡이를 잡으려고 할 때였다. 거친 말소리와 함께 바깥의 우왁스러운 힘이 먼저 문을 열어젖혔다. 서향으로 기우는 저녁 해가 정혜의 얼굴에 쏟아졌다.

열린 문 밖에는 교복을 입은 한 소녀가 서 있었다. 정혜는 순간 자신의 눈을 의심했다. 소녀는 순정만화 속 인물처럼 비현실적이었다. 희고 보송한 피부, 주먹 크기만 할 정도로 작은 얼굴을 반이나 차지할 것 같은 검고 큰 눈, 결곡한 콧날, 선홍빛의 발그레한 입술. 완벽하게 예쁜 외모였다. 정혜는 홀린 것처럼 멍하니 소녀를 바라보았다.

소녀는 그런 정혜를 일부러 툭 치며 안으로 들어섰는데 옅은 담배 냄새가 났다. 그리고 쿵쾅대며 걸어서 의자에 털푸덕 앉았다. 부주의하게 벌린 다리로 치마 속이 언뜻 비쳤다. 고개를 옆으로 틀고는 불량배처럼 잇새로 찍, 침 뱉는 시늉도 했다. 정해진 시간보다 한참이나 늦게

왔으면서도 미안함이 전혀 없다.

"뭐라고 불러야 돼요?"

소녀가 정혜에게 사뭇 도전적으로 물었다. 그 기세에 정혜는 머뭇댔다.

"으…… 응, 선생님이라고 불러도 좋고 아줌마라고 불러도 상관없어……."

"존나, 웃겨! 선생이면 선생이고 아줌마면 아줌마지. 알았어요. 아줌마 선생이라고 부르면 되겠네."

소녀는 입가를 비틀며 빈정댔다. 정혜는 마음 같아선 어른한테 그게 무슨 버릇 없는 말이냐고, 잔소리를 하고 싶지만 참았다. 상담수업을 시작하기 전 담당 교사인 윤 선생에게 받았던 언질이 떠올라서다. 그런 말이 먹힐 거라면 이렇게 서로 마주할 일도 없었을 거다.

"그래, 네가 편한 대로 불러. 내 이름은 서정혜야. 반가워."

정혜는 먼저 손을 내밀었다. 소녀는 그런 정혜를 빤히 쳐다보더니 아까처럼 잇새로 침 뱉는 흉내를 내며 시큰둥이 말했다.

"뻥치고 있네. 반갑기는 개뿔…… 언제 봤다고!"

정혜의 등줄기로 모멸감이 훑어 내렸다.

소녀는 수업하는 내내 툭툭거렸다. 윤 선생에게 건네받은 자료 중에 상담수업을 받는 아이들에 관한 생활지도서가 있었다. 정혜는 그 중에서 소녀에 관한 걸 들추었다.

윤다린 - 중학교 2학년(만 14세), 부모 행방 미상, 조모와 살고 있음.

학업 성적 부진과 행동불량 등으로……

정혜의 눈길이 지면에서 걷어지며 창밖으로 향했다. 사월로 접어든 운동장엔 벚꽃잎이 분분히 날렸다. 꽃잎은 결이 고운 유리가루 같으면서 찰나적으로 피부를 가를 서늘함으로 다가들었다.

정혜는 상담수업을 끝내고 상담일지를 작성했다. 소녀의 이름 옆에 상투적이며 간략한 몇 줄의 보고 내용을 써 넣었다.

윤다린 - 속마음을 드러내지 않는다. 친숙해지면 마음을 열 것이라고 생각한다.

다린과의 첫 만남이 그렇게 시작됐다.

*

정혜는 서울에서 한 시간 가량 거리의 지방도시에 살고 있다. 재수를 한 후 서울 사대문 안의 대학을 졸업하고 직장에 다니다 공무원인 남편과 결혼했다. 사이엔 딸이 하나 있다. 남편은 중산층 가정에서 자랐다. 손가락에 꼽는 서울의 명문대학을 나왔고 대단한 변수만 아니라면 정년까지의 직장생활은 안정되어 있다. 딸은 올해 중학교에 입학했다. 제 또래보다 훌쩍 키가 크고 학업 성적이 상위 일 프로에 들 만큼 우수한 모범생이다.

정혜는 딸을 낳고, 엄마의 손길이 필요한 시기까지 직접 양육하자고 남편과 의견 일치를 봤다. 그때문에 전업주부로만 살아왔다. 시가나 친정 모두 먹고 살 만했고 그런 양가에서 도움을 주는 게 쏠쏠했다. 전문 직종에서의 능력 구현이나 자아실현이니 하는 게 목적이 아니라면, 굳이 맞벌이라는 생활전선에 나서지 않아도 될 경제 형편이었다.

정혜는 아침에 남편과 딸을 내보내고 나면 기본적인 집안일을 한다. 식구들이 지내기에 쾌적한 집안 환경을 만들기 위해 신경을 쓴다. 그리고 볼일이나 지인들과의 점심 약속이 있으면 잠시 외출을 하고 장을 본다. 오후 네 시경 딸이 집에 오면 간식을 챙겨 먹이고 학원으로 보낸다. 딸의 안정되고 풍요로운 정서를 위해 가족이 함께 한 달에 두세 번 가량 연주회나 전시회를 관람하고, 야외로 나가 바람을 쐬거나 여행을 한다. 한 달에 한번은 정기적으로 주변 도시에 있는 양가 부모를 보러 간다. 딸이 다니는 학교의 자모회 참석도 거르지 않고 남편 직장 상사나 동료 부인들과도 친목을 다진다. 그렇듯 정혜의 일상 대부분이 남편과 아이에게 집중하고 있다. 자신에게 할애하는 건 요가를 배우며 일주일에 한번 피부관리실을 다니고, 가끔 대학 때 친구들과 만나기 위해 서울 나들이를 한다.

그러나 이제는 시간의 많은 부분을 차지하던 딸은 손이 가지 않아도 될 만큼 컸다. 예전보다 시간 여유가 생기면서 우선 문화센터 강좌 중 하나를 선택해 다녀볼까 했는데 마땅한 게 없었다. 그럴 때 같은 아파트에 살고 있는 이웃집 여자가 그랬다.

세상이 빠르게 변하듯이 요즘 아이들도 그렇잖아요. 부모는 미처 아이들 변화에 부응하지 못해 정서적으로 멀어지는 경향이 많대요. 그래서 그 또래 아이들을 접하면 내 아이를 좀 더 이해하지 않겠어요. 요즘은 내 아이만 잘 키운다고 될 게 아니라 주변 아이들도 잘 커야 한다잖아요.

이웃집 여자와는 아이들 연령이 비슷해서 평소에도 학원이며 과외 등 정보를 서로 교환하곤 했다. 여자는 마침 시에서 주관하는 청소년 상담 프로그램이 있다며 같이 가보자고 했다. 그 계기로 이웃집 여자와 함께 청소년상담센터에서 주최하는 단기 부모 교육을 얼결에 이수하게 됐다.

그 모임에서 딸이 다니는 학교의 상담실장 교사를 만나게 됐고, 그는 정혜에게 학부모 상담봉사를 좀 해주면 좋겠다는 부탁을 했다. 학부모들의 참여가 필요한데 마땅한 적임자가 쉽지 않다는 거였다. 정혜는 그 분야를 전공하거나 활동 경험도 없어 사양했지만 상담실장은 몇 번이나 전화를 해왔다. 자식을 키우는 어머니 마음으로 아이들과 편히 얘기하고 놀아주면 된다고 했다. 그러면서 학부모의 봉사 실적이 한 학년 동안 자녀의 봉사활동 점수에 반영된다고 은근히 흘렸다. 그 말에 정혜는 솔깃해서 결국 수락하고 말았다.

좋은 대학을 가기 위해선 고등학교 과정이 중요했다. 그 바탕에는 중학교에서의 우수한 학과 성적은 물론이고 여타 활동 사항도 많은 비중을 차지했다. 중고등학교에서 의무적으로 시행하는 학생 봉사활동이 있는데 일 년에 20시간을 필수로 채워야 했다. 그 활동은 생활기록부에 기록되어 고등학교 교과 과정이나 대학 입시에 반영되면서, 학생들은 봉사의 기본 개념도 없이 활동시간 채우기에 급급했다. 영리를 목적으로 하는 곳은 제외되었기에 대부분 지역 공공기관인 시청, 동사무소, 경찰서, 도서관, 평생교육정보관 등으로 몰렸지만 정작 봉사의 손길이 필요한 곳은 기피했다. 그런 현상 때문에 해당 기관에선 중고생들의 봉사활동을 엄격히 제한하기도 했다. 그러자 적지 않은 수의 부모들이 자식이 봉사할 곳을 직접 알아봐주거나, 또 어떤 부모는 그런 시간에 공부나 하라며 엄마가 대신하고선 확인서를 발급받는 경우도 간혹 있었다.

그런 세태에 대해 사회적으로 인지도가 있는 한 인사가 대중매체에서 따끔하게 한마디 하는 걸 들은 적이 있다. 아이로 하여금 밥상에 수저 한번 놓을 줄 모르게 키우는 부모들의 처신과, 타인을 위해 몸과 마음을 움직여 봉사할 인성과 동력마저 상급학교 진학의 빌미가 되어버린 사회 구조에 개탄했다. 그 일침에 정혜는 뜨끔했지만 자식 일이라는 명분 앞에선 힘을 싣지 못했다.

어쨌든 중등교과 과정에서 봉사활동 비중은 커서, 취지가 무색하게 부모나 아이들에겐 성가신 부담이 되는 건 사실이었다. 남편도 상담수업을 하겠다는 정혜의 얘기를 듣더니 아이들 대하는 게 쉽지 않을 거라 우려하면서도, 딸의 봉사점수에 반영된다고 하니 동조했다. 딸에게도 얘기했더니 대신 아이들에게 자신의 엄마라는 건 말하지 말라며 친구들이 아는 게 싫다고 했다. 괜히 잘난 척한다고 여길까봐 그렇다는 것이다.

정혜는 교육청에서 주관하는 소정 기간의 상담교육을 이수하고, 학부모 상담교사라는 교육청 위촉을 받아 상담수업을 하게 되었다. 일주

일에 한번, 한 회에 1시간 30분 동안이었다. 상담봉사를 하게 된 학부모는 정혜를 포함해 모두 여섯이었다. 정혜가 담당하는 아이들은 일학년 세 명과 이 학년 두 명으로 다섯 명이었다. 상담수업이라고 해야 정혜가 정식으로 해당 분야 학문을 전공하거나 자격을 취득하지 않아 전문적일 수는 없었다. 할당된 시간 동안 아이들과 얘기를 나누거나 책을 읽으며 고민을 들어주고, 함께 그림을 그리거나 종이오리기, 접기 같은 거였다. 그에 대한 교재나 자료들은 상담실 담당교사가 적당히 준비해 주었다.

상담봉사를 시작하고 보니 의외로 시간과 감정을 꽤 할애해야 했다. 상대해야 할 대상들이 몸과 마음이 들뛰는 사춘기였고 생활환경의 많은 부분이 결핍된 아이들이었다. 대부분 결손가정이거나, 부모가 있다 해도 이혼을 했거나 어려운 경제 사정으로 떨어져 지냈다. 입만 열면 상스런 말을 달고 사는 아이도 있었고, 학부모 상담교사들을 그림자 취급하며 함부로 대하는 아이도 있었다. 어떤 아이는 심할 정도로 과묵해서 도통 말을 섞기 어렵거나, 어떤 아이는 과하게 산만해서 소통 조율이 어렵기도 했다. 그런 아이들 각자의 눈높이에 맞춰 끌어안고 다독여야 하는 게 쉽지 않았다.

상담수업을 하게 된 계기야 딸의 봉사점수를 얻기 위한 거였지만, 교육청의 위촉을 받고 나서 나름대로 자부심이 들었었다. 처음엔 의욕이 일어 바쁘게 도서관을 드나들며 심리학이나 청소년에 관련된 도서를 열람하며 공부하거나 인터넷 사이트에서 다양한 정보를 얻어 들였다. 하지만 이제는 상담수업이 부담스러워지며 할당 기간이 끝나기만 바랐다.

*

사월에 시작된 상담수업은 칠월로 접어들며 1학기를 마치게 됐다. 곧 여름방학이 시작되기에 오늘 오후에는 방학 전의 마지막 수업이 있다.

상담수업에 가려고 준비하던 오후 3시 무렵에 윤 선생에게서 전화가 왔다. 정혜가 담당하고 있는 아이들 대부분이 사정이 생겼다고 했다. 몸이 아파 조퇴를 했거나 집에 일이 생겨서 종례만 끝내고 귀가했기에 상담수업은 진행할 수 없다고 했다. 다린은 아예 무단결석에 연락도 되지 않는다고 했다. 정혜는 그런 다린이 신경 쓰이면서도 상담수업이 취소된 게 내심 반가웠다.

정혜의 일정에 공백이 생겼다. 그 시간 동안 뭘 할까 하던 중에 신문에 끼워온 침구 매장 할인 전단지가 눈에 들어왔다. 정혜는 계절도 바뀌고 해서 딸의 침대 커버를 바꿔줄까에 생각이 미쳤다. 정혜는 이웃집 여자를 불러내 함께 침구 쇼핑을 하고 차를 마시며 오후를 보냈다.

그러는 내내 마음이 편치 않았는데 해야 할 일을 하지 않았을 때의 찜찜한 기분이었다. 그 찜찜함에 다린이 있었다. 집에 돌아와서도 다린을 향한 마음이 떠나지 않았다. 아이가 왜 학교에 오지 않았을까. 상담 수업 때마다 퉁퉁거리며 시큰둥했어도 꼬박꼬박 참석하던 아이가 아무 연락도 없이 결석을 했다니 걱정이 들었다. 결국 청소기를 돌리다 말고 다린의 전화번호를 눌렀다. 전화는 오래도록 신호가 울려도 받지 않았다. 식구들이 돌아올 저녁 때까지 서너 번은 더 했지만 여전히 연결되지 않았다.

상담 첫날에 윤 선생은 정혜가 작성한 상담 보고서를 일별하면서 말했다.

애가 보기보다 많이 거칠죠? 술 담배도 하는 걸로 알고 있어요. 일 년 동안 상담했는데 통 마음을 열려고 하지 않아요. 부모가 이혼했대요. 엄마하곤 아예 연락도 없이 지내고 아버지는 어디 있는지 정확한 거처나 행방을 알 수 없다네요. 기본적인 생활비나 보내고 일 년에 몇 번 전화나 한다는군요.

윤 선생은 둘째 아이를 가져 얼굴빛이 까칠했고 기미가 버짐처럼 번져 있었다. 그 모습만큼이나 전해 듣는 다린의 가정환경이 딱했지만 그때는 단순한 동정심으로만 와닿았었다.

지난 번 상담수업을 하다 잠시 쉬는 시간이었다. 일학년 아이들이 화장실에 다녀오겠다며 우르르 몰려나갔을 때였다. 책상에 앉아 있던 다린이 쥐고 있던 볼펜으로 책상을 쿡쿡 찍으며 말했다.

난 아무도 안 믿어요. 아줌마 선생님도 내 얘기를 다 들어준다고, 이해한다고 말은 그렇게 하면서 속으론 비웃는 거 알아요. 무조건 마음을 열라면서 막상 열어서 보여주면 나 같은 애들은 싹수 없다고 문제덩어리로 여겨요. 어른들은 다 그래요. 담탱이가 윤다린 상담실에 가봐, 그리곤 나를 힐끗 쳐다봐요. 그때 눈빛이 어떤 줄 알아요? 쓰레기봉투가 찢어져서 나는 냄새 때문에 코를 막고 있는 표정이라고요. 씨발!

그때 다린의 말에 정혜는 아무 대꾸도 못했다. 처음 상담을 시작할 때의 마음이었다면 어쭙잖은 교훈조로 아이들 말처럼 토 나오는 뻔한 말들을 했을 것이다. 그런 말들이 아이들에게 아무 의미가 없다는 걸

상담수업을 하면서 알게 됐다.

다린의 팔에 푸릇한 글자가 써 있는 게 눈에 들어왔다. 영어 이니셜이었다. 정혜는 다린의 감정을 다른 곳으로 돌리려고 일부러 물었다.

그 팔에 있는 건 뭐니?

이거요? 칼빵이요.

뭐라고?

칼빵 몰라요? 그럼 담배빵은 알아요?

…….

봐요. 그런 것도 모르면서 말로만 잘 아는 것처럼 폼 잡고 그래요? 담배빵은 담뱃불로 팔을 지지는 거고, 칼빵은 칼로 상처를 내면 피가 나다 딱지가 앉는 거예요. 그러면 그 딱지를 떼고 거기다 잉크를 흘려넣는 거예요.

정혜는 단순히 펜으로 쓴 줄 알고 별 생각 없이 물었던 건데 일종의 문신이었다. 날카로운 칼끝이 살갗을 파고드는 것처럼 소름이 돋았다.

세상에…… 아프지 않니?

이게 안 아프겠어요?

그러니까, 그 아픈 걸 왜 하니?

정혜의 말에 고개를 삐딱이 치켜들고 뚫어질듯 쳐다보는 다린의 눈빛에 서늘함이 고여 있었다. 앙증맞은 얼굴에 냉소가 흘렀다.

이런 거 재미로 하는 애들 많아요. 하지만 나는 이유가 있어요. 내가 아는 남자애가 있는데 걔 이름을 새긴 거예요. 걔는 유학 간 엄마 따라 중국에서 몇 년 살다가 왔대요. 아빠는 변호사고 엄마는 대학 강사였대요. 근데 걔네 엄마가 중국으로 유학 가서는 가르치는 교수하고 눈이 맞았대요. 씨발! 더 어이가 없는 건요. 공부 끝내고도 돌아오지 않고 걔만 혼자 한국으로 보냈대요. 지금은 거기 대학에서 강사로 있다는데, 말로는 학위 받아야 하기 때문이라지만 사실은 남자하고 놀아나느라 안 오는 거래요.

이제 열다섯밖에 안 된 아이 입에서 눈이 맞았다느니, 놀아났다느니, 라는 말들이 아무렇지 않게 나오는 것에 정혜는 얼굴이 뜨끈했다. 요즘 아이들이 단순히 내뱉는 거친 언어 표현으로만 치부할 수 없었다. 누구에게랄 것 없는 불신과 경멸이었다.

걔는요. 중국에 있는 동안 엄마가 남자를 만나느라고 어린 자기를 집에 홀로 두고 나갈 때가 많았대요. 엄마가 그런 줄도 모르고 열심히 돈 벌어서 유학비 대며 외롭게 지내는 아빠가 불쌍했대요. 아빠도 요즘은 그런 사실을 눈치챈 것 같대요. 걔는 많이 슬퍼해요. 공부도 하기 싫고 뭐든지 화가 난대요. 나는 걔가 불쌍해요. 엄마한테 버림받은 거잖아요.

다린의 눈 속이 흐릿하니 복잡했다. 만고풍상을 겪어온 사람처럼 시름겨워 보이기까지 했다.

걔는 엄마를 무지 경멸한대요. 아줌마 선생님, 어른들은 왜 그래요? 결혼해서 가정이 있는 사람들이 어떻게 그럴 수 있어요? 그리고 부모라는 사람들이 왜 그래요? 순 가식덩어리들! 그러면서 우리들보곤 바르게 생활해야 한다. 나쁜 짓 하면 안 된다. 눈만 뜨면 구라 까는 소리나 하고 개폼이나 잡고 있어. 나쁜 짓은 죄다 하면서. 존나!

다린은 친구의 얘기를 하고 있지만 그 속에 자신이 지니고 있는 분노와 아픔을 뱉어내고 있었다. 자식을 버리고 나간 부모에 대한 골 깊은 감정을, 친구의 처지에 투사해서 드러냈다.

그래도 다린아, 이렇게 함부로 상처를 내면 안 돼. 네 몸은 귀한 거야. 몸이 망가지면 네가 하고 싶은 걸 못하잖니. 그렇지?

정혜가 할 수 있는 건 판에 박힌 말뿐이었다. 이게 아닌데 싶으면서도 어쩔 수 없었다. 다린이 실망하고 분노하는 마음을 알면서도 뭘 어떻게 해야 할지 몰랐다.

에이, 씨! 또 재수 없는 소리 하고 있어! 내 몸 내가 맘대로 하는데 뭘요? 바로 어른들 그런 게 싫다고요. 알아요? 지들은 똥을 바가지로 싸 뭉개서 지독한 냄새가 나는지도 모르고 개뿔도 아닌 말들만 떠들고 있어!

다린은 버럭거리며 어깨에 얹힌 정혜의 손을 홱 뿌리쳤다. 그리곤 벌떡 일어나 상담실 안을 쿵쾅거리며 돌아다녔다. 화가 나서이기도 했겠지만 일부러 그러는 것 같았다. 힘들고 아프다는 표현이었다. 다린의 거친 발소리가 정혜의 가슴으로 들어찼다.

*

8월의 여름이 깊어갔다.

정혜는 가끔 다린이 생각났다. 방학 전에 무단결석을 해서 얼굴을 보지 못한 게 마음 쓰였다. 무슨 일이 있는 건 아닌가, 잘 지내고는 있는지 걱정되면서 궁금했다.

정혜가 살고 있는 아파트 맞은편에는 마트가 있다. 그 사이에 다리가 있고 아래로 구간이 긴 둔치가 있다. 둔치 길이는 빠른 걸음으로 걸어도 한 시간이 훌쩍 넘고 폭도 백 미터는 족히 된다. 물이 흐르는 개천을 중심으로 양쪽에 녹지가 조성되어 있고 군데군데 설치된 운동기구와 자전거, 보행도로가 구분되어 있어 운동과 산책하기 좋았다. 물줄기는 적당히 수심도 있어 여름철이면 아이들이 철벅거리며 놀았고, 밤이면 인근 주민들이 나와서 더위를 식히기도 했다.

밤이 좀 늦은 시각에 정혜는 딸에게 간식으로 줄 우유가 떨어져 다리 건너 마트에 가게 됐다. 낮 동안 북적거리던 둔치 주변은 인적이 거의 없고 도로를 지나다니는 차량 기척만 흘렀다. 다리 중간쯤을 지날 때다. 아래에서 여자 아이들의 거친 말소리가 들렸다. 정혜는 다리 아래를 내려다보았다. 중학생인 듯한 대여섯 명이 있었다. 둥그렇게 모여 있는 가운데에 술병이 있었다. 윤 선생이 사뭇 걱정스러워하던 말이 떠올랐다.

얼마 전엔 좀 논다 하는 삼학년 아이들 셋이 점심시간에 몰래 밖으로 나가서 소주 두 병을 마시고 들어왔더라고요. 학생주임 선생님한테 된통 혼이 나면서도 술이 취해 눈동자가 풀려있는데 그런 걸 혼내니 뭘 하겠어요. 아직 몸이 제대로 여물지 않았는데 그렇게 무절제하게…… 선생이기 이전에 자식 키우는 부모 입장에서 정말 걱정이에요.

다리 밑에 있는 아이들 중 한 아이는 꽤 취한 모양이었다. 몸을 제대로 가누지 못하고 풀밭에 널브러져 있는데 치마가 허벅지까지 올라가 있었다. 마음 같아선 뛰어내려가 아이를 일으켜 세우고 함께 있는 아이들을 집으로 돌려보내고 싶었다. 하지만 며칠 전 신문을 보다 정혜를 향해 언짢은 기색이 담긴 말을 하던 남편 말도 생각났다.

당신, 상담하러 다닌다고 선도 차원이니 해서 날라리 같은 애들 일에 괜히 간섭하지 마. 봉변당하기 십상이야. 우리 때야 내 부모가 아니어도 어른이 잘못을 지적하면 다소곳했지만 요즘 아이들은 무섭다고. 어떤 남자가 길을 가는데 한 아이를 여러 놈이 몰아서 때리기에 그러지 말라고 타이르다 고등학생 놈에게 맞아서 전치 4주가 나왔다네. 세상이 어떻게 되려고 이 모양인지, 그 놈들 부모는 뭘하는 거야. 쯧쯧!

정혜는 처음부터 다리 아래 정황을 보지 않은 것처럼 슬그머니 고개를 돌렸다. 남편 말이 백 번 맞을 거다. 요즘 아이들이 어디 어른 말을 콧등으로나 듣나. 내 아이나 그러지 않으면 되지. 그렇게 혼잣말을 하며 걸음을 뗄 때였다. 다리 아래에서 날카로운 비명이 났다. 놀라서 다시 내려다보니 아이 하나가 또 다른 아이를 때리고 있었다. 맞고 있는 아이는 체구가 작았는데 다리 쪽으로 등을 돌리고 있어 얼굴이 보이지 않았다. 같이 있는 아이들은 말리지도 않고 그냥 보고 있거나 히죽거리기만 했다. 정혜는 아무래도 안 되겠어서 다리 난간을 붙잡고 다급히 소리 질렀다.

"너희들 지금 무슨 짓이야?"

아이들이 일제히 정혜를 올려다보았다. 어두운 밤이지만 다리의 가로등이 비춰 내리는 속에서 튀어오를 것 같은 아이들 시선이 매서웠다.

"뭔 개소리야! 씨발! 남이야 뭘 하든 아줌마는 상관 말고 가라고!"

때리던 걸 멈춘 아이가 정혜를 향해 욕설을 섞어 소리쳤다. 이어 바닥에서 뭘 줍더니 정혜 쪽으로 거침없이 던졌다. 돌이었다. 다행히 돌은 정혜에게까지 닿지 않고 다리 난간쯤에서 튕겨나갔다.

"씨팔, 재수 없어! 야, 가자!"

때리던 아이의 말에 무리지어 있던 아이들이 굼뜨게 엉덩이를 털며 일어났다. 맞고 있던 아이도 구부리고 있던 몸을 폈다. 그리고 가방을 집어 드느라 정혜가 있는 다리 쪽으로 돌았다. 다린이었다! 새처럼 가냘픈 몸피며 움직이는 태가 다린이라는 걸 알자 정혜의 가슴이 벌렁거렸다. 다린은 벌겋게 코피가 난 얼굴을 한 손으로 쓰윽 문지르며 아이들을 뒤따랐다. 맞아서 그런지 배를 잔뜩 움켜쥔 걸음이 절뚝거렸다. 다린과 아이들의 모습이 가로등도 없어 더 으슥한 둔치 건너로 섞여 들었다. 정혜는 다린이 걱정되어 전화를 했지만 받지 않았다.

며칠 후에 학교는 개학을 했다. 2학기 들어 첫 상담수업에서 만난 다린은 입술에 상처가 나 있었다. 얼마 전 밤에 맞아서 그런 것 같아 정혜는 딱한 마음이 들어 괜찮으냐고 물어보려다 그만두었다. 아이가 분명 거칠게 반응할 것 같았고, 마음을 쓰려 해도 받아들이지 않는데 그럴 필요가 없다는 생각에 참견을 거두었다.

정혜는 상담수업을 하러 다니며 엇나가는 아이들과 그들의 환경을 접하며 안타까움이 들면서도, 내 남편, 내 아이라는 울타리의 견고함에 상대적 안도감을 가질 때가 많았다. 반듯하게 잘 자라주는 딸에게는 새삼 고마웠다.

*

2학기 들어 두 번째 상담수업이 있는 날이다.

정혜는 삼십 분 가량 일찍 학교에 도착했다. 상담실에는 오후 수업을 끝낸 상담실장 혼자 있었다. 그는 화장을 고치느라 분첩을 들고 얼굴을 토닥거리다 들어서는 정혜에게 상냥하게 만들어진 웃음을 보냈다. 하루 종일 분비된 피지와 덧발라진 분가루가 처진 피부 위에서 허옇게 뜨고 있었다.

정혜는 수업할 자료들을 챙겨 상담실을 나와서 옆에 붙은 부속실로 들어왔다. 아이들이 오기 전에 구석에 밀어놓은 책걸상으로 자리 배치를 해야 했다. 교사들이 사용했던 교구와 교재들이 체계적으로 정리되지 않아 여기저기 산만하게 놓여 있다. 명색이 상담하는 곳이라지만 그에 걸맞는 쾌적하고 맞춤한 공간은 아니다. 아무 거나 쓸어 박은 창고 같다. 학교 자체에서도 상담 프로그램에 크게 비중을 두는 것 같지는 않았다. 교육청에서 하달되는 직무 조항이기에 때우기 식으로 진행하고 있다는 느낌을 가질 때가 많았다.

정혜는 우선 구석에 있던 장방형의 긴 탁자를 중앙으로 가져왔다. 의자 여섯 개를 세 개씩 마주 보게 배치했다. 그 앞으로 볼펜 한 자루씩과 몇 장의 유인물, 그림을 그릴 수 있는 크레용, 색연필, 가위, 색종이를 놓았다. 수업 중에 아이들이 지루해할 것을 대비해 가지고 온 사탕과 과자는 아직 뜯어 놓지 않았다. 잠시 후 마지막 수업시간이 끝나는 차임벨이 울렸다. 이어 우당탕탕! 쿵쾅! 마구 뛰어다니며 자지러지는 아이들의 소란스러움이 학교 건물 전체로 퍼졌다.

십여 분쯤 지났을까. 부산스러운 기척과 함께 종례를 마친 다섯 아이들이 앞서거니 뒤서거니 들어섰다. 그 짧은 시간에도 어찌나 들고 뛰었는지 얼굴들이 벌겋다. 어떤 아이는 머리카락이 땀에 젖어 이마에 붙어 있고 어떤 아이는 재미있는 일이 있었는지 여전히 웃음을 멈추지 못하고 킥킥댔다. 영락없이 천진하고 개구진 모습들이어서 정혜는 입가에 웃음이 번졌다.

일학년 아이들 셋은 이학기가 됐는데도 교복이 몸에 착 붙지 않을 만큼 몸도 아직 어설펐다. 집에 가면 어리광을 부릴 것처럼 마냥 어리게만 느껴졌다. 그러나 이학년생은 좀 달랐다. 학교생활에도 어느 정도 적응이 됐고 일학년과는 다른 당돌함을 내보였다. 특히 다린이 그랬다. 얼굴과 체구는 여려보여도 하는 짓은 웬만한 동네 양아치 같았다. 어떤 때는 산전수전 다 겪은 사람처럼 세상 시름기를 풍겨냈다.

늘 그랬듯 상담수업은 진지하지 않긴 해도 그럭저럭 흘러갔다. 수업이 거의 끝나갈 때가 되자 집중하지 못해 산만하던 아이들은 일어나서 어정거렸다. 정혜는 제지하지 않고 그대로 두었다. 가정환경이 결핍되었다는 학교만의 임의적 판단 아래 열외로 분류된 아이들이었다. 재미도 없는 한 시간여 동안 비틀리는 몸을 억지로 누르고 있어야 하는 게 지겨울 거였다.

정혜는 창밖을 내다봤다. 육상부 아이들이 코치 구령에 맞추어 운동장을 뛰고 있다. 청소 당번인 아이들은 빗자루를 들고 교정을 왔다갔다 했다. 몇몇 아이들은 집으로 돌아가느라 어깨를 겯고서 나란히 교문을 걸어나갔다. 어떤 아이들은 교복 치마가 펄럭일 정도로 깔깔대며 술래잡기하듯 뛰고 있다. 그 아이들 위로 내리는 햇살은 환했다.

그때 다린이 정혜 앞으로 뭔가를 쓱 내밀었다. 코팅된 리플렛들인데 고흐의 해바라기 그림이었다. 정혜는 무슨 의미인가 해서 다린을 쳐다보았다. 다린은 자신의 행동이 멋쩍은지 정혜의 시선을 비꼈다.

사실 정혜는 상담을 맡고 있는 아이들에게 측은함도 있지만 모범사항에 부합되지 않은 열등생이라는 은근한 비하감도 없지 않았다. 그런 부류 중 하나인 다린이 리플렛이긴 하지만 미술작품을 지니고 있다는 것이 의외였다. 그런 정서라곤 눈을 씻고 찾아봐도 없을 줄 알았다. 그 나저나 면도칼로 자신의 귀를 자르고 정신병원을 전전하다, 서른일곱 나이에 권총자살로 생을 마감한 화가의 그림이란 걸 아이가 알고 있을까 싶었다.

"해바라기네. 다린이 그림 좋아하니?"

"아니요. 그렇지만 이 그림은 좋아요. 항상 가방에 넣어 가지고 다녀요. 강렬한 태양빛도 느껴지면서 축 처진 해바라기도 좋거든요."

"그래? 그래도 이왕이면 싱싱하고 힘찬 게 더 좋지 않을까?"

"에이, 씨! 내 맘 꼴리는 대로가 좋다니까요!"

다린은 또 내 말이 거슬렸는지 버럭댔다. 그러면서도 들고 있던 그림 중 하나를 정혜의 손에 팽개치듯 건넸다. 그리고 평소답지 않게 얼굴이 발개지면서 말했다.

"아줌마 선생님 가져요. 나는 또 있으니까……."

정혜는 받아든 리플렛의 코팅된 표면을 손으로 가만히 쓸었다. 아무런 양질이 느껴지지 않는 얼음 면을 만졌을 때처럼 서늘했다.

그림 속엔 해바라기 두 송이가 있다. 땅에 심어져 있거나 물이 담긴 화병 속이 아니고 줄기가 꺾인 채 밖에 드러나 있다. 꽃잎은 수분이 증발해 꾸덕하게 말랐는데도 사이사이에 한여름 오후의 강렬한 태양빛을 숨기고 있다. 탁한 노란 색은 몽환의 세계에 무언가 덧칠해놓은 것 같다.

*

요즘은 중간고사 기간이라 딸은 학원에서 평소보다 늦게 돌아왔다. 그러고도 밤 늦게까지 책상에 앉아 있다. 그런 딸이 출출하다고 해서 간식을 챙겨주고 정혜가 거실로 나왔을 때다. 휴대전화가 울렸다. 밤 열 시가 넘은 시각이었다.

"서정혜 씨가 맞나요?"

"네, 그런데요."

"여기는 정란산부인과인데요. 윤다린이라는 학생을 아시죠?"

"네…… 그런데 왜 그러죠?"

산부인과라니, 다린이 이 시간에 그곳을 갈 일이……. 정혜는 한밤중의 뜬금없는 병원 전화에 의아했다. 전화 속 목소리가 말을 멈췄다. 어디서부터 말해야 할지 모를 난감함이 전해졌는데, 짧은 침묵이 잠시 흐르다 다시 말을 이었다.

"윤다린 학생 말로는 서정혜 씨가 보호자라고 하는데, 저희 병원으로 좀 와주셔야겠어요. 지금 학생 상태가 좋질 않거든요. 자세한 정황은 와서 들으세요."

정혜는 남편에게 대강 설명을 하고는 병원으로 갈 차비를 했다. 아이 공부에 방해된다고 안방에서 텔레비전을 보고 있던 남편은 마땅치 않아 했다.

"아, 보호자 아니라고 하면 되지 거긴 뭐하러 가? 상담수업 하는 아이 일까지 당신이 나설 필요 뭐 있어? 병원이라고 하는 거 보니 좋은 일도 아니겠구만. 담당 교사한테 연락해서 그냥 넘겨."

그래도 정혜는 듣는 둥 마는 둥하고 집을 나섰다. 병원으로 가는 차 안에서도 마음이 영 불안했는데 역시 도착해서 맞닥뜨린 상황은 어이 없었다. 다린은 분만대기실에 있었는데 산통이 꽤 진행되고 있었다. 진통이 몰려오면 몸을 종잇장처럼 구기며 고통스러워했는데, 어찌나 용을 쓰는지 흰 눈자위를 까뒤집으며 힘들어했다. 맞았는지 얼굴에는 검푸른 멍자국이 있고 입술 한쪽이 찢어져 피가 맺혀 있었다.

"9시쯤 응급으로 들어왔어요. 아직 분만할 때는 아닌데 이미 파수가 됐나 봐요. 육 개월 째 접어들었어요. 복부에 강한 충격을 받은 게 원인인 것 같은데 본인이 거기에 대해선 입을 열지 않네요. 다니는 학교도 말을 않고 부모님도 안 계신다고 하고, 서정혜 씨 얘기만 해서 부득이 전화를 드렸습니다. 인위적 분만을 유도해야 하는데 보호자가 필요하거든요. 그냥 놔두면 위험해요."

정혜는 다린이 자신을 보호자로 지목했어도 일이 일이니 만큼 임의대로 할 수는 없었다. 우선 윤 선생에게 전화를 했다. 놀란 윤 선생은 얼마 후에 다린의 할머니와 함께 병원으로 왔다. 전화로 다린의 담임선생에게 자초지종을 말하고 다린의 친구들한테도 전화를 했다. 아무래도 친구들에게 물어봐야 정황을 알 수 있을 거라고 했다.

윤 선생의 통화는 길었다. 그만큼 윤 선생 얼굴에도 그늘이 깊어지고 부른 배 때문에 자주 숨을 몰아쉬었다. 그 모습을 보는 정혜마저도 호흡이 가빠지는 것 같았다. 어느 모로 보나 윤 선생의 모습이 병원에 어울렸다. 몸부림치며 숨이 끊어질 것 같은 비명은 어린 다린의 몫이 아니었다.

다린의 진통 주기가 시간차를 좁히며 심해졌다. 산도가 거의 열려서 곧 분만실로 옮겨졌다. 분만실 복도에 대기하고 있는 정혜의 몸이 떨렸다. 맞잡은 두 손에 저절로 힘이 들어갔다. 물정 모르는 아이가 아직은 겪지 않아도 될 출산의 고통을 겪는다는 것에 기가 막혔다. 이제 열다섯 살이었다. 성에 대한 호기심을 가질 수는 있어도 좀 더 어리광을 부려도 될 때였다.

정혜는 어디로 향하는 맥락도 없이 분노와 아픔이 치받쳤다. 눈물이 나올 것 같아 고개를 들어 천장을 쳐다보았다. 낮은 조도의 전등이 매달려 있고 불그레한 불빛이 퍼져 내렸다. 그 파장은 깊은 곳으로 빨려드는 아득함이었다. 순간 어둑하고 습한 공간에서 매캐한 향내를 풍기며 피어오르는 연기 자락을 보고 있는 느낌과 함께, 뭔가 뒷머리를 강하게 잡아당기면서 죽을힘을 쓰고 난 것처럼 기진해졌다. 그때 뾰족한 송곳으로 철판을 긁어대는 듯한 처절한 다린의 비명이 들려왔다. 그 소리에 정혜의 등골이 뻣뻣해지며 오래 되어 딱딱하게 굳었을 먼 시간의 잔인한 흔적이 후려쳤다. 그 흔적은 머리 풀어 헤친 유령처럼 정혜의 의식 자락을 거세게 밀고 올라왔다. 이십여 년 전의 처참하게 훼손된 시간들이었다.

*

한 여학생이 있었다.

세상을 향해 날갯짓을 할 시기였다. 봄날 민들레처럼 밝을 때였고 넓게 펼쳐질 푸른 하늘이기도 했다. 여학생에게는 미대 진학을 하려는 친구가 있었다. 어느 날 미술 과외를 받고 있는 그 친구를 따라 한 미술학원을 갔었다. 학원 원장은 친구를 따라온 여학생을 이젤 앞에 앉게 했다.

친구 기다리는 동안 심심할 거야. 미술 시간이라고 생각하고 저 앞에 놓인 사물을 한번 그려봐.

사십대 중반의 원장은 자상하게 여학생을 챙겨주었다.

친구의 수업이 끝나 학원을 나서는 여학생을 원장은 아무 때고 와서 부담 없이 그림을 그려도 좋다고 했다. 그 후에도 여학생은 친구를 따라 몇 번 더 학원을 갔다. 별 관심 없던 미술 분야에 대한 생각이 달라졌다.

넌 그림에 재능이 있구나. 그림 공부를 본격적으로 해보지 않을래?

원장은 어느 날 여학생에게 저녁을 사주겠다며 데리고 간 식당에서 말했다. 그때 창밖으로 지는 저녁노을에 원장의 얼굴이 검붉게 번들거렸다. 여학생은 원장의 말에 마음이 들떴고 예술의 환상은 부피를 늘렸다. 어머니를 졸라 정식으로 학원을 다니기 시작했다.

얼마 후에 대회가 있어. 내가 시키는 대로만 하면 출전해서 성적도 잘 나올 수 있고 대학 가는 것도 문제없을 텐데. 생각이 있으면 다음 주 일요일 밤에 학원으로 와도 좋겠는데…… 올 거면 미리 연락하거라.

원장은 덤덤한 투로 말했다. 그러나 여학생은 원장이 자신을 우수하게 여긴다는 생각에 뿌듯했다.

지금 내가 하는 말은 친구에게는 말하지 말고 너만 알고 있어. 아무래도 친구가 알게 되면 경쟁자 한 명이라도 더 생기는 거니까. 내 너한테 특별히 신경써서 그런 거야. 그러니 올 거면 나한테 간단한 메모 형식으로 편지 보내고. 꼭 편지로 보내거라!

학원은 여학생의 집에서 두 정거장 거리에 위치해 있었다. 전할 사항이 있다면 전화나 직접 가서 말하면 되는 거였다. 걸음으로도 십여 분이면 충분했고 여학생의 자전거로 오 분도 안 되는 거리였다. 그런데도 원장은 굳이 편지를 보내라고 했다.

여학생이 자전거를 타고 혼자 학원을 찾을 때만 해도 일상은 평소와 다르지 않았다. 하지만 문을 들어서면서 감당하기 힘든 변화가 생겼다. 원장은 여학생을 성폭행했다. 여학생은 자신에게서 벌어진 상황에 충격과 두려움이 들었다. 원장은 여학생을 어르는 척하면서 모든 동기 부여는 여학생이 주도했다는 쪽으로 몰아갔다.

넌 나를 좋아하잖아. 그러니까 네 스스로 나를 찾아온 거지? 오늘도 네가 온다고 해서 난 늦게까지 퇴근도 못하고 학원 문을 일부러 열었어. 그리고 넌 말야. 남자를 유혹하는 색기가 넘친다고. 네가 꼬리치지만 않았다면…… 난 피해자야. 하지만 오늘 일은 나도 입을 다물 거야. 너의 행동을 누구에게도 발설하지 않을 거니까 너도 그래야 해. 네가 그랬다는 사실이 알려지면 네 앞날이 뻔하잖아. 그렇겠지?

여학생은 도무지 이러저러한 판단을 할 수 없었다. 낮은 목소리로 조곤조곤 다그치는 원장의 말이 사실인 것도 같다는 생각이 들었다. 높은 산이 눈앞을 가로막는 것처럼 암담했다. 불시에 냄새 고약한 쓰레기더미가 날아와 뒤집어 쓴 참담함이었다. 엄마가 떠올랐지만 고개를 흔들었다. 엄마가 알면 아버지도 알게 될 텐데, 큰일날 일이었다. 여학생은 무자비하게 당한 고통보다도 원장 말대로 자신을 향할 세상의 지탄이 더 무서웠다.

집으로 돌아오는 길엔 자전거 안장에 닿는 아랫도리가 아파 자전거에서 내려 절뚝이며 걸었다. 성폭행을 당하면서 거친 마찰로 인한 열상으로 지독하게 쓰려 걷는 것도 힘들었다. 여학생은 어둠이 깊어져서 인적이 한산한 도로 가에 주저앉았다. 그리고 간절히 빌었다. 자신이 공중으로 흩어지거나 땅 깊은 곳으로 흔적도 없이 사라지기를. 그 옆에는 여학생의 자전거 바퀴살이 맥없이 돌다 멈추어버렸다.

그 일이 있은 후에도 원장은 여학생을 굳이 학원에 나오게 했다. 나오지 않으면 모든 걸 밝히겠다는 협박을 해댔다. 그 협박이 두려워 어쩔 수 없이 학원을 나가는 여학생에게 원장은 노골적으로 성 욕망을 또 드러냈고 채웠다. 칸막이가 쳐진 학원 구석의 삐걱거리는 야전 침대 위에서, 야외 스케치를 한다며 데리고 나간 승용차 안에서, 인적 없는 깊은 숲속 텐트에서, 철 지난 한산한 유원지의 화장실 안에서 여학생을 세워놓고 개처럼 헐떡댔다.

여학생은 그렇게 끌려 다니다 임신까지 되고 말았다. 누구에게도 말할 수 없고 어떻게 해야 할지 몰라 애가 탔다. 결국 불러오는 배를 어쩔 수 없어 어머니가 알게 되었다. 그때 어머니는 그래야 했다. 가르치는 어린 학생을 쾌락과 방종의 대상으로 삼았던 학원 원장의 파렴치한 행각을 정식으로 고발해야 했다. 하지만 분노의 감정만 앞서 선불리 원장을 찾아갔던 어머니는 원장 아내에게 치욕만 당했다.

지금 어디 와서 공갈 협박이에요? 이런 식으로 한다면 무고죄로 고발할 거예요. 그러지 않아도 저이가 그랬어요. 재능도 없는 날라리 같은 애가 자꾸 꼬리를 친다고. 같잖치도 않아 상대를 안 하는데 골치가 아프다고요. 마음 같아선 쫓아내고 싶어도 학원비 때문에 그대로 두었더니……. 이것 좀 봐요. 아줌마 딸이 우리 남편한테 수작질한 증거를. 우리도 자식을 키우고 있어 웬만하면 좋게 넘어가려고 했더니 기가 막혀서. 살다 별 꼴을 다 보네!

여자는 어머니 앞으로 우체국 소인이 선명히 찍힌 봉투 하나를 집어 던지듯 팽개쳤다. 봉투는 흰 뭉게구름이 점점이 퍼져 있는 배경에 꽃무리가 아련하게 프린팅 되어 있었다. 한쪽 아랫부분에 'I LOVE YOU'라고 기계로 찍어 나온 문구도 있었다. 그 또래 여학생들이면 대부분 별 생각 없이 사용할 취향이었다. 여자는 봉투 속에서 편지를 꺼내 다시 어머니 앞에 팽개쳤다.

'선생님 이번 일요일에 학원으로 갈게요. — 서정혜.'

추호도 의심할 수 없는 여학생의 글씨였다. 원장은 서슬이 퍼런 아내

옆에서 팔짱을 끼고 구경꾼처럼 서 있었다. 여학생과 눈이 마주치자 흐으음! 가래 끌어올리듯 노성 띤 헛기침을 뻔뻔하게 했다. 어머니는 아무 대거리도 하지 못했다. 허청이며 대문을 나서는 등 뒤로 칼날처럼 박히는 원장 아내의 말을 또 들어야 했다.

어디서 딴 놈하고 붙어먹고는 엄한 데 와서 덤터기를 씌우려 드는 거야. 딸년 하나 간수 못해 남우세스러운 것도 모르고!

꼬박 하루를 앓아누웠다가 자리를 털고 일어난 어머니는 분기를 누르며 중얼거렸다.

그래, 딸 가진 게 죄다! 딸년 앞날 생각해서라도 더 헤집어봤자 뭐하겠나!

어머니의 눈에 붉은 물이 가득 찼다. 방 창문으로 검은 어둠이 스며들었다.

어머니가 여학생을 끌고 간 병원은 훤한 대낮인데도 어둡고 서늘했다. 흰 가운을 입은 사람들이 밤의 유령처럼 두려웠다. 의사 앞에서 잔뜩 주눅든 어머니 등이 한없이 초라했다. 형광등 불빛에 아직은 검어야 할 머리칼이 백발처럼 보였다.

여학생에게 뱃속 생물체를 인위적으로 죽이는 약물과 촉진제가 주사됐다. 창자가 몽땅 잡아당겨지는 것처럼 밀려드는 산통은 거대한 해일이었다. 숨이 턱턱 막히며 눈앞이 노래졌다. 간헐적이던 통증이 점점 주기를 빨리 했다. 저절로 이가 악물어지며 무엇이든 움켜잡고 싶었다. 꽉 막힌 속안에 걸 토해내듯 악을 쓰듯 소리치고 싶었지만 입안으로 쓸려 들어오는 텁텁한 질감만이 가득했다. 어머니의 완강한 힘이 수

건을 쑤셔넣었다.

시끄러워 이년아! 뭘 잘했다고 소리를 질러. 이 미친년아. 어쩌자고…….

그러면서 어머니는 소리 죽여 울었다. 진통이 강도를 더하자 여학생은 차가운 분만대로 옮겨졌다.

힘 줘! 더! 젊은 사람이 왜 이렇게 힘을 못 주는 거야. 더…… 간호사 메스…….

의사의 말이 건조하게 바스락거렸다. 산통이 아닌 또 다른 날카로운 통증이 여학생의 아랫도리를 관통했다. 산도를 넓히기 위해 마취도 없이 질 부위를 절개하고 있었다. 생살을 자르는 아픔마저도 무지막지한 산통에 비하면 대수롭지 않았다. 몸 안의 모든 것들이 거대한 바람을 맞았다. 배가 찢어질 듯 팽팽히 당겨졌다. 그 당김이 최대치 극점에 도달해서 도저히 감당할 수 없겠다고 힘을 놓으려는 순간이었다. 물컹, 뜨끈한 덩어리가 쿨렁대며 자궁을 빠져나왔다. 분만대 밑에 받쳐놓은 한 말들이 양동이에 여학생의 몸에서 쏟아진 검붉은 피가 차올랐다. 여학생이 기진해서 바라본 수술실 천장의 조도 낮은 불그레한 불빛이 아득했다.

처리는 잘 됐고 산모 상태는 양호합니다. 칠 개월치곤 커서 생각보다 시간이 좀 걸렸습니다. 일단 오늘은 지내고 내일 퇴원해도 무방합니다. 그리고 처녀막 재생수술도 잘 됐습니다.

분만을 마친 의사가 어머니에게 말했다. 병원은 원치 않은 임신 중절 처리에 전문이라고 암암리에 소문이 났다. 처녀막 재생 수술이나 성관계 시 상대방의 만족도를 위해서라는 중년 여성들의 이쁜이 수술 또한 호가 났다고 했다. 윤활한 병원 운영의 대부분이 그에 따른 거였다.

아무 일도 없었던 거야! 행여 네 기억 속에 터럭만큼도 있어선 안 된다. 몽땅 지워버려야 한다! 알겠지? 알겠지?

회복실에서 축 늘어진 여학생의 팔을 꽉 부여잡은 어머니는 무서운 눈빛으로 다짐받고 다짐받았다. 잡고 있는 손에 어찌나 힘이 들어갔던지 여학생의 팔뚝 살이 떨어져나갈 것 같았다. 죽음 같은 산통만큼이나 그 통증에 자지러지는 신음소리가 저절로 나왔다.

여학생의 채 영글지 않은, 막 움을 틔우려하던 한 시기는 그렇게 나락으로 추락해버렸다. 그리고 그 일은 어머니의 완강한 주문으로 모녀 사이에서만 잠시 머물다 사라졌다. 해를 거듭하며 최면 걸리듯 당사자도 가물하게 기억 저편으로 묻혀버렸다.

*

다린은 새벽 두 시가 돼서야 분만실을 나왔다. 뱃속 아이는 이미 죽어 있었다. 회복실에 누워 있는 다린은 무게감이라고는 없이 졸아들어 있었다. 다린의 할머니가 옆에 앉아 연신 눈물을 찍어냈다.

윤 선생이 정혜의 팔을 조용히 잡아끌었다. 둘은 휴게실로 나왔다. 휴게실 창밖으로 새벽 어둠이 점령군처럼 포진하고 있었다. 정혜는 자판기에서 음료수를 빼 가지고 왔다. 한 모금 마시려고 입에 댄 순간 조절되지 못한 액체가 왈칵 입으로 쏟아졌다. 그 바람에 사레가 들며 기침이 터졌다. 윤 선생이 정혜의 등을 두드렸다.

"괜찮으세요? 서 선생님이 괜한 고생이네요."

"네, 괜찮아요. 고생이야 윤 선생님이 더 하시죠. 홑몸도 아닌데. 그나저나 어찌된 일인가요?"

"임신인 줄 모르고 있다가 두 달 전에 알았대요. 수술할 시기도 놓쳤고, 또 알았다 해도 아이가 뭘 어쩌겠어요. 간혹 아이들 간에 동성 대상에게 친구 이상의 감정을 갖는 경우가 있어요."

"우리 때도 그런 경우가 있지 않았나요?"

"그랬죠. 하지만 형태와 강도가 좀 달라요. 그때는 엑스 언니거나 중성적인 느낌을 주는 상대를 향한 순수한 동경 같은 거였다면 요즘은 그렇지 않다는 거죠. 다 그런 건 아니지만 육체적 접촉도 있다는 거예요."

"설마?"

"물론 아주 일부예요. 다행인 건 잠시 그러다가 대부분 제자리로 돌아가요. 성장과정 중 겪는 하나라고 생각하면 될 거예요. 어쩌면 그건 급속도로 변화하는 환경에서 어른들이 느끼는 소외감, 존재의 이탈감 비슷한 거 아닐까 싶어요. 그처럼 아이들도 귀속감에 대한 애착으로 그런 건지도 모르겠어요. 어쨌거나 어른들이 생각하는 것처럼 아이들이 천둥벌거숭이처럼 단순하지만은 않다는 거예요. 오히려 더욱 복잡다단한 내면의 촉수를 지니고 있거든요."

"그럴 거예요."

"그 또래 아이들 정서는 예측불허예요. 얼마 전 체육시간이었어요. 급식 우유차가 학교를 나가는데 아이들이 함성을 지르면서 차 쪽으로 우르르 몰려가는 거예요. 그런데 우유차 뒤에 어떤 아이 하나가 위험하게 매달려 나가는 거예요. 왜 만화 같은데 보면 담벼락에 큰 대자로 달라붙어 있는 그런 모습요. 알고 봤더니 그 아이가 우유배달 청년을 좋아했대요. 죽어도 따라가겠다고 안 떨어지려는 걸 선생님들이 겨우 떼어놓았지 뭐예요. 그렇게 엉뚱하기도 하다니까요."

현재 벌어진 상황이 심각한데도 정혜는 윤 선생 말에 우스꽝스러운 모습이 연상되어 쿡, 웃음이 나왔다. 민망해서 얼른 표정을 달리했더니 윤 선생 입가에도 옅은 웃음이 흘렀다.

"다린이가 아주 예쁘잖아요. 삼학년 선배 아이가 다린이를 좋아했나 봐요. 그랬는데 다린이한테 남자 친구가 생기고 임신까지 한 걸 알고는 오늘 아이들 몇 명과 폭행을 가했는데 그게 치명적이었나 봐요. 이번만이 아니라 전에도 몇 번 폭행이 있었대요. 그리고 워낙 섭생이 좋질 않아 태아 상태가 나빴고요. 여름 교복이 벌어질 것처럼 끼어 보이기에 애가 살이 쪘나 하고 무심히 넘겼는데……."

사실 정혜도 여름방학 전에 그리 느끼긴 했다. 다린의 얼굴이나 팔다리는 예전보다 마른 것 같았는데 아랫배만 볼록해서 아프리카 기아 같은 모습이었다. 처음엔 한창 외모에 신경을 쓸 시기라 다이어트니 뭐니 할 수도 있겠거니 싶었다. 그러다 어느 날부터 한번 의자에 앉으면 끝날 때까지 축 처져 있는 게 이상하다는 생각이 들었다. 평소의 다린이라면 수시로 일어나 왔다갔다 하며 부산했을 거였다. 교복 치마 단추가 자주 풀어져 있고 지퍼도 반쯤은 내려가 있었는데 그럴 때면 볼록한 아랫배가 더 도드라졌다. 그걸 보며 어떤 예감이 스쳤지만 설마하며 고개를 저었었다. 그런데 일이 이렇게 되고 보니 그때 좀 더 관심을 두었더라면 하는 마음이 들며 미안했다. 지난 번 다리 밑에서 맞았을 때라도 신경을 썼더라면, 윤 선생에게라도 언질을 비출 걸 그랬다는 자책감이 들었다.

"그럼 폭행을 가한 아이는 어떻게 되는 건가요?"

"글쎄요. 단순한 사안이 아니어서…… 담임선생님이 오신다고 했으니까요. 서 선생님, 이럴 때 아이 부모님이 계시면 문제 해결 과정이 조금 달라질 수 있을까요? 누군가 힘을 실을 수 있는 어른이 있다면 좋으련만, 연로한 할머니만 계시니 딱하네요. 앞으로 다린이가 가질 상처가 안쓰러워요. 충분히 믿고 의지할 수 있는 가족이 있어 감싸안아야 할 텐데. 사실 교사들이 지도한다 해도 형식적인 입장일 뿐이에요. 교육자로서 민망한 말이지만 행정업무 처리 선일 수밖에 없어요."

정혜가 다린을 처음 만났을 때는 이질감이 들었다. 말로만 듣던 소위 불량소녀의 실상을 막상 접하니 당황스러웠다. 정혜의 친지나 주변에서도 다린 같은 아이는 없었다. 비슷한 또래인 딸은 학교나 집에서나 모범생이고 반듯했다. 그런 딸과 다린이 비교되며 은근히 멸시하는 감정도 있었다.

그러나 만남이 계속되면서 정혜는 다린에게 연민이 생겼다. 불량한 행동이 누군가에게 하소연하고 싶어 엇나가는 건가 싶어서 측은했다. 어느 날 어색해하며 한번 안아준 적이 있었다. 다린도 어색했는지 처음엔 엉덩이를 빼며 거부하더니 두 번째 안아주었을 땐 유순해지는 게 느껴졌다. 몸이 작은 새 같았는데 와닿는 숨결과 함께 정혜를 껴안은 손길에서 미세한 떨림이 일었다. 정혜에게도 처음 안았을 때와 달리 생각지 못한 감정이 일었다. 예전에 딸을 안고 젖을 먹일 때처럼 젖가슴께가 찌르르 했다. 그 느낌을 남편에게 말한 적이 있었다. 남편은 그런 정혜를 어이없다는 듯 쳐다보며 딱해했다.

당신, 오지랖이 넓은 거 아냐? 그런 애들한테 정을 쏟으면 어쩌자는 거야? 당신이야 측은한 마음에 다독거리고 싶은 건데 자칫하면 엮일 수 있단 말이야. 부모 없이 그런 환경에 노출되어 막 자라는 아이들이 당신 그런 심정을 이용하며 들러붙으면 어쩔 거야? 괜한 짓 하지 마. 어차피 기간도 얼마 남지 않았잖아. 당신은 상담수업을 하는 그 이상도 이하도 아니야. 섣부른 감상에 젖지 말라고. 정 남아도는 시간 활용할 거라면 좀 더 실리적인 걸 해!

병원 휴게실 창으로 새벽 풍경이 을씨년스럽게 펼쳐졌다. 거리는 가로등만 밝힌 채 인적 없이 스산하고 흐릿한 빛 반경 너머로 깊은 어둠이 널려 있다. 그 속에 시든 해바라기 두 송이가 목이 꺾인 채 속절없이 흔들렸다.

다린아, 네가 그랬지. 해바라기 그림을 보면서 빛의 강렬함과 스러짐을 동시에 느낀다고. 그런 거야. 사는 건!

정혜는 목이 메이며 한기가 들어 양팔을 싸안았다.

*

정혜가 집으로 돌아온 시각은 새벽 네 시쯤이었다.

남편이 깰까 싶어 안방으로 들어가지 않고 거실 소파에 누웠다. 아침밥 지을 시간까지 잠깐 눈을 붙이려 하지만 잠이 오지 않았다. 다린에 대한 생각으로 뒤척이다 그대로 아침을 맞았다. 식사 준비를 해서 남편과 딸을 챙겨 내보내고 나니 맥이 풀렸다. 집안 곳곳에는 그들이 어질러놓은 아침나절의 잔해들이 어지럽다.

정혜는 집안 공기가 텁텁한 거 같아 환기를 하려고 거실과 베란다 창을 열었다. 벗어놓은 옷가지들은 싸안고 세탁실이 있는 베란다로 나왔다. 세탁기를 가동시킨 후 거실로 들어서려다 베란다에 놓인 간이의자에 잠시 앉았다. 대부분의 사람들이 일터나 학교로 가버린 아파트 단지는 고적하도록 고요했다. 저녁나절이나 주말이면 아이들로 왁자지껄하던 놀이터에도 정적만 흘렀다. 그 정적을 따라 시선을 돌리던 정혜의 눈길에 뜻밖의 존재가 잡혔다. 놀이터 의자에 정물처럼 그려놓은 듯한 여학생이 있었다. 아무것도 보지 않을 것처럼 고개를 옆으로 완강히 돌리고 있었다.

왜 저 아이는 학교도 안 가고 이 시간에 저기 있는 거지?

정혜는 의아한 눈길로 여학생을 물끄러미 보았다.

여학생은 어딘가에 잔뜩 짓눌린 듯 핍진했고 무엇엔가 두려워하고 있었다. 그 무게를 감당할 힘이 없어서인지 금방이라도 어디 움푹한 곳으로 사라져버릴 것 같았다. 그런 여학생에게 내리꽂히는 햇빛마저 짓누르는 무게를 더했다. 여학생은 햇빛이 버거운지 미간을 잔뜩 찡그렸다. 그 옆에 여학생의 것일 자전거가 세워져 있다. 조금 전까지 굴렀던 은빛 바퀴살은 여운처럼 천천히 돌았다. 바퀴살 사이로 여학생의 흰 종아리가 끼어 있듯 아파 보였다. 그리고 좀 더 깊숙한 곳이 참담히 손상된 것 같은데 제대로 보이진 않았다.

또 하나의 존재가 정혜의 눈에 잡혔다. 여학생과 대각선으로 비껴 있는 곳에서 여학생에게 집요한 눈빛을 보내는 한 중년 남자였다. 그는 열에 들떠 벌건 얼굴로 여학생을 빤히 바라봤다. 잠시 후 남자의 손이 바지 지퍼를 내리고 한껏 불거진 자신의 성기를 꺼내 주물렀다. 여학생을 바라보며 헐떡대는 남자의 손놀림이 점점 맹렬해졌다. 사정을 하는 남자의 얼굴이 뒤틀어지며 손가락 사이로 부연 정액이 흘러내렸다. 남자는 손에 묻은 정액을 앉았던 의자에 쓱쓱 닦고는 바지를 추슬렀다. 그리고 자리에서 일어나며 커억! 끌어올린 누런 가래를 땅바닥에 뱉어냈다. 그건 씹다버린 껌덩이 같았다. 남자는 발로 슥슥 흙을 끌어모아 가래 위를 덮고는 자리를 떴다.

무섭도록 고요한 놀이터에 조금 전의 남자와, 그가 뱉어낸 가래는 형체도 없고 여학생만이 홀로 방치되었다. 쨍쨍한 햇빛 속인데도 녹지 못할 커다란 얼음덩이에 갇혀버렸다.

그런 여학생을 보는 정혜의 눈에 울음이 차올랐다. 그 울음은 진폭을 넓히며 몸 전체로 봇물처럼 걷잡을 수 없이 퍼져나갔다. 정혜는 아이처럼 엉엉 소리내어 울며 급히 안방으로 들어왔다. 장롱을 뒤져 십여 년 전 딸을 출산할 때 입었던 내복을 꺼냈다. 촘촘히 누빈 골이 아직도 톱톱했다. 어머니가 손수 사온 거였다. 그때 밖은 반소매를 입어도 될 만큼 기온이 오르고 있었다. 방안은 불을 넣어 후덥지근했는데도 어머니는 정혜에게 억지로 내복을 입히며 그랬다.

여자는 애 낳고 몸조리를 잘못하면 산후풍 들어 평생 골병이다! 애를 내보내려고 멀쩡한 뼈마디가 벌어지니 그게 오죽하겠니. 아이 백일잔치하는 것도 다 의미가 있단다. 아이가 어미 뱃속에서 나와 무탈하게 백일을 넘긴 걸 축수하는 것도 있지만 산모 건강 때문에도 그런 거란다. 벌어진 산모 뼈마디가 백일쯤 되면 다시 제자리로 돌아갈 때거든. 그러니 더워도 참거라!

이십여 년 전의 어머니와는 다른 언행이었다. 당시 어이없는 출산을 한 여학생에게 싸늘한 등을 보이던 것과는 판이했다. 하루쯤은 절대 안정을 취해야 하는데도, 어머니는 살아 있던 뱃속 아이를 죽여서 낳은 지 세 시간도 안 되는 여학생을 질질 잡아끌고 병원에서 나왔다. 기진해진 여학생의 걸음이 축축 늘어지자 사정없이 등짝을 후려쳤다.

엄마, 아파!

뼈가 부서질 것 같은 아픔에 여학생은 울음 섞인 투정을 했다.

미친년, 뭐 아파? 뭘 잘했다고!

어머니는 여학생을 잡아먹을 듯 눈을 부라리며 머리를 사정없이 쥐어박았다. 당장이라도 멱살을 잡아 길바닥에 팽개칠 기세였다. 지나가는 사람들이 두 모녀를 힐끗거렸다.

모녀는 버스를 타고 집으로 향했다. 아스팔트로 덮인 도로가 팔월의 열기에 흐물흐물 녹아내릴 만큼 기온이 급상승했다. 도로변의 포플러나무 잎들도 내리쬐는 태양광선에 배배 말렸다. 거리를 걷는 사람들은 연신 흐르는 땀을 닦아냈다. 차가 달리는 속도에 열린 차창으로 바람이 들어오지만 후텁지근한 열풍이었다. 그러나 출산을 한 여학생은 그 바람에 몸이 시렸다. 바람은 칼날이 되어 뼈골 조직을 깎아냈다. 딱딱. 이가 맞부딪칠 정도로 시려 견딜 수 없었다.

엄마, 추워! 뼈가 시려! 문 좀 닫아줘!

그러나 할 수 없는 말이었다. 앞에 앉은 어머니의 등이 석고상처럼 굳어 있었다.

휘잉! 어디선가 그때의 바람이 집안으로 밀려들어오는 것처럼 정혜의 몸이 조여들며 시렸다. 정혜는 눈물을 닦으며 열어두었던 문들을 서둘러 다시 닫았다. 닫고서도 어디 한 군데 틈이 벌어져 바람이 새어들까 잠금쇠를 다시 확인했다. 정혜는 다린을 생각했다. 그 아이도 지금 산후 뒤끝의 냉기에 어찌할 줄 몰라 하고 있을 것이다. 어린 나이에 그건 가혹할 일이다.

정혜는 내복을 종이 가방에 담았다. 서둘러 주방으로 나가 미역을 물에 담갔다. 찬장을 뒤져 한 구석에 있는 보온병도 찾아 꺼내놓았다. 다린이 있는 병원에서 돌아오는 길에 마트에 들러 사골도 사와야겠다고 생각한다.

정혜는 다시 베란다로 나왔다. 눈길이 놀이터에 가닿았다. 여학생은 여전히 의자에 정물처럼 앉아 있다. 그 옆에 아까는 없었던 어린 소녀가 같이 앉아 있다. 소녀는 가녀린 새 같다. 까만 머루 같은 눈 속에 짙은 잿빛 물결이 일렁였다. 그 물결은 위태롭게 흔들리며 소녀에게 점점 번져들었다.

여학생과 소녀는 어느 만큼의 간격을 두고 의자 양 귀퉁이에 불안정히 자리하고 있다. 그들은 함께 있는 서로의 존재를 알지 못하듯 각자

앞만 바라보았다. 대부분의 사람들이 삶의 중심에서 일상의 걸음을 옮기느라 분주할 때, 그들이 있는 풍경은 삭아내리는 먼지처럼 희부옇게 떠돌았다. 주변으로 오래도록 녹지 않을 커다란 얼음덩이들이 널려 있어, 따뜻한 곳으로 빨리 자리를 옮길 수도 없을 것 같다.

여학생이 탔던 자전거의 은빛 바퀴살은 한참 전에 멈추었다. 타인에 의해 훼손된 시간들이 그 위에서 투두둑, 투두둑 튕겨나갔다. 소녀가 손에 들고 있는 그림 속 해바라기는 건잡을 수 없이 시들어버려서 애초에 해바라기였던 형체마저 모호하게 뭉그러졌다. 더 이상 꽃잎 갈피 사이사이로 강렬한 햇살을 끌어들이지 못한다.

제희

제희

해는 아직 뜨지 않았다.

은성이 살고 있는 아파트 맞은편 산자락은 지난 밤에 잠시 내린 첫눈으로 희끗하다. 겨울로 접어드느라 쇠락하는 것들에 한 겹 막이 슬쩍 덮였지만, 수많은 차량이 지나다니는 도로는 언제 눈이 내렸나 싶게 말짱하다.

카톡. 은성의 휴대전화 문자 알림이 울린다. 인하다. 이른 시간에 어쩐 일인가 싶다.

'제희 소식 알아요?'

제희? 먼 곳의 지명을 들었을 때처럼 은성은 그 이름이 순간 생경하다. 그러다 흐릿한 어둠 속에서 딸려나오는 미약한 기척처럼, 가슴에 습한 바람자락이 휘돈다.

인하에게서 연달아 문자가 온다.

'제희가 작년에 아주 떠났대요. 달빛마을에서 일을 봐주던 사람 중에

제희 친척이 있었잖아요. 윤 작가가 어제 그곳을 지나다 들러 물었더니 그랬다는군요.'

아, 한 삶이 결국 문을 닫았구나, 다시는 열지 못할 빗장을 굳게 질렀구나.

어느 시공간 속에서 힘겹게 버티던 한 사람의 스러짐에 은성은 맥없는 소리로 중얼거린다.

재작년 늦여름에 은성은 월하리의 사설 예술창작촌인 달빛마을에 있었다. 달빛마을은 은성이 알고 있는 한 지인이, 예술인들을 대상으로 침식을 제공하며 운영하는 곳이었다. 월하리는 읍내까지 차로 20여 분은 달려야 할 만큼 외곽인 산촌이었다. 가호 수도 십여 가구 남짓밖에 되지 않아 세속과는 뚝 떨어진 다른 세상 같았다.

은성은 십 년 전 전국문인화전에서 수상하며 문인화가로 데뷔했다. 젊은층이 쉽게 접하지 않는 분야에 이십대인 은성의 존재감은 잠시 주목받았다. 하지만 이후 두드러진 창작활동 경력도 없이 어느새 서른을 훌쩍 넘었고 작품 창작 에너지도 옅어졌다. 거기에 먹고 살아야 하는 일상의 전제 때문에 살고 있는 지역의 동사무소나 문화센터 등에서 중노년층을 대상으로 하는 문인화 기초 실기 과정 강사로 지냈다. 그나마도 수강생들의 호응도와 적정 인원 충족에 따라 주관처의 매 분기 심사를 통과해야 강의를 할 수 있었다. 거기서 벌어들이는 수입으로는 기본적인 생활비도 충당하기 쉽지 않아 저녁에는 한 카페에서 아르바이트를 겸했다. 추구하고 싶은 진로에 온전히 발 들여놓지 못한다는 현실은 늘 휑했다.

그러던 차에 은성이 소속된 한 동인회에서 신년에 공동 전시회를 하자는 제안을 받고는 마음이 들떴다. 작품 몇 점 전시하는 거지만 그럴 수 있다는 행위만으로도 충만감이 들었다. 은성은 그해 후반기 강좌 심사와 카페 일자리를 포기하고 달빛마을로 왔다.

입주 첫날 저녁식사 시간에는 먼저 와 있던 입주자들과 인사를 나누었다. 사진을 찍는 윤과 소설을 쓰는 인하, 시인 정과 지방도시의 민간 오케스트라 지휘자 홍 외에 몇 명이 더 있었다. 다른 한 사람도 있다고 했으나 그는 나오지 않아 보지 못했다.

입주자들과 헤어져 머물 동안 사용할 방으로 들어온 시각은 밤 8시경이었다. 방 안은 낮 동안 갇혀 있던 공기로 후텁지근했다. 환기를 하려고 방과 발코니 사이에 난 유리문을 열어놓고 잠시 바람이나 쐴까 해서 발코니로 나왔다. 도시에서라면 한창 휘황할 시간이건만 주변은 심해같이 어두웠다. 달빛마을 건물에서 퍼져나오는 불빛과 마당의 흐릿한 가등 빛이 다였다.

그때 누군가 마당 연못가 벤치로 왔다. 어둑함 속에서도 얇은 몸피가 두드러진 한 남자였다. 남자는 벤치에 앉으려다 고개 들어 무심히 은성이 있는 이층을 잠시 올려다보았다. 그리곤 건물 쪽으로 등을 돌리고 앉았다. 그의 시야가 닿는 곳은 어둠에 잠긴 검은 산자락뿐이었다.

남자는 은성이 짐을 정리하고 욕실에서 씻고 나왔을 때도 처음 자세 그대로 붙박인 사물처럼 앉아 있었다. 그런 모습은 밀도가 더해가는 어둠 속에서 사그라들듯 막막했다. 숲에 깃든 풀벌레 소리로 여름에서 가을로 넘어가는 산골 밤의 지친 적막도 도드라졌다.

다음날 은성이 식당에서 저녁밥을 먹을 때 인하가 같은 입주자라며 한 남자를 소개했다. 어제 인사를 나누지 못했던 사람이었다. 제희라고 했다. 은성은 그를 대하며 전날 밤 어둠 속에서 보았던 남자가 겹쳤다.

제희의 첫 모습은 인상적이었다. 두상 형태가 그대로 드러나도록 머리칼이 짧은 데다, 움푹한 눈매에 날선 듯 결곡하게 뻗은 콧날의 강렬한 모습은 경직된 느낌이었다. 170㎝나 될까한 크지 않은 키에, 체구도 군살이라고는 깎아낸 듯 찾아볼 수 없을 만큼 호리하다 못해 왜소했다. 아직 여름 기운이 남아 있는데도 목을 감싼 검은 폴로셔츠에 검은 바지를 입고 있어서 더 그리 보인 건지 모르겠다. 그러나 말을 할 때 목소리는 큰 돌을 달아맨 듯 묵직한 울림이 일었고 발음이 아나운서처럼 명확했다.

지휘자 홍이 다들 모인 김에 은성의 환영회 겸 술 한 잔 하자고 했다. 입주자들은 식사를 끝낸 뒤 걸어서 십여 분쯤 걸리는 동네 끝자락에 있는 한 가게로 몰려갔다.

월하리는 산세가 깊고 용월사라는 절도 있어 등산객들이 적지 않게 찾아들었다. 마을엔 그들을 상대로 하는 민박집 몇 채와, 간판은 없지만 식당이면서 술도 팔고 몇 가지 편의물품을 파는 작은 가게가 있었다. 그 가게는 입주자들 사이에선 참새방앗간으로 불렸다. 그곳으로 가는 길에는 십여 미터 가량 길이의 짧은 터널이 있었는데 굴다리로 불리기도 했다.

제희는 술자리에서 다른 사람들과 대화도 거의 없이 술만 마시거나 가끔 움푹한 눈매로 어둠이 내려앉은 밖을 한참 응시하곤 했다. 그러다 옆에 앉은 인하가 말하는 걸 들으며 조용히 웃거나 고개를 주억거렸다. 입주 시기가 같고 삼십대 중반의 비슷한 또래인 둘은 친밀해보였다.

술자리가 한창 무르익었을 때였다. 은성은 옆 사람과 술잔을 기울이다 이상한 느낌이 들었다. 뭔가에 포획된 옥죄임이었다. 고개를 돌렸을 때 마주 앉은 제희를 보게 됐다. 그는 테이블 밑으로 드러난 은성의 발을 뚫어지게 보고 있었다. 은성은 그때 발가락에 끼는 검은색 조리 슬리퍼를 신고 있었다. 발톱에는 빨간 패티큐어가 되어 있었는데 엄지 발톱에 붙인 작은 큐빅이 전등불빛을 받아 빨간 색이 한층 선명하게 부각됐다. 그곳에 머문 제희의 눈빛과 표정이 금방이라도 발을 모두 잡아 주무를 것처럼 집중하고 있었다.

누군가에게 자신의 신체가 더구나 남자에게 주시 당한다는 건 불쾌한 부담이었다. 은성은 제희를 향해 왜 그러냐고 따지듯 정색하고 싶었지만 왠지 그래선 안 될 것 같은 마음이 들었다. 대신 제희와 마주한 자리를 피해 다른 자리로 옮기려고 화장실에 간다는 핑계를 대며 일어났다. 그때 마주친 제희의 눈에 열망하는 걸 놓쳐야 하는 안타까움이 짙었다.

술자리는 가게가 문을 닫는 밤 11시가 돼서야 끝났다. 돌아오는 길은 보름달빛이 찬란히 쏟아져 내렸다. 월하月下, 라는 지명처럼 밤 깊은 사위는 쨍하도록 맑고 화려한 달빛이 출렁거렸다. 그 속을 사람들은 왁자하게 술에 취해 기분좋게 걸었다. 누군가는 소리 높여 노래를 불렀고 누군가들은 서로 어깨를 감싸안고 화음을 넣었다. 그들 뒤에서 제희는 뒤처져 걷다가 인하가 다가가 뭐라 뭐라 말을 하자 잔잔한 웃음기를 띠었다. 은성은 아까 가게에서 은성의 발을 보며 열망에 차 있던, 쉽게 이해할 수 없는 그의 눈빛이 걸렸다.

제희는 연극배우였다. 처음 만났을 때 울림 있던 목소리와 발음이 명확하게 전달된다고 느꼈던 것이 그 때문인가 싶었다. 연기를 하자면 발성하는 것에 무게를 두어야 할 거였다. 인하가 그의 출연작품들을 얘기했지만 대중적인 텔레비전이나 영화가 아니라서 은성은 잘 알 수 없었다.

그러나 이 년 가까이 꾸준히 무대에 올려 화제가 됐던 한 작품은 익숙했다. 그에 대해 한 텔레비전의 연예 프로그램에서 짧게 소개하는 걸 봤었다. 작품 포스터를 카메라로 줌인 했었는데 주연은 아니었는지, 한 쪽에 작게 나와 있던 한 남자가 눈길을 끌었던 게 제희를 보고 난 후 떠올랐다. 그때 포스터 속의 남자도 목을 감싼 검은 폴로셔츠 차림으로 꽤 강렬했던 기억이었다.

9월로 접어들자 여름 기운이 점차 스러지면서 월하리는 도시보다 빠르게 찬 기운이 다가들었다. 아침저녁으로는 쌀쌀해서 밖에 나갈 때면 두툼한 카디건이나 스웨터를 걸쳐야 했고 밤이면 보일러를 가동했다.

입주자들은 짧게는 한 달에서 길게는 두세 달 가량을 지낼 예정이었다. 그들 대부분은 각자 방에 틀어박혀 작품 작업을 하느라 식사 시간 외에는 나오지 않을 때가 많았다. 외부 사람을 만나지도 않고 위락 시설도 없는 산촌에서 판에 박힌 나날을 지내야 하는 건 유폐나 마찬가지였다.

혼자라는 속박에 지친 그들은 어느 때 서로 동하면 참새방앗간으로 우르르 몰려가서 술잔을 기울이며 취기 어린 객쩍은 말들을 노닥거렸다. 어느 땐 여럿이 어울려 근처 산을 오르기도 했고, 가끔 십 분 거리의 옆 해안도시로 차를 달려서 갔다. 그곳에서 도시의 바람을 맞으며 쇼핑을 하거나 영화를 보며 맛있는 음식을 먹는 걸로 자처한 유폐를 잠시 희석시키기도 했다. 나이가 엇비슷했던 은성과 제희, 인하 셋은 금방 친숙해져서 자주 어울려 다녔다.

지휘자 홍은 월하리 옆의 해안도시에 살고 있었다. 그곳에서의 정기공연과 연습 때문에 자주 달빛마을을 비웠지만, 달빛마을에 와 있을 땐 입주자들을 들썩여 밖으로 끌어내는 주동자였다. 그는 유쾌한데다 입담이 좋아 늘 분위기를 주도했다. 술이 거나해진 그의 주된 레퍼토리는 연애시절 아내를 만나 저돌적으로 구애했던 거였다. 입주자들은 그가 내비치던 걸로 미루어 당연히 아내의 미모가 준수할 거라 여겼다. 어느 주말에 그의 아내가 달빛마을에 왔을 때 사람들은 홍이 없는 곳에서 실없이 킥킥거려야만 했다. 그의 아내는 세월의 흐름으로 신체 변화가 있었는지 몰라도, 아담한 몸태가 봄날 수양버들처럼 낭창하다더니 타고나길 기골이 걱실한 체형이었다. 백옥 같다던 피부는 원체 거무튀튀했고 땀구멍과 잡티로 깨끗하지 않았다.

시인 정은 초등학교 교사였다. 무엇 때문인지는 모르겠으나 일 년간 휴직하는 중에 달빛마을로 왔다. 그는 한번 결혼을 했다 돌아왔는데 거나해진 술자리에선 전처와의 사이에 아이를 생산하지 않았던 걸 인생에서 가장 현명한 선택이었다며 너스레를 늘어놓기도 했다. 평소에도 실없는 우스갯말을 자주 했는데 어쩐지 그 속에 깔린 쓸쓸함을 봐야 할 때가 많았다.

사진작가 윤은 마흔이 넘은 여자였는데 날다람쥐처럼 매일 산을 타거나, 해안도시로 사진을 찍으러 바삐 나다녔다. 술에 취하면 삼 년을 자리보전하며 앓다가 죽은 남편을 주정처럼 소환해냈다. 그 남편은 죽기 전 온 힘을 다해 자신을 안아주더니 당신과 함께 해서 행복했었다고, 단말마 같은 유언을 남겼노라며 애틋한 사랑가를 흐느끼며 불러댔다.

소설가 인하는 처음 보는 사람과도 십년지기마냥 허물없이 말을 섞을 만치 친화력이 좋았다. 달빛마을에 있는 동안 진행하고 있는 장편소설을 끝낼 거라며 새벽 늦게까지 글을 쓰느라 아침식사 시간이나 오전에는 거의 볼 수 없었다. 은성도 작품 스케치에 몰두했다. 소재를 찾기 위해 간간이 마을 야산을 어정거렸고 어느 땐 사진을 찍는 윤을 따라 해안도시의 바다로 가기도 했다.

기온이 한층 더 내려간 어느 날 차가 없는 정이 서울 집에 다니러 간다고 해서 은성은 터미널까지 데려다주겠다고 했다. 그 바람에 제희와 인하도 따라붙었다. 셋은 정을 내려주곤 월하리와 해안도시 사이에 있는 미진령을 넘어 도시의 항구로 갔다.

오전시간임에도 항구의 노상 횟집 평상에서 바다를 바라보며 술을 마셨다. 취기가 얼큰해진 은성과 인하는 별 거 아닌 얘기에도 배를 움켜잡으며 웃어젖혔다. 평소 말수가 많지 않은 제희도 수다스러웠다.

항구 건너편으로 방파제가 보였다. 그곳 끝머리에 빨갛게 칠해진 등대 조형물이 있었다. 횟집을 나와 방파제로 가서는 그걸 배경으로 사진도 찍었다. 저녁에나 문을 열 노래방 주인도 전화로 떼써서 불러내 두 시간이 넘게 노래를 불러댔다. 셋은 그렇게 놀고도 그대로 파하긴 아쉬웠다. 달빛마을로 돌아온 저녁에 다시 은성의 방에 모여 술을 더 마셨다.

아, 뭐야? 은성 씨 발이 너무 에로틱하잖아! 제희 씨도 그렇게 느끼는 거야?

인하가 술기운 때문인지 한껏 차오른 목소리로 안주거리와 컵을 준비하느라 왔다갔다 하는 은성의 맨발과 제희를 보곤 깔깔댔다. 패티큐어가 된 은성의 흰 발에 빨간 꽃잎들이 생생한 색채로 피어났다. 제희가 그런 은성의 발을 뚫어져라 보고 있었는데 동공이 활짝 열려 있었다. 은성은 지난 번 참새방앗간에서 은성의 발에 몰두해 있던 그의 눈빛과 표정이 다시 떠오르며, 왜 저리 간절한 눈길인지 알고 싶었다.

9시 무렵 인하는 술이 꽤 올랐는지 제 방으로 가버리고 은성과 제희 둘만 남았다. 제희는 발코니 창을 등지고 은성과 마주 앉아 있었다. 밖의 검은 어둠을 배경으로 창에 비친 제희의 뒷모습이 뚜렷하지 않고 뭉뚱그려졌다.

제희가 손을 뻗어 은성의 발에 가만히 손을 얹었다. 발에 와닿은 그의 손이 화락대는 불길처럼 뜨거웠다. 불시에 닿은 뜨거움이 당혹스러워 은성은 화들짝 발을 뺐다. 제희는 그런 은성을 쓸쓸한 눈빛으로 물끄러미 보더니 비틀대며 일어나 현관으로 갔다. 문 여닫는 소리가 깊은 밤의 고요 속으로 둔중하게 스며들었다.

다음날 늦은 아침까지 자고 있던 은성의 휴대전화가 울렸다. 제희였다. 참새방앗간으로 해장국을 먹으러 가자고 했다. 가게에서 해장국을 시켰지만 제희는 도통 입맛이 없는지 몇 숟가락만 뜨고 말았다.

둘은 참새방앗간을 나와 용월사 입구까지 천천히 걸었다. 길가의 나무들 위로 한층 엷어진 가을빛이 내려앉았다. 이파리 사이사이로 비쳐 드는 그 빛 속을 몇 발 앞서 걸어가던 제희가 몸을 돌려 기다렸다가 은성의 손을 가만히 잡았다. 제희의 손은 아주 건조해서 마른 나무 등걸이 닿는 기분이었다. 한낮 햇살이 따끈했는데도 얼음 조각을 잡았을 때처럼 서늘했다. 그 촉감과 함께 어젯밤 은성의 발에 닿았던 뜨거운 손길이 꿈결 같았다.

은성이 저녁에 식당으로 가는데 휴게실에 윤이 있었다. 그가 앉아 있는 테이블에는 찍은 사진들을 정리하던 중인지 여러 장이 흐트러져 있었다. 대부분 바다와 산을 찍은 건데 그 중 한 사진에 눈길이 멈췄다. 얼굴에만 초점을 맞춘 제희였는데 다른 사진에 비해 커서 증명사진을 확대해놓은 것 같았다. 사진 속 제희는 표정이 굳어 있었고 움푹한 눈매에 가늠할 수 없는 슬픔이 어려 있어 보는 사람이 괜히 울적해졌다. 마침 인하도 식당으로 가려다가 옆으로 왔다.

어, 제희 씨네? 사진이 왜 이렇게 커요?

인하는 제희가 찍힌 사진을 보곤 윤에게 말했다.

어디에 걸어둘 거래.

잘 나왔네. 근데 뭘 이렇게 정색하고 찍은 거야?

글쎄, 나도 찍을 땐 몰랐는데 좀 그러네. 무슨 영정사진도 아니고……. 아이고, 고단하다. 밥 먹고 일찌감치 쉬어야겠네. 저녁 메뉴는 뭔가?

윤이 못할 말을 한 것처럼 화제를 바꾸며 얼버무렸다. 다른 사진과

분류해놓은 제희의 사진 위로 창을 통해 들어오는 저녁 햇살이 텁텁하게 덮였다. 얼굴이 표백되듯 부옇게 흐려졌다.

제희는 그날 저녁에도 다음날 아침에도 식당에 나타나지 않았다. 다음날 점심 때가 되어서야 나타나선 밥을 몇 숟가락 뜨는 둥 마는 둥 하더니 퇴식대에 밥그릇을 그대로 내놓고 말았다. 평소에도 그가 제대로 식사를 하는 걸 보지 못했다. 하루에 한두 끼 먹는 것도 고작 서너 숟가락이면 끝날 양이었다.

식사 후에는 커피 애호가인 정이 커피를 마시자며 입주자들을 자신의 방으로 불렀다. 들어선 방에선 방금 갈은 원두향 냄새가 진하게 퍼졌다. 커피를 마신 뒤에 제희와 인하는 무슨 얘기를 하더니 정에게 잘 마셨다는 인사를 하곤 다른 사람들보다 먼저 방을 나갔다. 잠시 후에 인하가 은성의 휴대전화에다 참새방앗간에 같이 가자는 문자를 남겼다. 은성은 작품 스케치를 할 예정이어서 가지 않겠다고 했다.

은성은 오후가 한참 이울도록 스케치에 매달리다 잠깐 쉬면서 작품에 넣을 시구를 찾아보던 중이었다. 인하에게서 전화가 왔다. 제희가 술이 취했으니 차를 갖고 와서 데리고 가달라고 했다. 은성이 참새방앗간에 들어서니 탁자에 술병이 여러 개나 있었다. 제희 혼자 거의 마셨다고 했다.

셋은 가게를 나와 터널로 들어섰다. 중간쯤 왔을 때 걸음을 멈춘 제희가 갑자기 소리를 버럭버럭 질렀다. 어디로 빠져나가지 못하는 거친 소리에 내부가 와랑, 와랑 울렸다. 그리고 은성과 인하를 뒤로 하고 잿빛 벽을 보고 선 제희의 등이 많이 흔들렸다. 얼마 지나서 몸을 돌린 그의 눈가에 물기가 어려 있었다.

제희는 저녁을 먹으러 식당에 오지 않았다. 은성은 낮에 터널에서 그의 행동에 마음이 쓰였다. 방으로 올라와 제희에게 몇 번의 전화와 인터폰을 했으나 받지 않았다. 방에 불이 켜져 있나 해서 건물 밖으로 나와 창을 올려다봤지만 깜깜했다. 아홉 시가 넘어 다시 전화를 했을 때는 전화기가 아예 꺼져 있었다.

은성은 제희의 방으로 갔다. 몇 번 노크를 해도 기척이 없어 무작정 방문을 열었다. 방안의 어둠이 눈앞에 다가들었고 훅, 비린내 같은 게 맡아졌다. 육고기나 생선이 부패하는 것과는 다른, 날것 그대로의 냄새였다. 순간 맥락 없는 불안감이 엄습했다.

신발을 벗는 곳 바로 옆은 화장실인데 문이 열려 있었다. 복도에서 들어오는 불빛에 안이 흐릿하게 비쳐졌고 바닥에 거뭇한 흔적이 점점이 보였다. 화장실 전등 스위치를 눌렀다. 불빛에 내부가 적나라하게 드러났다. 뚜껑이 열려 있는 변기 안이 온통 검붉었다. 바닥 여기저기에도 피가 떨어졌고 피 묻은 휴지뭉치가 있었다.

구체화된 불길함에 은성은 신발도 벗지 못한 채 허둥지둥 방으로 들어서며 방의 전등 스위치도 눌렀다. 침대에 제희가 엎드려 있었는데 바지에도 핏자국이 있었다. 다급해진 은성이 그런 제희의 등을 거칠게 흔들자 그는 끙, 소리를 내며 천천히 몸을 돌렸다. 입과 얼굴과 이불에도 피가 묻어 있었다.

별 거 아니에요.

제희는 침대 머리맡에 있는 티슈 통을 끌어당겨 입가를 닦고는 억지

웃음을 지으며 말했다. 은성의 심장이 급하게 뛰었다. 자신의 육신이 핏덩어리를 쏟아내는 걸 보고 있었을 절망이 짚어졌다. 은성은 제희를 안았다. 가슴에 안긴 머릿결에서 비릿한 피 냄새가 맡아졌다. 제희가 은성의 허리를 힘주어 껴안았다. 그 속에 공포의 숨결이 후둑댔다. 별거 아니라던 말과 달리 그의 입에서 나오는 또 다른 말들이 마디마디 토막났다.

나는…… 살고 싶…… 어요…….

며칠 후 인하가 해안도시로 영화를 보러 가자고 했다. 은성은 제희도 함께 데려갔다. 영화를 보고 근처 식당에서 저녁식사를 했는데 은성은 입맛이 없었다. 며칠째 잠도 설칠 만큼 제희의 방에서 보았던 장면이 꽤 충격이었다. 몇 숟가락 뜨다가 내려놓는 은성을 향해 제희가 볼멘소리를 했다.

그거 먹고 어떻게 살아요?

제희는 은성의 밥그릇을 가져가 조림 국물에 밥을 썩썩 비비더니 은성 앞에 다시 놓았다. 그리고 숟가락으로 비빈 밥을 크게 떠서 그 위에 김치를 얹어 은성의 입에 억지로 넣어주었다. 그 다음엔 두툼한 생선살을 크게 발라 다시 밥 위에 얹어주었다. 그리곤 자신도 식성 좋은 사람마냥 크게 밥을 떠 볼이 미어져라 우걱대며 먹었다. 그걸 본 인하가 뭐야? 하는 표정으로 어깨를 으쓱 추켜올렸다.

식당에서 나온 셋은 밤길을 달려 미진령을 넘어 달빛마을로 돌아왔다. 오는 내내 제희는 쉬지 않고 말했는데 뭔가에 막을 쳐야 할 때처럼 붕 떠 있었다. 운전을 하는 은성은 듣기만 했고 옆에 앉은 인하도 몇 마디 대꾸하더니 이내 말수가 줄었다. 미진령 정상으로 오르는 구간은 경사도가 높았다. 우웅, 차 엔진이 있는 힘을 다해 작동하는데 제희의 혼잣말이 섞여들었다.

지금 꼭 밤 비행기에 있는 것 같네. 이렇게 차를 타고 달렸던 시간들이 나에게도 남아 있게 될까…….

밤이 깊게 내려앉은 고갯길은 적막했다. 저만치 아래에 해안도시의 야경이 꽃불덩어리처럼 어룽댔다. 그와 함께 제희의 방에서 보았던 핏자국 낭자하던 장면이 은성의 가슴에 무겁게 담겨들었다. 시간이 흐른 후 그를 추억한다면 그 장면이 각인으로 떠오를 거라는 생각이 들었다.

10월이 되자 월하리는 벌써 가을 끝자락으로 접어들었다. 은성이 주말에 가족행사가 있어 집에 다니러 갔다가 다시 달빛마을로 왔을 때 제희는 갑자기 떠나고 없었다. 간다는 전화 한 통 없었고 곧 떠날 거라는 내색도 비친 적이 없었기에 당혹스러웠다. 무슨 일인가 해서 제희에게 전화를 했으나 받지 않았다.

입주자들이 그동안 쉬쉬했던 말들을 부려놓았다. 그 말들은 달빛마을에서 일을 도와주는 제희의 친척을 통해서 나왔을 것이다. 제희는 암환자였다. 처음 대장암으로 발병해서 치료가 됐었지만 재발하면서 폐로 전이가 되었다. 그는 가망이 없는 치료에 매달리고 싶지 않아 항암치료도 받지 않았다. 얼마 전부터는 핏덩어리를 배설하며 토했는데 결국 부모가 와서 데려갔다고 했다.

제희가 떠나고 나자 은성에게 상실감이 크게 다가들었다. 같이 지낸 시간이라야 한 달 남짓이건만 마치 깊은 관계였던 사람을 준비도 없이 떠나보낸 안타까움이었다. 일상에서 문득 문득 떠나버린 그가 불거져 나왔다. 같이 걷던 터널을 혼자 터덜터덜 걸어 참새방앗간을 다녀왔고, 캔맥주 두 개를 사서 함께 앉았던 마당의 의자에서 혼자 마시기도 했다.

비어가는 화단가에 내려앉은 잠자리 날개 위로 햇살이 말갛게 비쳐 들었다. 막바지 농작물을 수확하느라 밭에 있는 사람들의 움직임과, 저 멀리 대로를 지나다니는 차량들이 무성영화에서처럼 소리 없이 흘렀다. 어디서나 깊어진 가을날의 고요가 깃들었지만 은성의 마음은 알 수 없는 소란스러움이 짓눌렀다.

며칠 후 오후였다. 은성은 심란한 차에 해안도시로 바다의 일몰 풍경을 찍으러 간다는 윤을 따라나섰다. 그는 방파제가 있는 곳에서 바다의 형상을 카메라에 담았고 은성은 이만치 떨어져서 횟집들이 몰려 있는 항구 쪽을 바라보았다. 예전 제희, 인하와 함께 왔던 때가 떠오르며 뭉클한 그리움이 일었다. 횟집 평상에서 거나해진 얼굴로 왁자하니 떠들거나, 노래방에서 들뛰며 노래를 부르던 모습들이 먼 곳의 바람처럼 흘러들었다.

등대 쪽에 있던 윤이 은성을 불렀다. 가보니 등대 조형물에 사람들이 낙서처럼 쓴 글들이 있었다. 누구와 누구가 언제 왔다갔다는 문구인 걸 보니 대부분 연인들인 것 같았다. 그걸 본 윤이 좋은 때다, 라며 소리내어 웃었다. 은성도 마주 웃어주곤 등대를 돌아 방파제 끝을 향해 혼자 천천히 걷는데 전화가 울렸다. 제희였다.

전화 속 제희의 목소리는 아주 들떠 있었다. 인사도 못하고 떠났다던가, 나중에 다시 또 보자는 어떤 말도 없이 다짜고짜 인터넷에서 은성을 검색했다고 했다. 검색된 은성의 얼굴을 보는 순간 무조건 터미널로 가야겠다는 생각이 들었고 월하리로 오는 차표를 이미 끊었다고 했다. 전화기 너머에서 흘러나오는 제희의 붕 뜬 말소리에 바다 끝의 망망함이 들어찼다. 서편 하늘가에는 곧 사그라질 저녁노을이 물들고 있었다.

은성은 제희가 도착할 때를 맞춰 터미널로 마중을 갔다. 밤 늦은 시각이었다. 차창을 스치는 적막한 산촌의 어둠을 배경으로 제희의 모습이 계속 어른거렸다. 인사도 없이 떠났고 전화도 받지 않았던 그가 왜 온라인 검색을 하면서까지 은성의 얼굴을 보고 싶어했는지, 그리고 이곳으로 오고 있는지에 대해선 깊이 생각하지 않으려 했다. 단순히 함께 지내던 사람의 근황이 궁금해서였을 거라 애써 여겼다.

터미널 광장 한편에 제희가 서 있는 게 보였다. 야구 모자를 쓰고 백팩을 메고 있는 모습이 어둑한 곳에서 거리를 두고 보니 한층 더 얇아져 있었다. 제희는 은성의 차가 앞에 서자 성큼 올라타선, 마치 아침에 본 사람마냥 덤덤하게 씩 웃었다. 그러나 은성의 오른팔을 잠시 잡았다 놓은 손길에는 꽉 차오른 감정이 실려 있었다.

은성은 제희에게 달빛마을로 가자고 했으나 싫다고 했다. 아마도 자신의 병을 알고 있을 그곳 사람들을 보는 게 싫은 것 같았다. 할 수 없이 월하리 근처의 한 민박집 방을 얻었다. 강변에 연한 곳이었다. 제희는 방에 들어서자 뒤따르는 은성을 와락 안았다. 은성의 귓가에 제희의 불규칙한 숨결이 달려들었다. 은성은 그런 제희의 등을 가만가만 쓰다듬었다. 살집이 없어 불거지는 뼈대의 촉감이 손을 타고 흘렀다.

지난 번에 말도 없이 떠나서 많이 후회했어요. 미안해요. 난 내게 남은 시간이 조금만 더 길었으면 좋겠다는 바람이 처절해요. 매일 아침이면 눈을 뜨고, 낮이면 먹고 살아야 할 밥을 벌기 위해 일을 하고, 저녁이면 집으로 돌아오고, 내 부모가 늙어가는 걸 지켜보고, 가슴이 뛰는 여자를 만나 사랑을 하고……. 그런 평범한 일상을 무지 껴안고 싶은데 나에게 주어진 시간은 너무 짧아요.

깊은 산골의 밤은 적막했다. 제희의 말과 함께 어디서 들고양이 우는 소리가 그 적막을 뚫고 들어섰다. 어둠 속 제희에게서 바위틈자락 습한 곳의 비릿한 이끼 냄새와 겨울날 밖에서 묻혀 들어오는 싸한 바람 냄새가 났다.

제희는 은성을 안았던 팔을 풀고 한쪽에 있는 침구에 기대앉았다. 은성은 불을 켰다. 환한 전등 불빛에 드러난 제희의 얼굴은 떠나기 전보다 더 수척했고 쇠잔해 있었다. 침구는 남루했다. 오래 사용해서 낡은 이불깃과 베개는 보풀이 일었고 세탁으로도 지울 수 없는 묵은 때가 절어 있었다. 거기에 기댄 제희의 모습은 생기가 전혀 느껴지지 않았다. 은성은 그런 제희의 옆에 어깨를 겯고 앉았다.

참새방앗간에서 처음 은성 씨 발을 보았을 때 난 정말 황홀했어요. 발톱 위에 피어난 빨간 색이 아주 생동적이었어요. 그건 내가 토하는 거무튀튀한 핏덩어리들과는 다른 채도였어요. 내 핏덩어리들은 음험하게 불길한 거지만 은성 씨 발의 빨간 색은 건강한 생기로 튀어올랐거든요. 그 생기를 느껴보고 싶었어요.

말을 하는 제희의 눈길이 은성의 발에 머물렀다. 그 눈길에 안타까움이 짙었다.

지금…… 만져봐도 될까요?

은성은 대답 없이 제희를 이윽히 바라보았다. 제희가 은성의 발에 손을 갖다댔다. 와닿는 손의 감촉은 별반 온기가 없었으나 빨갛게 칠해진 발톱을 하나하나 쓰다듬는 손길에선, 처음 은성의 발에 손을 얹었을 때처럼 뜨거운 간절함이 퍼졌다. 하지만 제희는 곧 손을 거두었고 은성을 잠깐 쳐다보더니 조용히 웃음을 띠었다. 은성은 지난 번 제희가 그랬듯 그의 손을 가만히 깍지 끼어 잡았다.

시간이 꽤 깊어졌다. 은성은 제희가 누울 수 있도록 이불을 펴주고 아침에 다시 오겠다며 일어섰다. 제희는 은성을 쳐다보거나 잘 가라는 말없이 방바닥만 내려다봤다. 방문을 닫고 신발을 신으려 할 때 제희의 운동화가 눈에 들어왔다. 한쪽이 옆으로 엎어져 있어 바로 해놓는데 울컥 목 걸린 울음이 치밀었다. 민박집 옆의 강에서 찰찰찰 강물 흘러가는 소리가 들렸다. 검은 어둠이 내려앉은 수면에 강변로를 따라 드문드문 서 있는 가등 불빛이 핍진한 흔적처럼 퍼졌다.

다음날 제희는 다시 떠났다. 터미널까지 가는 동안 제희가 크게 틀어놓은 음악에 차 안이 쿵쾅거렸다. 그는 드럼 치는 몸짓으로 몸을 흔들며 목소리 높여 신나게 노래를 불렀다. 하지만 터미널이 가까워지자 노래를 멈추고 운전대를 잡고 있는 은성의 오른손을 천천히 어루만졌다. 손등과 손가락을 꼼꼼하게 하나하나 만졌고, 은성의 오른쪽 옆머리를 귀 뒤로 넘겨주는 손길에 채 누르지 못한 슬픔이 묻어나왔다.

제희는 터미널에서 차가 떠나는 것까지 보려는 은성을 굳이 말렸다. 은성은 터미널을 먼저 빠져나오며 앞으로 그를 보지 못할 거라는 사실이 명확하게 와닿았다. 한동안 그의 무게가 옅어지지 않을 거라는 예감이 짙었다.

은성은 월하리로 들어서서 참새방앗간 쪽으로 곧장 갔다. 주변 산자락은 하루가 다르게 색이 변하며 어째 볼 길 없는 쇠락의 기미가 짙었다. 공터에 차를 세워놓고 가게로 걸어가는 길의 기온은 비 오고 난 뒤끝이라 스산했다. 터널로 들어섰다. 혼자 걷는 터널 안은 쓰리도록 고요했다. 제희와 함께 지날 때 서로의 목소리가 와랑, 와랑 울렸던 기억이 아팠다.

은성은 지난 번 제희가 그랬던 것처럼 벽을 마주하고 섰다. 꽉 막힌 벽을 향해 서서 치미는 울음을 삼켜야 했던 그의 절망이 가슴을 헤집었다. 정해진 고통스러운 죽음을 맞닥뜨려야 했던 그의 공포와 슬픔이 밀려들어 울음이 비어져 나왔다.

은성은 10월 끝자락까지 달빛마을에 머물렀다. 제희와 함께했던 공간에서의 자취가 울컥해서 미어질 때가 많았다. 연못 벤치에 함께 앉아 은성에게 포도송이를 건네며 먹으라던 모습이거나, 전날 마신 술로 속이 쓰려하는 은성을 휴게실로 불러내 끓인 컵라면을 건네주던 모습이거나, 은성이 국물을 마실 때 머리칼이 빠질까봐 귀 뒤로 넘겨주던 손길이 아리게 떠올랐다.

제희에게 전화를 걸었으나 또 받지 않았다. 그 뒤로 다시 전화를 걸었더니 아예 없는 번호라는 안내말이 흘러나왔다. 제희가 먼저 연락을 하기 전까진 그에 대해 아무것도 알 수 없었다. 달빛마을을 떠나오던 전날에는 산책을 하다 제희의 친척을 봤을 때 제희의 근황을 물어볼까

하다 그만두었다. 안다고 한들 처음 만나서부터 헤어지기까지의 관계에서 어떤 의미가 주입될 명분이 없어서였다. 그저 한 공간에서 잠시 머물렀던 관계로만 여겨야 한다고 생각했다.

가을이 끝날 무렵 달빛마을에서 함께 지내던 대부분의 사람들은 그곳을 떠났다. 은성은 인하와는 가끔 전화 연락을 했다. 그럴 때 어쩌다 제희를 화제에 올렸어도 이내 각자 살아가는 생활반경에 묻히고 말았다. 은성에겐 의도적인 잊힘이었다. 매 시간 흘러가는 현실 속에서 스쳐간 존재는 희미해져야 했다. 그가 문득 떠올려지거나 죽음이라는 단어를 접하면 아린 슬픔이 후비고 들었지만 그마저도 옅어져야 했다. 달빛마을에서 그를 만났다는 사실마저 기억에서 빼놓은 듯 상기하지 않으려 했다. 그 시간들이 은성과 제희 사이에서 흐릿한 불빛처럼 가없이 흘러가버렸다

은성은 자신의 맨발을 내려다본다. 가을이 깊어질 어름에 칠한 패티큐어는 신경을 쓰지 않고 두었더니 점점이 벗겨져서 흔적만 조금 남아 있다. 남루하다. 리무버로 깔끔히 지워버려야겠다는 생각을 한다. 눈이 덮인 동쪽 산등성이에선 동트는 해머리의 기척이 비치느라 불그스레한 기가 퍼진다. 곧 해가 뜨면 산자락을 성글게 덮었던 잠시의 눈은 자취 없이 녹을 테고, 모든 것은 다시 당연한 제 모습이 될 것이다.

그러나 명료하게 구체화할 수 없는 어떤 아픈 감정 자락이 한순간 파고들었을 때의 먹먹함이 사무친다. 정연하게 제시할 기억은 없는데, 그 감정의 흔적만 돌올하게 남은 것처럼 깊은 속을 소용돌이치며 휘돈다.

툭! 툭! 은성의 눈에서 굵은 눈물이 떨어진다.

가족이라는 타자와 그 너머

— 이서진 소설에 대해

오홍진/ 문학평론가

(근대)소설은 사람과 사람의 관계를 다룬다. 사람과 사람이 맺는 관계를 이야기 삼아 작가는 우리가 지향해야 할 어떤 세계를 제시한다. 사람들이 모여 사건이 일어나고, 그 사건이 사람들을 또 다른 관계 속으로 밀어넣는다. 소설은 이리 보면 수많은 사람들이 그려내는 삶의 광장이라고 할 수 있다. 소설이라는 광장을 끊임없이 오고가며 사람들은 그곳에서 상처를 입고 상처를 치유한다. 소설에서 표현되는 상처는 달리 말하면 욕망의 결핍과 다르지 않다. 무언가를 욕망하는 사람들은 무엇보다 이 상처에서 자유로울 수 없다. 깨달음을 얻으려는 사람들이 왜 욕망을 내려놓는 일에 매진하겠는가? 욕망이 사람들을 갈등 상황으로 몰아붙인다. 이서진 소설에서 이 욕망은 무엇으로 표현되고 있을까? 그는 소설이라는 광장에 가족을 불러낸다. 가족은 정확히 말하면 가부장제를 가리킨다. 가부장제에서 여성은 주체가 될 수 없다. 가부장제

는 남성이라는 주체가 여성이라는 타자를 대상화할 때 발생한다.

「해당화 피고 지는」이라는 작품을 먼저 보도록 하자. 새벽녘 윤재 어머니가 사망했다는 소식을 주인공 우현이 들으면서 이야기는 시작된다. 자살이다. 장례식장에서 우현은 윤재 어머니의 자살이 자식들 사이에서 벌어진 살인 사건과 이어져 있음을 알게 된다. 윤수가 형 윤재를 죽이고 7억 원의 보험을 챙겼다는 것이다. 윤재 아내도 이 사건과 무관하지 않을 거라고 장례식장에 모인 사람들은 떠벌인다. 우현에게 윤재 어머니는 특별한 인물이다. 당숙이 혼례를 올리는 날, 새색시로 처음 만난 여자 곁에 있으려고 발버둥을 치던 걸 그는 뚜렷이 기억한다. 어른들이 억지로 떼어놓자 아이는 울음을 터뜨렸고 아름다운 신부의 얼굴에 안쓰러움이 어렸다. 당숙과 윤재 어머니는 한동네 사람으로 만나 서로 애틋한 마음을 품었다. 윤재 어머니는 당숙을 사랑하듯 당숙이 살던 집 마당을 환하게 물들인 해당화를 좋아했다.

얼마 후 당숙은 아들 윤재를 얻었다. 이때부터 마을에 이상한 소문이 돌았다. 윤재가 7달 만에 태어난 게 문제였다. 칠삭둥이도 있다는 말로 가족들은 이 문제를 눙쳤지만, 흉한 소문은 언제나 말을 타고 빠르게 번지게 마련이다. 그러나 마을사람들이 무슨 말을 하든 당숙은 무덤덤했다. 당사자가 별다른 반응을 보이지 않자 소문도 자연스레 덮였다. 그러다가 윤재가 두 살 되는 해 일이 터졌다. 짙은 바다안개로 앞이 안 보이는 날 당숙이 조업을 나갔다가 어로 한계선을 넘어 그만 북측에 나포된 것이다. 일 년 후 정부 협상으로 당숙만 빼고 다른 사람은 모두 돌아왔다. 할아버지와 당숙모가 만사를 제쳐놓고 관계 부서를 찾아다녔지만 당숙은 끝내 고향으로 돌아오지 못했다. 당숙은 돌아오지 못한 것일까? 아니면 돌아오지 않은 것일까? 윤재 어머니의 비극은 실상 당숙이 돌아오지 않은(못한) 이 시점에서 비롯되는 셈이다.

이 년 후 윤재 어머니는 당숙 친구와 결혼해 윤수를 낳는다. 윤수가 우현에게 보낸 이메일에 나타나는 대로, 윤수 아버지는 평소 짝사랑하던 여자가 다른 남자와 정혼한 게 화가 나 그녀를 강제로 범하고는 이내 고향을 떠난다. 결혼식을 코앞에 두고 그녀는 윤재를 임신한 사실을 알게 된다. 윤재가 일곱 달 만에 당숙 아들로 태어난 이유이다. 일 년 만에 고향으로 돌아온 윤수 아버지는 동네에 떠도는 소문을 들었을 것이다. 당숙이 사라지고 이 년 후 윤수 아버지는 짝사랑하던 여인을 아내로 맞아들였지만, 가혹할 정도로 그녀를 괴롭히기만 했다. 그는 윤수가 자기 아들인지 의심했고 윤수 아버지는 윤재만 자기 아들로 인정했다. 술만 먹으면 아내를 때렸고, 윤수를 때렸다. 윤수는 여섯 살 무렵 윤재 공책에 낙서를 했다는 이유로 아버지에게 가혹하게 맞은 적이 있다. 아버지는 윤수 손발을 묶고 입에 재갈까지 물린 채 가죽 허리띠로 아이를 때렸다. 아버지는 왜 아내와 윤수를 이리 가혹하게 다루었을까? 당숙을 향한 열패감 때문이었을까? 다른 남자를 사랑한 여인을 향한 복수심이었을까?

철이 들어 내막을 알게 된 우리 형제는 아버지를 향한 증오에다 어머니에 대한 환멸까지 껴안았습니다. 어머니가 설 자리는 어디에도 없었습니다. 가족에게 배척을 당하는 어머니의 눈은 허방을 딛고 선 듯 아득했습니다. 잔인한 폭력을 가하는 아버지와 속수무책으로 휘둘리는 어머니를 보면서 주체할 수 없는 분노가 치밀 때마다 저는 고래고래 악을 썼습니다.

씨팔! 내가 엄마라면 벌써 죽었을 거야! 왜 그렇게 사는 거냐고? 그 따위 대접을 받으면서 구질구질하게 살고 싶어?

그렇게 악다구니를 칠 때, 형은 바지 주머니에 두 손을 찌른 채 방관자가 되어 쳐다보기만 했습니다. 무섭도록 무심한 표정을 짓고서 말입니다.

형과 저는 같은 아비, 어미를 부모로 두었음에도 많이 달랐습니다. 저마다 증오의 불덩어리를 안고 살았지만 해소 방법은 달랐습니다. 미련하게 왁왁대며 소진시킨 나와는 달리 형은 얼음장처럼 차갑게 자신을 안으로 가뒀습니다. 바깥 세계에 냉담한 채 안으로 웅크렸죠. 형에게는 공부가 전부인 것처럼 보였지만 저는 압니다. 왜 형이 그토록 공부에 매달렸는지. 언젠가 형이 음울하게 중얼거리는 걸 들었습니다.

벗어나고 싶어!

간결하고 싸늘한 한마디일 뿐이었는데, 그 한마디가 뿜어내는 파장이 왜 그리도 소름끼치던지요.

—「해당화 피고 지는」 중에서

피를 나눴다고 가족이 되는 건 아니다. 윤수 아버지는 아내를 의심한다. 아내는 남편의 무자비한 폭력에 대응하지 못하고 당하기만 한다. 아들들이라고 다를까? 아버지가 감싸고도는 윤재조차 아버지를 향한 증오심에 불타고 있다. 아버지에게 끔찍한 폭행을 당한 윤수야 말해 무엇할까? 인용문에 드러나는바, 아들들은 아버지에게 매를 맞는 어미를 보호하지 않는다. 이렇게까지 구질구질하게 사는 이유가 무엇이냐고 묻기까지 한다. 윤재 어머니가 이토록 구질구질한 삶을 이은 이유는 무엇일까? 어머니는 가끔 윤수 앞에서 시집 오던 날의 이야기를 했다. 코흘리개 어린아이였던 우현이 잡아준 고사리손의 말랑한 온기를 얘기하는 어머니 얼굴에는 충만감이 어렸다고 윤수는 기억한다. 윤수는 그때 어머니의 충만감을 생사를 알 수 없는 누군가를 향한 아픈 그리움으로 풀이한다. 누군가에 의해 뒤틀려버린 인생에 대한 회한이라고 표현하면 어떨까.

윤재와 윤수는 아버지를 증오하는 한편으로 어머니를 환멸한다. 물론 어머니를 환멸하는 마음의 밑자리에는 연민이 숨어 있다. 아들들은 왜 피해자일 수 있는 어머니를 그리 환멸하는 것일까? 윤재가 고등학교 3학이었을 때, 술에 취해 집에 들어온 아버지가 밥을 빨리 안 준다며 어머니를 다짜고짜 번쩍 들어 마당에 내던진 적이 있다. 그 때문에 해당화 덤불 속에 고꾸라져 운신도 못하는 어머니를 아버지는 또 발로 찼다. 윤수가 말리자 아버지는 윤수에게도 사정없이 주먹질을 하고는 집 밖으로 나가버렸다. 비가 많이 내린 날이었다. 방에서 나온 윤재가 아버지 뒤를 따라 대문을 나섰다. 윤재는 밤이 깊어서야 비에 흠뻑 젖어 집으로 돌아왔다. 이틀 뒤에 아버지는 시체가 되어 부두 연안으로 돌아왔다. 사정을 모르는 사람들은 아버지가 바다에 빠져 죽은 것으로 생각했다. 윤수는 이메일에 "남아 있는 우리는, 어머니와 형과 나는 공모자이지 않았을까요?"라고 쓴다. 잔인한 폭력을 행사하는 아버지는 사라졌지만 가족들은 여전히 스스로가 만든 빈 고치에 갇혀 오래도록 음습한 시간을 보내야 했다. 어머니가 자기 삶을 선택하지 못한 것처럼, 윤재와 윤수 또한 스스로 선택하지 못한 삶을 살았다. 가족이라는 족쇄가 세 사람을 모두 마음의 지옥 속에 빠뜨려버린 셈이다.

비극은 여기서 끝나지 않는다. 의대를 나와 병원을 개원한 윤재는 곧바로 경영난에 허덕인다. 술을 많이 마셔 수전증까지 생긴 외과의사에게 누가 치료를 받겠는가? 아버지가 죽고, 어머니와는 거의 관계를 끊다시피 했는데도 윤재의 인생은 여전히 어둠 속을 헤맨다. 어느 날 윤재가 윤수에게 자기를 죽여줄 수 있겠느냐고 묻는다. 남은 가족(윤수에게는 형수와 조카)에게 보험금을 남기기 위해서이다. 윤재는 망설이는 윤수에게 "난…… 난 이제 편하고 싶어. 너무 힘……들어……"라고 말한다. 형은 죽었고 가족들은 보험금을 수령했다. 7년이 지나 윤수는 경찰에 자수했으나 공소시효 만기로 풀려났다. 동생이 형을 죽인 사실을 알고 윤재 어머니는 농약을 마시고 자살했다. 경찰서에서 나온 윤수 또한 어머니가 묻힌 무덤가에서 자살했다. 한 여인에 얽힌 사람들이 모두 죽었다. 죽음으로 그들은 고통스런 이 삶으로부터 벗어났을까?

이서진 작가는 이 소설에서 서로가 서로에게 지옥이 된 가족을 이야기한다. 피를 나눈 사람들이 그리는 이 지옥도를 우리는 어떻게 생각하면 좋을까? 정황상 당숙은 스스로 윤재 어머니를 떠났다. 사랑하는 여자가 다른 남자의 아들을 낳은 게 이유라면 이유겠다. 윤수 아버지는 짝사랑하던 윤재 어머니를 신부로 맞았지만 제대로 된 가정을 꾸리지는 못했다. 다른 남자와 결혼한 여자를 불결하게 여긴 것일까? 당숙과 윤수 아버지에게 윤재 어머니는 어떤 존재였을까? 작가는 단편 「푸른 달의 꿈」에서 사랑은 "미혹과 매혹"을 동시에 지니고 있다고 말한다. 당숙과 윤수 아버지는 분명 윤재 어머니에게 매혹을 느껴 사랑에 빠졌을 것이다. 이들을 사랑에 빠뜨린 매혹은 언제부터 미혹으로 바뀌어버린 것일까? 윤재 어머니의 혼인 날짜가 정해지자 윤수 아버지는 그녀를 겁탈했다. 그는 겁탈이라는 수단으로 사랑하는 여자를 소유하려고 한 것일까? 윤재 어머니가 사랑한 당숙은 어떤가. 윤재가 자기 자식이 아니라는 걸 안 순간 그는 매혹에서 미혹으로 빠져들지 않았을까? 그 미혹을 사랑으로 착각하고 그들은 윤재 어머니를 대한 것은 아니었을까?

가부장제는 항상 여성을 대상화한다. 남성 입장에서 여성을 해석하고 의미를 부여한다. 가부장제에서 여성은 왜 존재하는가? 자식을 낳아 대代를 잇기 위해서이다. 가문은 남자에서 남자로 이어진다. 남자아이를 낳지 못하면 씨받이를 들이던 풍습(실제로는 악습)을 생각해보라. 가부장제는 가문을 위해 남자아이를 낳은 여자만을 사람으로 인정한다. 피가 섞인 가부장제의 가족은 이처럼 태생부터 배타적이다. 윤재 어머니를 사이에 둔 두 사내의 상황은 이러한 가부장제 논리가 아니면 이해하기 어렵다. 두 남자 때문에 고통을 겪은 어머니를 환멸하는 아들들의 마음 역시 가부장제 구조에 그 뿌리를 둔다. 아들들이 원하는 어머니상에서 윤재 어머니는 얼마나 먼 거리에 있는가?

윤재 어머니가 가부장제 사회에서 겪는 비극은 오늘날 '미혼모'라는 문제로 반복된다. 미혼모 문제는 혼인하지 않은 여자가 아이를 낳을 때 발생한다. 미혼모가 낳은 아이를 한국 사회는 환영하지 않는다. 인구 절벽을 걱정하는 나라가 여전히 고아들을 외국으로 수출(?)하는 상황을 우리는 어떻게 이해해야 할까? 가부장제 사회에서 아버지가 없는 아이는 고아와 다르지 않다. 아버지가 있어야 사회적으로 인정받을 수 있다. 미혼모는 문제로 삼아도 미혼부는 문제 삼지 않는 이유가 여기에 있다. 남자가 받아들인 아이는 가부장제 사회에 안착할 가능성이 높다. 미혼모가 낳은 아이를 배척하는 사회 분위기는 무엇보다 가부장제에 익숙한 사람들의 통념에서 비롯된다고 봐야 하는 것이다.

이서진 작가는 「낯선 틈」이라는 소설에서 미혼모 문제를 구체적으로 제기한다. 민속촌 고택에서 엄마에게 버림을 받은 필립은 프랑스 사람이 되어 '모국방문연수'를 온다. 모국의 문화와 언어를 배우는 일정이다. 그는 프랑스로 가기 전 육중한 대문이 있는 부잣집으로 입양을 갔다. 여자는 온화한 말투로 아이를 대했지만, 그녀가 아이를 입양한 이유는 따로 있었다. 큰아들은 죽고 작은아들이 남았는데, 작은아들은 형이 사고로 죽는 장면을 목격했다. 아들은 충격으로 이상증세를 보였고, 아들을 걱정한 부모들이 죽은 형과 나이, 생김새, 체형이 비슷한 아이를 일시로 입양한 것이다. 가족에 드리워진 배타성이 다시금 드러나는 대목이다. 만들어진 형을 만난 아이는 건강을 회복하고 아이를 파양하는 절차가 이루어진다. 부부는 아이를 아들로 인정하지 않았다. 아들이라니, 피를 나눈 아이가 있는데 어떻게 근본도 모르는 아이를 집안에 들인단 말인가?

"미혼모가 발생하는 건, 남녀가 서로 사귀다 임신 사실을 알게 되면 남자 쪽에서 아예 연락을 끊어버리거나 강간을 당해서라고 해. 남자의 성적 쾌락의 방종, 무책임에서 비롯된 가해로 한 사람의 인생이 혹독하게 저당 잡히는 폐해는, 억울하게도 전적으로 피해자인 여자의 몫인 거야. 낙태를 한다 해도 한국의 형법은 낙태를 범죄로 규정하고 있어서 임부 당사자와 해당 의사에게 징역형과 벌금이 부과되고 있어. 하지만 상대 남자의 동의가 있으면 합법 낙태가 가능하다는 거야. 강간이나 친족, 인척에게 당했을 경우에도 해당되지만 성폭행을 증명할 수 있어야 한대. 법원에서 그에 대한 사실 여부를 가리는 기간이 1년을 넘기는 경우도 있다는데 이미 시기를 놓친 상태에서 그게 무슨 해결 방안이 되겠어. 그처럼 현행 법리는 주체인 여성에게 인간 존엄의 자기결정권은 주지 않으면서 결국 모든 책임은 피해자인 여자에게만 전가하고 있는 거야. 국가와 가해자인 남자의 책임은 배제되는 거지. 아휴……."

—「낯선 틈」 중에서

다섯 살에 버려진 필립은 엄마를 어렴풋이 기억한다. 금방이라도 지붕이 내려앉을 듯하던 곳에서 그는 엄마와 둘이 살았다. 생활비를 벌러 나간 엄마를 기다리며 아이는 혼자 지냈다. 해가 거의 들지 않는 방안에서 아이는 국에 말아놓아 팅팅 불어터진 식은밥으로 끼니를 때웠다. 밤이 늦어서야 돌아온 엄마는 아이를 쥐어박았다. 스물을 갓 넘긴 어린 여자였다. 아이 아버지가 떠난 상황에서 아이를 얼마나 짐스러워했을까? 모성이라는 말로 이 여자를 비판할 생각은 하지 말라. 아버지가 배제된 모성은 가부장제의 발명품일 뿐이다. 도대체 부성을 상정하지 않은 모성을 이야기하는 것 자체가 웃기지 않은가? 미혼모가 있으면 미혼부도 있어야 한다. 부모가 있어야 아이가 생긴다는 말이다. 하지만 한국 사회는 모든 걸 미혼모의 책임으로 미룬다. 작가의 말처럼 "여성에게 인간 존엄의 자기결정권을 주지" 않는다. 한국 사회를 지탱하는 힘은 가부장제에서 나오기 때문이다. 여성에게 자기결정권을 주면 가부장제는 아래로부터 무너져 내린다.

가부장제 가족이라는 맥락에서 보면 여성은 타자가 될 수밖에 없다. 여성이라는 타자는 가부장제 주체를 통해서만 인정을 받을 수 있다. 가부장제 주체는 당연히 남성이다. 프랑스 사람이 되어 고국에 돌아온 필립은 여전히 육중한 대문 안에서 느낀 불안정한 감정에서 놓여나지 못한다. "함께 섞여야 할 곳에 온전히 스밀 수 없는 헐거움이 쓸쓸하다"는 필립의 마음이 새삼 마음에 와닿는다. 작가는 공동空洞과 공허空虛라는 말로 이 상황을 표현한다. 필립은 왜 한국에 온 것일까. "그 미련은 혈연이라는 끈끈한 핏줄 의식 때문은 아니다. 절절한 그리움도 아니다"라고 말한다. 그는 다만 아홉 살 어린아이가 어째서 먼 이국으로 가야 했는지 알고 싶을 뿐이다.

이서진 소설에는 가족(특히 엄마)을 향한 그리움에 젖은 인물들이 많이 등장한다. 작가는 매혹과 미혹 사이에 사랑을 배치하듯, 그리움과 증오 사이에 가족을 배치한다. 가족이 없으면 가족이 그립다. 「푸른 달의 꿈」에 등장하는 경준은 성인이 되어서도 정신장애를 겪다가 죽은 어머니를 잊지 못한다. 그는 어머니를 유난히 검고 풍성한 머리카락으로 기억한다. 문제는 그가 어머니에 대한 이 그리움으로 다른 여성을 대한다는 점이다. 그는 어린 날의 어머니와 같은 긴 머리카락을 지닌 여자를 보면 사랑을 느낀다. 정확히 말하면 사랑이 아니라 집착이다. 이 년 전에 만난 여자는 경준에게 자기한테서 뭘 찾고 싶은 거냐고 묻는다. 경준은 어머니에 대한 미혹을 여자들에 대한 매혹으로 채우려 한다. 정신적인 근친상간이다. 차를 몰며 여자와 통화하던 경준이 사고를 당하는 장면으로 작가는 이 소설을 끝낸다. 작가는 가족의 바깥에서 가부장제를 넘어서는 길을 엿본다.

「빨간눈이새」에서 작가는 가족의 바깥에서 펼쳐지는 새로운 가족 이야기를 선보인다. 제목인 '빨간눈이새'는 심술 맞은 시어머니에게 쫓겨나 얼어 죽은 며느리를 가리킨다. 이 소설의 주인공 연후는 어린 시절 아픈 엄마대신 자신을 챙겨주던 여자에게 이 이야기를 들었다. 여자는 이야기를 들려주며 울먹거렸다. 이야기 속의 며느리는 후처로 들어가 전처 자식을 정성 들여 키웠지만 시어머니는 그런 며느리를 인정하지 않았다. 시어머니가 며느리의 어떤 점을 싫어했는지는 이야기에 나와 있지 않다. 하긴 그게 나온다고 해서 무엇이 달라질까. 중요한 것은 며느리 마음에 맺힌 한이다. 며느리는 집안에 두고 나온 아기가 보고 싶어 펑펑 울다가 눈이 빨간 새가 된다. '빨간눈이새'는 자식을 그리워하는 어미의 마음을 상징하고 있는 셈이다.

연후는 아버지 49재가 있는 날, 수소문 끝에 자신을 찾아온 여자를 다시 만난다. 두 여자는 삼십 년이라는 세월을 건너뛰어 만난다. 그 시간 동안 그들에게는 무슨 일이 일어났을까.

여자 이름은 청화다. 서울옥이라는 술집에서 일을 했다. 연후는 열두 살 때 그녀를 처음 만났다. 연후는 어부인 아버지를 돕다 보니 또래 아이들과는 다른 삶을 살았다. "겨울이면 어린 연후는 엄마 대신 매서운 바람 몰아치는 부두에서 곱은 손을 불어가며 그물을 추렸다. 저녁에는 차가운 물에 맨손을 담그고 생선을 손질했다. 엄마가 해주는 밥을 먹고 따뜻한 아랫목에서 배를 깔고 책을 보는 친구들이 부러웠다. 더운 여름이면 친구들은 시원한 바다에서 수영을 즐겼지만 연후는 땡볕 아래에서 아버지 일을 도왔다. 친구들 손은 마디 없이 가늘고 깨끗했지만 연후의 손은 거칠었고 흠집이 많았다." 엄마 손을 타지 못한 아이와 어린 날의 어미가 그리운 여자가 만나 인연을 맺었다. 병치레를 하던 엄마가 죽은 후에도 여자는 연후 곁에 머물렀다. 여자는 어머니라고 불러도 무방한 이였던 셈이다.

삼십 년 만에 만난 사람들이 더불어 살던 그 시절을 이야기한다. 연후네 집안에 드리워진 비극을 하나하나 서술하면서 작가는 사람과 사람이 만나 이루는 가족의 의미를 되묻는다. 연후는 아홉 살 때 오빠를 잃었다. 오빠는 방파제 주변에서 홍합이며 고둥을 따다가 물에 빠진 동생을 구하고 죽었다. 병약했던 어머니는 오빠가 죽은 충격에 아예 맥을 놓고 앓다가 숨을 놓았다. 연후는 아버지를 볼 때마다 어머니와 오빠를 떠올렸다. 시간이 흘러도 죄의식은 쉽게 사라지지 않았다. 집안의 비극은 연후와 쌍둥이로 태어난 동생 연철에게도 이어졌다. 1980년, 전라도 광주에서 난리가 났다는 흉흉한 소문이 나도는 와중에 연철의 학교 선배인 민형이 연후네 집을 찾아왔다. 입대하기 전에 잠시 다니러 왔다고 했다. 운동권 활동을 하다가 잡힌 친구가 민형을 얘기했다는 말이 들려왔다. 아버지는 일단 민형을 창고로 쓰는 곳에 숨겼다. 빗줄기가 세차게 내리던 날, 연철은 민형이 걱정되어 창고로 갔다. 집 주변을 감시하던 형사들이 창고로 들이닥치자 둘은 엉겁결에 바닷가로 도망쳤다. 다음 날 연철과 민형은 등대 밑 외진 바닷가에서 죽은 채 발견되었다. 추락사였다.

이후 연후는 결혼해서 아들을 하나 낳았다. 어느 일요일, 남편이 아이를 데리고 놀이터로 나갔다. 아이가 그네를 타며 노는 사이 남편은 담배를 사기 위해 잠깐 아이 곁을 떠났다. 그네 곁으로 다른 아이들이 모여들었다. 어떤 아이는 그네를 밀었고 어떤 아이는 그네를 당겼다. 그네가 팽그르르 돌며 순식간에 고리 모양의 쇠줄이 꽈배기처럼 꽈지며 아들의 목을 졸랐다. 병원으로 옮겼지만 아들은 끝내 깨어나지 못했다. 연후는 네 살배기 아들을 챙기며 하루하루를 보냈다. 환상이었다. 죽은 아들이 눈앞을 맴돌았다. 아침이면 출근을 하고 주말이면 산행을 하는 남편을 연후는 이해하지 못했다. 남편을 원망하는 마음이 깊어졌다. 한 해가 지난 어느 봄밤, 연후는 잠결에 뭔가가 거칠게 들썩거리는 소리를 들었다. 눈을 뜨자 등을 돌린 채 소리 죽여 울고 있는 남편이 보였다. 얼마 후 연후는 이혼했다. 아버지를 닮은 또 다른 거울을 보고 싶지 않다는 게 이유였다.

이제 아버지도 다른 세상으로 떠났고 연후만 홀로 남았다. 죽음으로 점철된 가족사의 비극을 가슴에 품고 연후는 어떻게 살아가게 될까? 작가는 연후 곁으로 다시 청화를 불러들인다. 삼십 년 전 연후의 엄마 역할을 했던 여자다. 아내와 자식을 잃고 설움에 빠진 삶을 살던 아버지를 위로해주었고 죄의식에 젖어 있던 연후를 보살폈다. 가족의 바깥에 있으면서도 가족이 줄 수 있는 위안을 준 여자. 전쟁통에 부모를 잃은 그녀는 길을 헤매다가 열세 살까지 같이 산 양어머니를 만난다. 양어머니는 소리꾼이었지만 소리로는 먹고 살 수 없어 술집에서 술도 팔고 몸도 팔았다. 청화는 양어머니와 보낸 시절을 사무치게 그리워한다. 양어머니가 죽자 그녀는 여기저기 팔려다니는 신세가 되었다. 그러다가 연후와 연후 아버지를 만나게 됐다.

이서진 작가는 청화는 알지만 연후는 모르는 이야기 하나를 소설 말미에서 풀어낸다. 연철과 함께 경찰에게 쫓기다 죽은 민형과 연관된 이야기다. 민형과 연후는 사랑하는 사이였다. 연철과 민형이 죽은 해 가을, 연후 몸에서 뜻하지 않은 징후가 나타나기 시작했다. 임신이었다. 혼자서 감당해야 하는 상황이 두려웠지만 연후는 아이를 낳기로 결심했다. 불러오는 배를 복대로 조이며 아버지 눈을 피했지만 임신 사실을 들키고 말았다. 아버지는 청화에게 도움을 청했다. 아비 없는 아이를 낳고 미혼모로 사는 삶이 얼마나 가혹한지 아버지는 잘 알고 있다. 딸이 낳은 아기를 아버지는 청화에게 맡겼다. 밭을 팔아 장만한 돈도 주었다. 청화는 그 길로 마을을 떠났고 아버지와 딸은 그 일을 마음에 묻어버렸다. 청화는 알고 연후는 모르는 일은, 연후가 그때 낳은 아들이 살아 있다는 사실이다. 무덤 속까지 가져가야 할 비밀을 청화가 연후에게 밝히는 이유는 무엇일까?

"어제 말했쟈? 아들이 하나 있다고. 야가 바로 니 아다. 니가 낳은 아를 그동안 내가 키웠든 기라. 원래 느 아배는 내가 낳은 걸로 해서 고아원에 갖다주라 안 했나. 첨엔 그럴라 했제. 그런데 참말로 뭔 조화 속인지 어매 품에 한번 안겨보지도 못한 핏덩이가 어찌나 가슴 아프던지. 아배는 고사하고 영영 제 어매를 떨어져야 하는 어린 것이 너무 안쓰럽더라. 그래 내 고아원 앞까지 갔다가 도저히 두고 올 수 없어 다시 안고 나왔구마. 한편으론 내사 욕심도 있었다. 양어매가 나를 키웠던 것처럼, 모녀가 오롯이 행복했던 그때처럼 그렇게 살아보고 싶었든 기라. 또 가가 느 아배한텐 손주 아닌가배. 핏줄 아이드나. 그래 내사마 안 되는 줄 알면서도 니 아배 생각하면서 키우고 싶었다. 미안타. 내 입이 열이라도 할 말 없구마. 남의 자식 빼돌린 년이 무슨 할 말이 있겠노. 니가 조치하는 대로 달게 받을 기라. 그래도 내 이것만은 변함이 없다. 내한텐 니 아배나, 니나, 니 자식이나 품에서 보듬어줘야 할 여리고 불쌍한 새 같았는 기라."

—「빨간눈이새」 중에서

청화는 연후가 낳은 아들을 길렀다. 고아원 앞까지 갔지만 품에 안긴 아기를 그곳에 맡길 수 없었다. 청화는 양어머니와 살던 시절을 생각한다. 양어머니는 친엄마 이상으로 자기를 대해주었다. 핏줄로 맺은 가족이란 게 무언가? 전쟁통에 부모를 잃은 아이는 양어머니를 만나 새로운 가족을 이루었다. 핏줄로 이어진 가족이란 결국 가부장제가 낳은 제도일 뿐이다. 모권이 지배하는 고대사회에서는 여자가 아이를 낳으면 사회가 길렀다고 하지 않는가. 핏줄은 순혈純血을 중시한다. 다른 남자의 아들이 아니라 바로 내 아들이어야 한다. 다른 남자의 아들보다 더 큰 성공을 내 아들은 해야 한다. 가부장제는 아이들을 사회 속에서 더불어 사는 사람들로 만들지 않는다. 가문을 위해, 아버지를 위해 아들은 가부장제에서 권력을 얻어야 한다. 청화는 어찌 보면 이런 가부장제 논리로부터 자유롭다. "여리고 불쌍한 새"를 향한 청화의 마음을 가부장제가 만든 '모성'으로 해석할 필요는 없다. 그녀는 핏줄을 가문의식으로 생각하지 않는다. 그녀에게 핏줄은 자식을 낳고 기른 어머니에게서 나오는 마음일 뿐이다.

이서진 작가는 이 소설 곳곳에 다양한 굿 장면을 배치하고 있다. 소설 말미에 나타나듯 작가는 "해원의 한마당"을 소설이라는 광장에서 펼쳐낸다. 해원解冤은 한 맺힌 원혼을 풀어내는 일이다. 죽은 사람은 한을 풀 수 없으니 무당이 그 한을 대신 풀어준다. 무당은 춤을 추고 노래를 부르며 영혼을 달랜다. 말 그대로 진혼鎭魂이다. 연후는 자기 몸에 맺혔을 그 한덩어리들을 청화를 향해 풀어낸다. 이렇게 보면 청화는 연후에게 무당과 다르지 않다. 삼십 년 만에 나타난 청화는 연후가 풀어내는 한스러운 소리를 온몸으로 받아낸다. 그녀 또한 자기가 살아온 삶을 연후에게 풀어낸다. 작가는 가족 바깥에 있는 청화 = 무당을 통해 마음으로 맺어진 새로운 가족을 이야기한다.

새로운 가족에 대한 이야기는 「두 개의 해바라기가 있는 정물」에도 이어진다. 이 소설에 등장하는 주인공 정혜는 중산층 여성이다. 서울에서 한 시간 거리인 지방도시에 살며, 남편은 공무원이다. 학업 성적이 상위 일 프로에 드는 "우수한 모범생" 딸이 있다. 그녀는 학교 문제아들을 대상으로 상담봉사를 하는데, 부모가 문제학생 상담을 하면 딸 봉사 점수에 반영된다는 상담교사 얘기를 듣고 시작했다. 자기 집안일 밖에 관심이 없던 정혜가 중2 학생인 (윤)다린을 만나며 서서히 변화한다. 정혜는 다린이 하는 행동이 못마땅하면서도 다린에 대한 관심을 놓지 못한다. 다린은 부모가 없이 조모와 살고 있다. 학업 성적은 부진하고 행동은 불량하다. 모범생인 딸과는 딴판이다. 평소라면 만날 이유가 없는 아이이다.

다린은 상담교사가 일 년 동안 상담했는데도 통 마음을 열려고 하지 않는다. 다린의 부모는 이혼했다. 엄마에게서는 연락이 전혀 없고 아버지 또한 일 년에 몇 번 전화를 하는 정도다. 다린은 어른들이 하는 말을 믿지 않는다. "무조건 마음을 열라면서 막상 열어서 보여주면 나 같은 애들은 싹수없다고 문제덩어리로 여겨요"라는 말에 다린이 어른들을 불신하는 이유가 나온다. 정혜라고 다르지 않다. 몸에 칼빵(칼로 상처를 내서 새긴 문신)을 놓은 다린에게 정혜는 자기 몸은 자기야 아껴야 한다는 판에 박힌 말을 한다. 정혜는 엇나가는 아이들이 처한 불행한 환경을 접하며 안타까움을 느끼지만, 한편으로 그 속에 자기 딸이 들어 있지 않다는 데 안도한다.

어느 날 상담수업 도중 다린이 정혜에게 고흐가 그린 해바라기 그림을 내민다. 다린이 좋아하는 그림이란다. "강렬한 태양빛도 느껴지면서 축 처진 해바라기"에서 다린은 자기 마음을 느낀 것일까? 정혜는 다린이 조금이나마 마음을 연 듯싶어 기분이 좋다. 그림 속 해바라기는 한여름 오후의 강렬한 태양빛을 받아 시들어 있다.

밤 열 시에 전화벨이 울린다. 산부인과에서 정혜를 찾는 전화다. 윤다린을 묻는다. 다린이 정혜가 보호자라고 말했단다. 아이 상태가 좋지 않으니 빨리 병원으로 오라는 말을 남기고 상대는 전화를 끊는다. 남편은 담당 교사에게 넘기라고 하지만 정혜는 마음에 쓰여 병원을 찾는다. 다린은 분만대기실에서 진통을 겪고 있었다. 흰 눈자위를 까뒤집으며 힘들어하는 아이 얼굴에는 누구에게 맞았는지 검푸른 멍자국까지 있다. 임신 육 개월째인데 복부에 강한 충격을 받아 상태가 심각하단다. 산도가 거의 열려 분만실로 옮긴 다린이 극심한 고통에 비명을 지른다. 그 비명을 듣는 정혜는 아득해진다. 아이가 내지르는 비명 소리를 어디선가 들어본 것도 같다. 이십여 년 전에 그녀가 겪은 "처참하게 훼손된 시간들"이 의식으로 다시 떠오른다. 다린이라는 타자가 겪는 고통으로 정혜는 자신이 무의식 깊숙이 감춘 상처를 바깥으로 이끌어 내는 것이다.

기억 속에는 한 여학생과 사십대 중반의 미술학원 원장이 있다. 친구를 따라 학원에 간 여학생은 원장에게 미술에 소질이 있다는 말을 듣는다. 엄마를 졸라 정식으로 학원에 다니는 여학생에게 원장은 미술대회 준비를 한다며 일요일 밤에 학원으로 오라고 말한다. 오기 전에 메모 형식으로 편지를 보내라고 해서 여학생은 편지를 보낸다. 일요일 밤 학원에 간 여학생을 원장이 성폭행한다. 원장은 여학생이 자신을 유혹했다며 도리어 여학생을 탓한다. 그 뒤에 같은 일이 반복된다. 학원에 나오지 않으면 모든 걸 밝히겠다는 원장의 협박이 여학생은 무서웠다. 원장은 여학생을 이곳저곳으로 끌고 다니며 유린했고 임신까지 시켰다. 숨긴다고 했지만 결국 어머니에게 들켰다. 학원으로 찾아간 어머니에게 원장은 편지 하나를 보여주었다. 편지에는 '선생님, 이번 일요일에 학원으로 갈게요. —서정혜'라고 적혀 있었다. 말문이 막힌 어머니는 여학생을 병원으로 끌고 가서 칠 개월 된 태아를 뗐다. 어머니는 여학생에게 처녀막 재생 수술까지 시켰다. 이 일을 터럭만큼도 기억해서는 안 된다고 말하며 어머니는 무서운 눈빛으로 여학생을 쳐다보았다. 해가 거듭되며 여학생은 그 일을 기억 저편으로 가물하게 묻어버렸다.

"여자는 애 낳고 몸조리를 잘 못하면 산후풍 들어 평생 골병이다"라는 어머니의 말을 정혜는 떠올린다. 정혜가 결혼을 해서 아이를 낳았을 때, 어머니는 반소매를 입어도 될 날씨인데도 정혜에게 내복을 입혔다. 방안은 얼마나 불을 땠는지 후덥지근했다. 벌어진 산모 뼈마디가 백 일쯤 되면 제자리로 돌아가기 때문에 백일잔치를 한다는 말도 어머니는 들려준다. 성폭행을 당해 임신한 여학생이 겪는 고통을 무서운 눈빛으로 바라보던 어머니 모습과는 다르다. 가해자는 뉘우침 없고 피해자는 사회적 지탄이 두려워 어두운 곳에서 눈물을 흘린다. 정혜는 다린을 보며 자신이 겪은 처참한 상황을 떠올린다. 가부장제가 빚은 비극이다. 모든 것을 남자 중심으로, 강자 중심으로 생각하는 세계. 그곳에서 다린과 같은 아이들은 어떻게 살아야 할까?

작가는 정혜가 딸을 출산하고 입은 내복을 들고 다린에게 달려가려는 장면으로 소설을 끝낸다. 가부장제는 다린과 같은 아이들을 챙기지 않는다. 문제아로 낙인 찍힌 아이들은 제도 바깥으로 내쫓겨 자기

들만의 문화를 형성한다. 제도는 사회적 틀과 같다. 제도를 받아들인 아이들은 학교에서 이 틀에 적용하는 방법을 배운다. 제목 '두 개의 해바라기가 있는 정물'은 여학생과 다린 사이를 잇는 어떤 그림을 암시한다. "타인에 의해 훼손된 시간들"을 살았거나, 살고 있는 두 사람은 가부장제 사회에서 약자로 사는 여자들의 아픔을 에둘러 드러낸다. 성폭행을 당하고 임신한 여학생에게 어머니는 망각을 강요한다. 어머니는 가부장제 논리로 피해자인 딸을 다그친다.

아이를 낳으면 환영받는 여자가 있고, 아이를 낳아도 욕을 먹는 여자가 있다. 기준은 가부장제에 있다. 가족을 신화의 중심에 놓은 가부장제는 가족이라는 제도를 벗어난 여성들을 가차 없이 처단한다. 가부장제에 익숙한 사람들일수록 새로운 가족 제도를 왜 인정하지 않겠는가? 핏줄을 가족이 되는 유일한 기준으로 생각하면 가족 바깥으로 나아가는 길은 전혀 보이지 않는다. 미혼모가 낳은 아이는 해외로 나가야 하고, 핏줄에 얽매인 아이들은 자기만 들여다볼 줄 아는 이기적인 아이로 성장할 수 있다. 다린과 같은 아이들은 어떻게 될까? 원장에게 성폭행당한 여학생에게는 가부장제에 물든 어머니라도 있지만, 다린에게는 그런 어머니조차 없다.

이서진 작가는 이번 소설집 『낯선 틈』에서 가부장제를 넘어서는 가족에 대한 꿈을 꾼다. 물론 그 꿈은 한여름 뙤약볕에 축 늘어진 해바라기만큼이나 메마른 상태에 있다. 그럼에도 희망은 있다. 내복을 들고 다린에게 달려가려는 정혜의 모습에는 분명 피해당한 여성들을 하나로 묶는 연대가 나타나기 때문이다. 소설은 사람과 사람이 만나 이루는 관계를 이야기한다. 관계는 달리 말하면 연대감이다. 약한 사람 혼자 강한 사람과 싸우는 건 불가능하다. 약자는 약자와 연대를 해야 강자와 맞서 싸우는 힘이 생긴다.

가부장제에서 약자는 누구일까? 프랑스에 입양을 갔다가 고국이 그리워 돌아온 필립이 생각난다. 두 남자의 사랑에 휘말려 비극에 빠진 윤재 어머니도 생각난다. 「빨간눈이새」에 나오는 청화와 연후는 어떤가? 가부장제의 바깥으로 나가려면 가부장제에 희생당한 사람들을 눈여겨보아야 한다. 작가는 가부장제 바깥에 새로운 가족을 세우려는 꿈을 서럽게 한세상을 산 사람들 이야기로 표출하고 있는 것이다.

작가의 말

지난 봄의 어느 하루를 길 위에서 보내게 됐다. 봄날의 세상은 온통 연초록으로 물들며 화사한 꽃무리가 수런대며 환했다. 한 산길을 지날 때였다. 바람이 불자 후루룩 떨어지는 연분홍 산벚꽃잎들이 겨울날 눈보라처럼 사방으로 흩날렸다. 그 흩날림이 안타까웠고 문득 궁금했다. 저 많은 꽃잎들은 어디로 가는 걸까.

봄 내내 이 책에 실릴 글들을 고르고 다듬는 작업에 많은 시간을 보냈다. 글 속의 '그들'을 만난 건 아주 오래 전이기도, 혹은 얼마 전이기도 했다. 살아가는 곳곳에서 마주친 그들은 탄탄히 발 딛지 못해 흔들렸다. 태워버릴 듯 들끓는 햇발 아래 가림막 하나 없이 막막하도록 휑한 광장이거나, 음습하게 후미진 곳의 막다른 모퉁이에서 잔뜩 웅크리고 있었다. 세상은 박절한 낯섦으로 그들 앞을 막아섰고 내몰았다. 그들은 가혹한 시간들 속으로 시리게 떨어져나가야만 했다. 그건 환하게 펴져 내리는 찬란한 4월 햇살 속에서, 1월 삭풍 같은 울음이 치받치는 걸 꾹꾹 눌러야 하는 거였다. 치받치는 그 울음은 가 닿을 수 없어 더욱 절박하고 아픈 그리움이었다. 머물 수 없어 흔들리는, 온몸이 휘도록 무거운, 먼 곳의 바람처럼 쓸쓸한, 서늘하고 아릿한, 깊게 패인 상처의 그리움이었다.

어느 순간 등이 서늘해서 돌아보면 환했어야 할 봄은 맥없이 스러지고 있었다. 제대로 껴안아볼 수 없는 그들의 봄날은 흐릿한 미망 속에서 휘청거렸다. 해가 이우는 저녁 어스름이 내려도, 세상의 그리움들은 안주하지 못해 여전히 핍진한 몰골로 떠돈다. 아프고 슬픈 '박탈'이 조인다.

지난 봄날에 무수히 흩날렸던 연분홍 산벚꽃잎들은 다 어디로 갔을까. 어느 곳에서 고단한 서러움을 부려놓는가.

2018년 8월

이서진

국립중앙도서관 출판예정도서목록(CIP)

낯선 틈 : 이서진 소설집 / 지은이: 이서진. -- 서울 : 북인
, 2018
p. ; cm

ISBN 979-11-87413-33-2 03810 : ₩13000

한국 현대 소설[韓國現代小說]

813.7-KDC6
895.735-DDC23 CIP2018027539

이서진 소설집
낯선 틈

지은이_ 이서진
펴낸이_ 조현석
펴낸곳_ 북인
디자인_ 푸른영토

1판 1쇄_ 2018년 09월 10일
출판등록번호_ 313 - 2004 - 000111
주소_ 121 - 842 서울 마포구 서교동 467 - 4, 301호
전화_ 02 - 323 - 7767
팩스_ 02 - 323 - 7845

ISBN 979-11-87413-33-2 03810

이 책은 원주문화재단 후원으로 발간되었습니다.